刘墉人生三书

说话的魅力

新版

[美] 刘墉 著

SHUOHUA DE MEILI (XIN BAN)

接力出版社
Publishing House

桂图登字:20-2008-167

原出版者:台湾水云斋文化事业有限公司

图书在版编目（CIP）数据

说话的魅力：新版 /（美）刘墉著. —3版. —南宁：接力出版社，2019.3
(2025.5重印)
（刘墉人生三书）
ISBN 978-7-5448-5911-0

Ⅰ.①说… Ⅱ.①刘… Ⅲ.①散文集－美国－现代 Ⅳ.①I712.65

中国版本图书馆CIP数据核字（2019）第014671号

责任编辑：陈楠　文字编辑：谢林军　美术编辑：许继云
责任校对：刘艳慧　责任监印：刘宝琪　版权联络：金贤玲　营销主理：贾毅奎
出版人：白冰　雷鸣
出版发行：接力出版社　社址：广西南宁市园湖南路9号　邮编：530022
电话：010-65546561（发行部）　传真：010-65545210（发行部）
网址：http: //www.jielibj.com　电子邮箱：jieli@jielibook.com
经销：新华书店　印制：中煤（北京）印务有限公司
开本：710毫米×1000毫米　1/16　印张：23　字数：360千字
版次：2009年8月第1版　2013年1月第2版　2019年3月第3版　印次：2025年5月第41次印刷
印数：431 001—437 000册　定价：58.00元

目录

把话说到心窝里

好好说话有学问

幽默可以后天修炼

你不可不知的沟通技巧

新版序

写给年轻朋友的人生三书

最近接力出版社提出“人生三书”的策划理念，我特意选出自己三部具有代表性的作品《萤窗小语》《说话的魅力》和《我不是教你诈》，将内容重新编排出版，分别着眼于内在修为、沟通技巧、社会交往三个领域，也是年轻朋友们初入社会、踏上人生旅途必要的三种能力。

在内容编排上，接力社进行了一定的修订和编排，使其更适合新一代读者的需求。

《萤窗小语》讲的是“内省”，教你开拓心灵的世界。它是我的处女作，也是成名作。这次把原先四个单本做成合集，按主题编排为谈人生、谈成长、谈灵感、谈学习、谈交往、谈处世六个篇章，内容更加有条理，希望萤窗边的智慧小语，能够照亮你前面的路。

《说话的魅力》讲的是“沟通”，教你发挥说话的技巧，把不可能变为可能；内容方面再次精炼，梳理归纳为日常交往、把话说好、幽默技巧、沟通秘诀等四大领域，希望读完本书，你也能成为生活中的幽默达人、工作中的沟通王者、社交中的发光体。

《我不是教你诈》可以定义为“防身术”，也是处世锦囊，教你看清这个尔虞我诈的世界。这本书是四个单本的集合，这次按主题将所有文章分为朋友篇、职场篇、商战篇、社会篇四个篇章，方便读者朋友们按场景寻找所需的内容。

这三本书是我的三部代表作，也是人生的三部曲，希望能对大家有些帮助。

刘墉

2019 年 1 月

前言

好话坏说只在一念之间

说件“趣事”给你听。

有个丈夫跟太太亲热，抚摸着太太，很有情趣地赞美：“你的皮肤摸起来真细，绝不像四十岁的女人。”

太太笑：“是啊！最近摸过的人都这么说。”

啪！一记耳光。丈夫吼道：“你最近让多少人摸过？你老实招来！”

太太捂着脸，哭着喊：“大家是这么说啊！每个护肤中心的小姐都这么说。”

这是真事，但是怎么看都像笑话对不对？问题是，若你细心观察就会发现，我们周遭充满这样的笑话。只因为一句话没说对，就把喜剧变成了悲剧，把眼看就要办成的好事变成了坏事。

“话”人人会说，只是不见得人人会说话；有话好说，只是不见得人人说好话。

不说好话的道理很简单——因为他没有多想一想。

举个例子。

我有个朋友，在他新居的后院搭了间工具房。

那工具房是买现成的材料，再自己拼装的，专门用来放剪草机、铲子、锄头这些整理花园的工具。

可是我这朋友兴高采烈地才拼装到一半，他的邻居竟然隔着墙喊："你乱盖房子，是违法的。"

我这朋友气极了，跑到"建管处"去问，得到的答案是：盖十英尺乘十英尺以内的工具房不违法，只有超过才违法。

他回去量了量自己的工具房，是十英尺乘十二英尺，多了两英尺，于是拿去退掉，换成合法的尺寸。

工具房搭好了，他跑来对我说：

"我非要去糗糗我那邻居不可，我要告诉他中国人不好欺负，我去政府单位问过了，现在的尺寸绝对合法，欢迎他去告！"

"你何必这么说呢？"我劝他，"您何不换个方式，对他说'真是谢谢你，幸亏你提醒我，不然我的工具房多了两英尺，因为违法得拆除，就白盖了'。你不是照样让他知道你去问过政府单位，现在是合法建筑了吗？"

朋友想了想，觉得有理，照办了。结果不但没得罪邻居，还交上了好朋友。

再说个故事。

有个人和他太太为了一点小事吵架，要离婚，起因居然不但不是坏事，还是好事。

那一天，他太太买到一条上好的石斑鱼，特意打电话到办公室："你离开办公室的时候，打个电话回来，我好下锅蒸，这石斑鱼，多一分钟少一分钟都不成。"

那太太想得很好，丈夫出门，她蒸鱼，丈夫进门，正好上桌。

偏偏她丈夫下班的时候，才打完电话，说要出门了，就碰上个客户突然造访，耽误了二十分钟。

糟了！送走客户，丈夫心想，赶紧又拨个电话回家："对不起，临时有事，现在才能走。"

太太一听，在那头跳了起来："什么？你还在办公室？你不知道鱼凉了不好吃吗？你知道这条石斑鱼多少钱吗？"

丈夫没多吭气，匆匆忙忙开车赶回去，一路想，一路急，加上晚上饿，胃都急疼了，路上还差点撞了人。进门没好气地说了一句："鱼凉了就凉了嘛！热热不就得了？"

太太也没好气："你是没命吃好鱼，以后就给你吃凉的。"

两个人当然吵翻了，拉开嗓子吼，把孩子都吓哭了，一条好好的石斑鱼放在桌上，谁都没吃，还差点离了婚。

你说，他们是会说话吗？

如果那做太太的，能像我那搭工具房的朋友，换个角度说："别急！别急！鱼凉了，微波炉热一分钟就成了，开车小心点，我们等你。"

那丈夫不是会感激老婆的体贴吗？

会说话与不会说话，常在那一念之间。

一念之间，他懂得忍，懂得退一步想，想想坏话怎么好说，狠话怎么柔说，就可能有个喜剧的结局。

那一念之间，他毫不考虑地脱口而出，则可能是个悲剧的结尾。

虽然许多人赞美我口才好，但是我从不这样认为，而且觉得自己年轻的时候总是说错话。即使到今天，我每天晚上也还是常把白天说的话想一想，检讨一下，是不是有不妥当，或者"有更好的说话方法"。

正因此，在本篇里我提出的案例，都是最真实的，发生在大家身边的小事。

而由那些小事里，常能见到大学问；由那些简单的话语中，常能触及心灵的深处。

现在，就让我废话少说，打开话匣子，把话说到心窝里！

把话说到

心窝里

开不了口的老王

学写作的人应该先学“什么东西不写”，
学说话的人应该先学“什么时候不讲”。

“先生是第一次来我们社区？”小姐钻进车。

老王没说话，只伸出两根手指。

“噢！第二次了。”小姐把眼睛睁得好大，“上一次是……”

老王还是没搭腔，只耸耸肩笑笑。

小姐指着前面的车道，请老王转进去，门口有个保安，先伸手拦了一下，看小姐探出头打招呼，赶紧又敬个礼，把栅门打开。

“我们现在到的是A区，”小姐下车，带老王到电梯，“也就是整个社区的中心点。”

进电梯，小姐伸着手指，犹豫了一下：“我们现在只剩下三个保留户，五十坪、八十坪和一百坪，您要……”

老王伸出一根手指。

小姐又把眼睛睁得好大，按了十二楼的钮，再转过身，歪着头盯着老王，笑嘻嘻地说：“先生看来好有威仪，您一定是个大老板、董事长吧？”

老王点点头。

小姐扑哧笑了出来，拍了一下自己的脑袋：“我真笨，还没问您贵姓呢。”

老王伸左手，用右手在上面画了三横一竖。

“噢！王董事长。失敬！失敬！”

小姐带着老王，一间一间参观。

“这原来是样品屋，也是全区视野最好的一户，本来不想卖的，”小姐扭扭脖子，噘噘嘴，“可是，可是您知道最近建筑业不景气，我们只好割爱了。”看老王没说话，又加一句，“而且是大减价割爱。”老王还是没吭气，小姐又跟上来说，“您不是来过吗？那您一定知道我们以前的价钱喽！”

老王点点头。

老王是知道以前的价钱，因为他商场的老朋友老孙就住在这栋楼里。

老王也确实是第二次来，只是上一次不是看房子，而是去贺老孙的乔迁之喜。

这房子的格局跟老孙的一模一样，所以不用小姐带，老王已经很清楚什么地方是阳台，什么地方有热水器，什么地方是后门，以及专供服务人员出入的电梯。

但是他特别到阳台上去看了一眼，绕着那大大圆圆的冷气主机转了一圈，摇摇头，又指指自己耳朵。

“吵！对不对？”小姐说，“你真内行。我们也觉得，只是没有别的地方好放。”

老王点点头，他确实觉得吵，虽然今天冷气没开，但是上次在老孙家打麻将，冷气主机就在旁边，隔一下就觉得窗外一震，令他很不舒服。

参观完毕。

“您要不要再看看七楼八十坪的？”小姐问。

老王摇摇头，小姐就按二楼，带老王到销售中心的办公室。

电梯刚开，居然已经跑出个自称陈经理的中年男士：“欢迎！欢迎！王董请进。”想必刚才小姐已经偷偷打了手机。

老王进去，张望了一下。

“我们销售就快结束了，人员已撤走了大半，现在只有最后三户，也是最好的三户。”陈经理说。

小姐端来咖啡，老王没碰，下午拔牙，嘴里还咬着一块棉花。他翻了翻彩色的大楼简介，又指指表。小姐赶紧对陈经理说：“王董对我们社区已经很熟了。”

老王点点头，指了指价目表，摇了摇手指，掏出笔写了几个字：“给我一个价钱。”

没二十分钟，老王已经回到家。

“怎么样？”老婆兴冲冲地开门，“你是不是看了十二楼，比老孙家还棒的那一户？他们开价多少？”

看看时间，能说话了。老王掏出嘴里的棉花问老婆：“他们又要你多少？”

“当然比你更便宜，我上午是跟孙太太去的，由陈经理亲自接待。”老婆拿出一张纸，“一坪四十五万，比孙太太当初买，足足便宜三万。你多少？”一把抢去老王手里的价目表，看一眼，叫了起来，“什么？四十三万？”

有话好说

大家听过一句话——

“雄辩是银，沉默是金。”

且不论这句话对不对，在我们研究“要怎么说话”之前，应该先了解“要怎么不说话”。

老王看房子，从头到尾，没说半个字，甚至没花半个钟头，却可能比那些自以为聪明、有关系、充内行的人，获得更好的“待遇”。

这就因为“沉默是金”。

那沉默不代表没有声音，而显示了他的“深藏不露”。偏偏在那深藏不露之中，他又透露了一些令对方困惑的消息。

哪些消息？

他让对方知道了他的身份，知道他是第二次去，知道他对屋子的情况十分了解，知道他清楚行情。甚至让对方知道“他清楚那房子的缺点”。

相对地，销售公司却对老王一无所知。

也可以说，销售公司在“明处”，老王在“暗处”。一旦老王离开，销售公司的人就再也抓不住他。当“开出价钱”不合意时，这个好主顾就可能永不回头。

熟人不如生人

老王的太太跟着孙太太一起去问价钱，情况就不一样了。

从王太太的角度想，孙太太是朋友，又是那里的住户，当然跟销售中心的人熟，也当然应该得到“好价钱”。

可是，从销售中心的角度会怎么想呢?

当年，孙太太一坪四十八万买的房子，位置还不如现在推出的“保留户”。现在景气不佳，跌了价，告诉孙太太四十五万，已经不好意思，还能说四十三万吗?

还有，人来了，是孙太太的朋友，今天谈不妥，只要房子卖不掉，还可以再经由孙太太找回王太太:“大家交个朋友嘛！有话好说，不急着决定嘛！价钱还可以谈嘛！您认为多少可以买？”

了解了这个心理，你就要知道，买东西，除非你是“圈里人”，否则你最好的方法就是深藏不露。说得更明白一点——你应该抓紧机会，单刀直入、废话少说。

如果你是黔驴，就最好别献技

废话少说，是学说话的首要功课。世上许多事办砸，都因为说了废话。

且不讲说废话造成的“口舌纠纷”，最起码，说废话使你浪费了时间、精力，更暴露了自己的弱点。

你听过“黔之驴”的故事吗?

古时候的贵州省没有驴子，有人运了一头驴子去，因为没用处，就放在山脚下。

没见过驴子的老虎，看见驴子长得那么高大，不敢靠近，只敢躲在树林中偷看。

有一天驴子大叫了一声，把老虎吓得跑出去好远。隔一阵，老虎看接下来没什么动静，才又靠近驴子。

驴子生气了，伸出后脚踢了老虎一下。

老虎高兴地想：哈哈！原来你的本事不过会踢而已。于是一扑而上，咬死了驴子。

看了这个故事，你该了解，如果你不内行，或是只不过“半内行”，最好少说话，因为很可能你简简单单半句话，就显示了你的不内行，表现了你的“黔驴之技”。

更重要的，是当你多说话，或故作内行的时候，也是你最容易闪神的时候，因为你的“神”都拿来充内行了，在其他方面就少了戒备。

不信？下一章再说个买房子的真实故事给你听。

岳母万万岁

当响尾蛇摇它尾巴的时候，
你要小心的是它的头。

“天哪！”当房地产掮客宋小姐打开大门时，小张简直呆住了！

白色大理石门厅，镶着绿色和红色花岗石的“马赛克”，两层楼高的大厅里，挂着耀眼的巨型水晶灯。远远的落地玻璃窗外，是一片草地和浓荫。

“这马赛克是请意大利师傅来做的，据说单单前厅地面，就做了一个半月。”宋小姐指着其中绿色的石头说，“这叫 Empress Green（绿色皇后）。”又指着米黄色透明的石头说，“这叫 Honey Onyx（蜜玛瑙）。”

“对！对！对！Honey（蜂蜜）！就是蜂蜜的颜色，”小张接过话来，蹲下去，指着绿色的石头说，“这个中文名字是‘绿玉大理石’，台湾的花莲就产。”

走进大厅，宋小姐指着水晶灯介绍：“这是捷克的水晶玻璃，不是模子做的，是手工切割的。”

“你懂吗？”小张回头看太太，“水晶玻璃是铅玻璃，折射率特别高，又以捷克出的最有名。至于切割，一定要是用金刚砂轮磨出来的才值钱。”

张太太缩缩脖子，偎在小张肩头，小声说：“我不懂。”

小张还盯着水晶灯数，一共有多少颗水晶玻璃呢，宋小姐已经打开浴室的门：“三位请看！这浴室有多讲究，全是 Travertine（石灰华）。”

“啊！我懂！我懂！我懂！Travertine（石灰华）是一种石灰岩，非常古典名贵，哇，太棒了！”拉着太太进去，又出来，把走在后面的老岳母推了进去，“妈，您看看多豪华！”

接着，宋小姐带大家走到大厅的另一头，指着天花板说：“这是维多利亚式的屋顶浮雕，不是石膏做的，是真正原木雕刻的。”

“哇！我们在法国的凡尔赛宫不是就见过吗？”小张拉着老太太喊，“我们也有皇宫了耶！”

“那真是个皇宫！”回到家看宋小姐的车走远了，小张得意地问岳母，“妈，你觉得怎么样？像不像法国皇宫？”

老太太咧咧嘴：“我没进过法国皇宫。”

小张笑了起来：“对！我忘了！妈没去过欧洲。”又拍拍老岳母，“不过没关系，您现在可以住皇宫了。”

“你们真要买呀？”老岳母问。

“买啊！”小张叫起来，“这么合理的价钱还不买？”回头看看太太，“对不对？买！”

老岳母没搭腔，转身走了。

“妈是怎么回事？”小张有点不高兴。

“她老了，大概舍不得这个家，”太太拍拍小张，“何必管她呢？你觉得好，就好。”

“我当然觉得好，我看过多少房子了，我多内行！”小张气呼呼地说，“告诉你妈，叫她少作怪！”

晚上，两口子把存折翻过来倒过去地算了一遍，又看看当天的股票净值，虽然有点紧，但是卖一栋、买一栋，勉强还能应付。

“宋小姐，我先生决定买了。”夜里十一点，张太太打电话过去，宋小姐直贺喜，赞美小张夫妇的眼光和运气，说隔天就安排签约。

挂了电话，张太太转过身，扑在小张怀里：“好棒哟！我们要住皇宫了。”却见自己的老母，一扭一扭地出来。

老太太悄悄坐在旁边的沙发上，没吭气，半天，突然嗫嗫嚅嚅地问：

“你们真看清楚了吗？我怎么看见那前厅上面裂了一大条。靠近花园的地板和门框下面又都蛀烂了，好像有点白蚁呢。”

“妈！”张太太在嘴唇上比个手势，拉着小张进去睡了。

夜里两点，小张突然翻过身，问老婆：“妈为什么说她看见裂缝，还有白蚁？你看到了吗？”

“我跟着你看，只有妈，一个人走在后面。”

第二天一早宋小姐就到了。

“我们想再去看看，再决定。”小张说。

“可以啊！”宋小姐很爽快地说，而且跟前一天一样，从打开大门，就介绍地下的马赛克，“这是真正意大利……”

小张夫妻没说话，也没看地，倒是一齐仰起头，看天花板上的裂缝。

走到大厅一头，宋小姐又介绍那维多利亚式的屋顶：“这可是用实木雕刻的……”

小张夫妻也没抬头，倒是低头检查了地板和门框。

天哪！全烂了，烂成这样子，昨天我们怎么没看到？两口子在心里一齐喊，好险哪！

有话好说

可不是好险吗？

若非小张的岳母，一个人走在后面，没有因为专心听宋小姐的“美言”而蒙蔽了眼睛，小张夫妇很可能在房子买定之后，才发现自己当天中了邪，对那么大的瑕疵，都视而不见。

宋小姐的答法没什么稀奇，这好比戴宽边大眼镜的女人，很可能是为了遮她的鱼尾纹和眼袋；蓄刘海儿的小姐，很可能是为了挡她小时候摔跤留在额头上的疤；顶个马桶盖发型的中年男人，很可能是为了掩饰他已经“雄性圆秃”的头；留络腮胡子的人，很可能有个特别大的腮骨。

每个人都懂得“遮”，也要懂得“隐恶扬善”，如同宋小姐，她没有说半句谎言，她说的“好”，都是真好，只是当你注意她说的“好”的时候，可能忘了她没说的“恶”。

“声东”常为了“击西”

知道了这一点，如果房地产掮客开车带你去看房子，他带你由西边进入，一路上见到的都是豪宅大院，使你以为自己将买的房子，正在那静谧住宅区的最深处。你可千万别这么想，最好改天自己再由另外一边过去看看。

你极可能发现，那房子原来隔半条街就是加油站，隔一条街就是风化区。

同样的道理，当一个人正鼓其如簧之舌说“东”的时候，你最好别吭气，先静静地往“西”瞧。当别人叫你看屋顶的时候，你最好多注意一下地面。这时候你愈少说话愈好，因为你愈不搭他的腔，他愈会心虚；他愈心虚，你愈可能见到真相。

你“言多”，他“必失”

我们常告诫人“言多必失”，要人小心，别说错话，惹了麻烦。

其实“言多必失”的范围大得多。想想，如果你的另一半在数钞票，你会在旁边不断跟他说话吗？你的小孩正在做功课，你会跟他聊天吗？

你不说话，是因为怕你“言多”，他“必失”。

问题是，你为什么在银行，对那正为你填表格、算账的人说话呢？你又为什么在医生正为你开药的时候扯东扯西呢？

你扯，表示你会交际，表示你幽默、亲切，那银行职员和医生也跟你“哈啦哈啦”地有说有笑，岂知在那谈笑间可以出多大的错？

银行出错，你还可能发现；医生出错，可就麻烦了，因为他开错药，你吃错药，除非出了大毛病，否则你不会知道，他下次发现，也不会告诉你。

少吭气，听他说

如同宋小姐说话，会带开小张夫妇的观察力，从另一个角度想，你“言多”也可能使别人失去观察力，更严重的是“失去创造力”。

如果你请个室内设计师，到家里来帮你重新规划，他还没进门，你先说出一堆自己的构想，进门之后，你先告诉他你想这里加门、那边移墙，你以为这是聪明吗？

你错了！

你为什么不等一等，让他静静地看，看完之后听他怎么说？你怎么不想想专业的设计师很可能有全新的观点，想到你不可能想到的好点子呢？

而当你先说了一大半，则可能把他“原有的灵感和创意”全赶跑了。

你先听他说完再开口，会有什么损失吗？

你做学生还是他做学生？

同样的道理，教小孩也可能言多必失。

孩子要写作文，你先问他题目是什么，然后发表一大堆你的想法，只见孩子瞪大眼睛看着你，举着笔，不知怎么写了。

是你上学还是你孩子上学啊？你为什么不让他发挥孩子的创意，让他海阔天空地去写作呢？

据心理学家统计，许多由爱讲话的父母带大的幼儿，不但学话不比别的幼儿快，还可能慢得多。

为什么？

因为当那孩子才把头转向电视的时候，大人已经帮他开了电视，当那孩子才看一眼奶瓶的时候，奶嘴已经被塞进口里。

“你要这个对不对？”“你要那个对不对？”“你想尿尿了对不对？”神通广大、观察入微的爸爸妈妈，随侍左右察“眼”观色，你一言我一语，哪里还需要孩子开口说话？

他不用说，就有了，他怎么可能快快地学会说话？

你当医生还是他当医生?

深一层想，你知道医生看病也要灵感吗？你今天胸痛，医生得从多少种“假设”里去找？

你是心脏有毛病，还是得了肺病？会不会是胃不舒服，带到了胸部？还是得了恶性的胸腺肿瘤？如果你还没等他想，自己先说：“我猜八成是老毛病，就是又提了重东西，我一提重东西，就胸痛。”

请问，你要是这么神通广大，何必去看医生呢？

只是，有多少病人都犯这个毛病？他们帮着医生做判断，甚至帮着医生开药。他们自己把应该怀疑的那些可能，先全部否定了，如果再碰上个不认真的医生，是不是会顺水推舟，正好省得费脑筋？

有一天，你延误了病情，该怪谁？

只怪你“言多必失”。因为多言，而失了生命啊！

所以在你说话之前，要学会怎么听对方说话，让自己的身体说话。

对的！让身体说，请看下一章。

老林的凯旋梦

一个看到美食就流口水的人，
怎么能在餐馆端盘子？

今天是小林，不，是“老林”再出发的日子。

寄出一大堆求职信，终于有回音了。

其实也不能怪那些没回信的公司，因为老林要求的薪水太高了，只是，以老林的出身、经历，不要这么高的薪水行吗？

“我是值这个价钱的。”出门时，老林对着镜子，一边梳头，一边对老婆说，“虽然年岁可能大了一点，但是，”老林握了握拳头，“我有经验啊！”

提起箱子，老林更觉得踏实，这箱子里装得满满的，差点盖不上，里面全是老林过去的工作资料、照相簿和几个国际学会的奖状。

“开玩笑！”老林拍拍箱子，笑道，“打开这箱子，就会吓他们一跳。”

老婆帮老林穿上西装外套，好一阵子没穿西装了，胖了不少，昨天临时跑去买了一套。加上新皮鞋和挂在皮带上的新手机，真是神气。

“准时打我的手机，”老林把手机号码告诉太太，“那时候我八成正在跟他们高谈阔论，把那公司的主管唬得一愣一愣的。”

九点五十分，老林就进了那家公司。看看时间还早，先去洗手间，再梳了梳头、擦了擦鞋，还抖了抖西装外套，确定上面没有头皮屑，才拎起“007”手提箱出去。

果然，公司几个高级主管全到了，十分客气地请老林上座。

老林先砰一声，打开箱子，掏出一沓资料，再清喉咙，准备发表高见。

那总经理居然没注意他的资料，只是翻着他寄去的简历慢吞吞地念：“某大企管系毕业，一九八二到一九八四在某某公司，一九八五到一九八八在某某公司，一九八八到去年初，自组了……”突然抬头，“去年初……”

老林早猜到人家会问，立刻接了过去：“您一定是要问我去年初到现在为什么没有工作，对不对？其实这段时间我到纽约进修去了，工作久了，充充电嘛！不过我还是喜欢台湾，所以回来了。我觉得现在国际的情势……”

“您原先自己……”

又是老林早猜到的问题，赶紧接过话：“哦！我自组的那家公司，我已经把它结束了。赚了不少，所以到纽约去，享受一下生活。”

“很潇洒！很潇洒！”总经理笑笑，另外几位主管也笑了。

突然手机响，屋子里的人一愣。“我的。”老林早知道，对大家说声抱歉，“喂！哦！我知道了，我知道了，把那个约延后吧！我在忙。”

“林先生忙，”总经理居然起身，“我们就不多占用您的时间了。”

老林抱着手提箱，走出那家公司的大楼。外面风大，他特别躲到街边的一个角落，重新整理一下箱子里的文件。

刚才慌慌张张，怎么盖也盖不上。老林打开箱子，发现是那个跟总统合照的相框卡住了。

“哇！总统的照片，那是你？你真伟大，和总统合照耶！”有个路过的女学生看到了，接着叫她的几个同学去看。

有话好说

故事说完了。

请问，你看到的是一个意气风发，到异域壮游归来，准备再出发的资深企业家，还是一个已经山穷水尽，却希望“柳暗花明又一村”的失业者？

老林不是怎么看都很不错吗？

他穿新西装，着新皮鞋，甚至用新手机，打扮得十分光鲜。手上更提了一个“内容丰富”的“007”手提箱，里面还有和名人的合影，不是怎么看都很得意吗？

问题是，为什么他反而给你一种落魄的感觉？

答案很简单——因为他装，又装得不高明。

想想看，如果有两个人同样拿着手提公事箱，迎面走来，一个人的箱子又厚又重，另外一个则是薄薄的一层，你会觉得哪个人比较“司麦脱”（smart）？

手提公事箱，以前又叫“007”，请问哪一个“007 情报员”会提笨重的箱子呢？

没错！大箱子里可以放下更多的东西，甚至容纳更多的神秘武器，问题是詹姆斯·邦德为什么不提个“胖”箱子？

再想想，如果同样有两个三十多岁的人到你公司应征工作，其中一个穿着八成新、干净笔挺的西装和一双八成新的皮鞋，另一位则一看就知道他是才理的发，刚摘掉标签的新西装和鞋底还见不到痕的皮鞋，他们同样说自己是资深的工作者，你比较信哪一个？

用身体说话

人很妙，他随时评估对方，他也常会“以虚为实”“以实为虚”。

“身体语言”正表达了这一点，当一个人跟你谈话时，交叉双臂在胸前，为什么显示他不同意你的看法，甚至显示了他在采取“守势”？

因为他的双臂正在保护他重要的胸部器官，也显示了他“畏惧”，他“紧张”，他随时在“自我防御”。

相反，当一个人背着手，挺着胸面对你，为什么明明把他的“要害”全暴露出来，反而给你一种他很有自信的感觉？

因为他表现出“艺高人胆大”，也让你比较没有压力。

说大人，则藐之

谈到压力，动物“与生俱来”地时时在感受压力。

比如狗，你蹲下身、摊开手，叫它，它常会摇着尾巴靠近你，但是当你弯下腰，一手摸向地面，它则会远远躲着你。

因为前者“放低姿势”，与它“平起平坐”，双手摊开，表示没有武装，后者则显示你可能要捡石头打它。

又比如你新养一对鹦鹉，想摸它，最好别用手心朝着它的头，免得它以为你要抓它，突然咬你一口。而应该用手背靠近它，使它不感到威胁。

人看人也一样。

今天他不卑不亢，准时到达、关掉手机，只带一份重点的文件，说重点的话，自然先给你一个好印象。

“老林”如果是“小林”，是个年轻的社会新鲜人，第一次找工作，新理发，穿新衣新鞋，绝对没错。可是，当他是“老林”，自称是“老鸟”的时候，再显示那么“小心翼翼”，极尽装扮之能事，就有反效果了。

“说大人，则藐之。”当你要去见“大人先生”的时候，如果握手时已经让他感觉冰凉，你能不在气势上先输三分吗？

正因此，明明你急着等某人电话，甚至焦躁地在电话前面走来走去，电话真响起来，你也最好别立刻接。

你要等，等响两声，再从从容容地接起来。

否则，他八成会想：看！他急着等我的消息。他甚至可能问你：“你是不是在等谁电话啊？”

请问，你是不是也先在气势上输了？

从背影看人

“身体语言”是一门很大的学问，因为它显示了你的学养，甚至出身，也显示了你现在的心态。

记得有一次我去四川九寨沟旅游，在林间小径，一群人往前走。我的大陆朋友指着其中几个人的背影说：“那些必定是台商。”

靠近观察，果然不错。

隔一下，他又指着另一群人的背影说："这些是本地的生意人。"

事实证明，也没错。

我后来问他为什么从背影就能看得出来。

他一笑，说："前面几个'牛'，后面几个'油'。前面几个弓着背，横着走，好像说'老子有钱'；后面几个叼着烟，一摆一摆，甩着手走，好像说'老子得意'。"

且不论他的话对不对，有没有偏见，最起码，值得我们深思——连背影都能表现出身体语言。

当你希望"把话说到心窝里"的时候，能不从自己的一举一动、一衣一鞋"说起"吗？

老龙翻船记

为什么魔术师身边总要跟个性感女生？

因为她穿帮的时候他就不穿帮了。

“你可千万小心，我爸厉害极了，”临进门，小龙女又叮嘱了一遍，“他一定会一点一点审问你，你尤其要注意，别……”

“别让你爸爸知道我老爸是警察，”小朱把话接过去，“放心，我一定会小心应付。”

“令尊在哪儿高就啊？”果然，才坐定，老龙就沉沉地问。

“噢！报告龙老伯，家父已经从公务员退休了，在旧金山跟我大哥住，平常散散步、练练字，他很喜欢书法，”抬头看看四面墙上的字画，“家父也喜欢收藏，不过跟您的收藏比起来，就差多了。”

“我这儿有什么值钱东西？”老龙哼哼地笑两声，“全是朋友送的。”

“我虽然不懂，可是一看就觉得您的品位太高了。”小朱顺势拍了两下。

“得了吧！”老龙居然没怎么领情，又沉声问，“你，学什么的？”

小朱赶紧坐正了：“报告龙老伯，我在大学是念历史的。”

“什么大学？”

小朱回头看了看小龙女，却听老龙吼过来：“你看她干什么？”吓小朱一跳，赶紧又坐正了答：“我是 × 大……跟小龙女一样。”

“烂大学！”老龙哼了一声，“不过听说你出去留学了。”

“是的，我到南加州大学，改念电脑，而且在大学部又补了一年学分，然后修电脑硕士，所以回来之后，到电脑公司上班。”

“我们就在那儿……”小龙女插话进来，被老龙瞪一眼，把话吞了回去。

吃饭了，小龙女的妈妈精心烧了几样菜，小朱吃得赞不绝口。

“你妈妈也常给你们做饭吃吗？”龙妈妈笑着问。

“不！只有我小时候，她常做，”小朱差点噎住，摸摸胸口，“不过我妈做的都是北方菜，没您做得这么细致。”

“噢，你是北方人。”龙妈妈笑道。

老龙也抬头盯了小朱一眼：“嘿！我居然忘了问你是哪儿人。你！小子！”用筷子指指小朱，“府上什么地方啊？”

“东北！”

“好！”老龙大笑起来，“东北出人才，我认识不少关外好汉。”

“不敢当！不敢当！”小朱一下子轻松了，“不过，关外也出土匪。”

就见老龙脸上一板，小朱腿上一疼，是被小龙女拧的。

还好，老龙接着又大笑了起来：

“好！好！好！土匪也是好汉，不是好样儿的，也当不上土匪！”一桌人都笑了。

过去小龙女不知交了多少男朋友，但不是让老龙给骂跑了，就是吓跑了。

偏偏这一回，老龙对小朱是“看对了眼”。私下还主动向朋友介绍，小朱是书香门第，家在美国，是留美的电脑硕士。

年轻人热恋，没多久，就摆酒席，结婚了。

老龙嫁独生女儿，可是大事，早早就包下了五星级酒店的顶楼大厅，席开百桌。虽然小朱的爸爸旅美多年，但还是有许多早年的朋友和部属来贺喜。

门口收礼，照老龙的意思，男方女方分开，方便计算。但老龙说明了，最后全归小两口。

至于接待人员，也全由老龙安排，清一色，穿黑西装的年轻小伙子。

“亲家公回来了，怎一直不见亲家母？”龙妈妈里里外外找不到，去新人休息室问小朱。

“噢！他妈妈说会晚点来，”小朱没答，倒是小龙女笑笑，“他爸跟他妈离婚多年了，见面怪怪的。”

“什么？他们离婚了？我那天问小朱，小朱不是还说给他们做饭吃吗？”

“妈——”小龙女瞄她妈一眼，“您忘啦？他是说只有他小时候，妈妈做饭给他吃，您没听出来吗？”

龙妈妈正搔头想呢，又见老龙冲了进来，先找小朱，看小朱在厕所，就沉声问女儿：“为什么刚才亲家公说，小朱学位没念完就回来了呢？小朱不是拿到电脑硕士了吗？”

小龙女又白了老龙一眼：

“爸！您怎么也没听清楚呢？他是说去修电脑硕士，可没说修到了啊！”

正说呢，冲进一个接待，在老龙耳朵旁边讲了几句，就见老龙脸色大变，急急走了出去。

原来门口来了一票警官和警察，全是男方的宾客，大家直对朱老先生敬礼、贺喜，左一句大队长好，右一句大队长好。

龙妈妈的脸色也变了，低声问女儿：

“敢情小朱的爸爸是干警察的，你为什么不早说？”

小龙女又一笑：“爸爸问过他了啊！他说是公务员退休。警察是公务员啊！”

“你爸说朱老头喜欢书法、收藏……”

“警察也可以喜欢书法和收藏啊！”小龙女拍拍妈妈。小朱听到了，也过来对岳母笑：“是啊！我爸爸早退休了，不是警察了。”

“可是……可是……”龙妈妈拍了一下大腿，“可是咱们家宾客走了十几个，而且都是重要的人物！”

“为什么？”小朱问。

“因为……因为……因为全是道上的兄弟啊！”

有话好说

你知道我这章要讨论的是什么吗？

如果你还没想到，就再听我说个故事吧！

猎人的故事

有位法律系的教授，上课第一天，才走上讲台，就说：

“有个猎人追一只狐狸，狐狸绕着弯跑，猎人开了好几枪都没打中。狐狸冲向一棵大树，钻进树下的一个洞，树洞有另一个出口，居然跳出一只兔子。猎人喜欢吃兔肉，就追兔子，兔子一蹿，跳进一树丛。猎人对着树丛开一枪，轰一声，跳出一头黑熊，猎人对准黑熊开枪，发现枪里没子弹了，只好转身跑，一边跑，一边装子弹，幸亏黑熊跑不快，这猎人回头补一枪，终于把黑熊打死了。”

说到这儿，教授看看下面眼睛瞪得大大的学生问：“怎么样？精彩吧？”

“太棒了，打一只兔子，变成打到一头大熊。”有学生说。

“太有意思了，猎人原来只想打狐狸，结果能跳出兔子和黑熊。”另一个学生讲。

“黑熊值不少钱呢！”许多学生交头接耳，“猎人发了。”

“说不定猎人打兔子的那一枪，已经打中了黑熊，”又有个学生说，“所以黑熊跑不快，不然猎人早死了。”

看看学生，教授笑笑：“你们想得都不错，但是为什么没有一个人问那原来的狐狸呢？兔子呢？前面的两个主角到哪里去了？”教授表情转为严肃，“你们要当法官、当律师、做检察官，就得防着不要被人转移了焦点！”

转移焦点

“转移焦点”就是这里要讨论的。

我们常批评一个人“顾左右而言他”，又常批评政治家们“故意模糊焦点”，再不然说“某一个突发的事件，转移了人们原来对另一个新闻的注意力”。

其实这里所说的道理都一样，就是“转移焦点”，使人们放弃原来的东西，转而注意另外一件事。

转移焦点是我们说话时最常用的技巧，首先，它可以避免尴尬的场面。

避开尴尬的场面

譬如大家正在大骂“9·11”恐怖分子，全是中东人，你抬头，看见有个中东的朋友正好进来，就把话锋一转：“哎！昨天美国股市好像涨了，老王啊，你消息最灵通了，你有没有听新闻，美股涨多少？”

聪明人听你突然转移焦点，一定能立刻意会到情况有变化，接着看见中东的朋友进来，于是心领神会地帮你把话题带开。

于是，你用了“爆炸案”“股市”和“老王”这三个“环扣”的东西，把骂中东人的话题转到了老王身上。

短短几句话间，你已经把焦点转了三次，使尴尬的场面能够立刻不知不觉地化解。

主动把话题带开

相对地，如果你走进办公室，发现人家正背地骂你朋友的时候，你不高兴，又不愿意跟同事扯破脸，也可以主动把话题带开。

你可以用一个很普通的话题，譬如说：“哎，大卫呢？大卫在哪儿？我找他半天，找不到。”

聪明的同事，自然会住口，因为他们知道你是存心把话题带开。

此外，你也可以直说：“哎呀！事情都过去了，各有各的理，咱们不谈这个好不好？”

你这么说，有个好处，就是除了可以转移话题，还暗示了“你的立场”。

牧羊人的角色

“转移焦点”是谈话的一种“主动行为”，如果你会说话，简简单单几句，就能把一大群人的谈话主题，像是“牧羊人带羊群”一样，带往另一个方向。

于是你可以了解，为什么许多主席、召集人和议长的选举，总是抢破头。他们抢的不是议长这个职位或薪水，而是他在会议中转移焦点的好处啊！遇到不利于自己的话题，他可以技巧地带开；碰上有利于自己的东西，他又可以加倍使力。他甚至可以无中生有，硬是把议题带到他想要讨论的东西上面。

带你进入我的地盘

举几个很简单的例子：

今天你很精通书法，到朋友家，一进门就看墙上挂的字，话题立刻就到了“你能表现”的东西上。

今天你爱紫砂壶，朋友给你沏茶，你又可以从一杯茶，谈到杯子，谈到茶壶，最后发表一篇你对紫砂壶的研究报告。

在聚会中，我们常见一些人高谈阔论，不但成为会场的焦点，而且表现了他的学识渊博，甚至因此得到老板和异性的青睐。

那些人真渊博吗？

可能不尽然，他们只是更会带动话题，他们把大家的话题，主动“引领”到他们最内行的东西上。

三句不离本行

做直销的人，就更需要这“转移焦点”的本事了。

你会发现那直销高手，管你今天谈的是选举、旅行、嫁女儿，甚至只是买包卫生纸，他都能左转右转，没几下，就转到他要推销的东西。

“买卫生纸啊，千万要买那种原生纸浆的，免得擦伤屁股，尤其有痔疮的人。不过痔疮这毛病主要是出在身体里有火气，你有火气，下面长痔疮，上面就长暗疮，只是你不一定感觉到。那暗疮在脸上潜伏，就造成提早老化，你最好用我这产品，一方面内服调理，一方面外搽保养……”

你说，他这番话，是不是神乎其技？由屁股一下子就能跳到脸上，到头来则是要你掏钱买他的东西。

这就叫“三句不离本行”啊！

小心“顾左右而言他”的人

看来“转移焦点”真是好处多多，但是你也要知道，这技巧如果用得不好，效果就恰恰相反了。

假使你是个职员，今天老板问你话，你一碰上自己不爱听的，或“心里有病”的，就转移焦点，把话题带开，除非你的技巧高极了，否则必定引起老板不高兴，觉得你说话不诚恳、不干脆，或是“顾左右而言他”。

更糟糕的情况是，许多“转移焦点”的人，不懂得顺理成章、顺水推舟，用相关的东西，在不知不觉间把焦点带开。

他们愈是心里有亏，愈是急，愈可能用“抢话”的方法转移话题。

譬如老板问他：“昨天的账整理好了吗？”

他明明没理好，却不正面答，反而转移焦点，说：“噢！对了！李总今天到公司来，那时您不在。”

请问，如果你是老板，你会被他这句话就转移焦点，不再问他账的事了吗？

只怕你更得问，而且愈是发现职员如此，你愈要小心他有短，愈要详加盘查，免得出大纰漏。

不能转移焦点的东西

“转移焦点”不是处处可用。邻人问你：“好大的烟，你家烧焦了东西吗？”母亲问你：“垃圾车都走了，垃圾倒了吗？”太太问你：“怎么夜里两点才回来，野到哪里去了？”丈夫问你：“我饿死了，饭做好了吗？”

如果你明明烧焦了东西，忘了倒垃圾，出去打了“野食”，麻将搓到没烧晚饭，你能用转移焦点的方式回答吗？

你那样做，只可能产生反效果。

可以偷天换日，不能颠倒是非

转移焦点，通常用在不需要立刻得到答案的事情上，或是当你可以“用转移的目标，替代部分答案”的时候。

让我们回头想想《老龙翻船记》的故事。

当老龙问小朱父亲在哪儿高就的时候，小朱说他老爸原来是公务员，现在已经退休了，又说人在美国，喜欢书法和收藏。这些答案差不多已经可以满足老龙，接着他又把话题带开，到老龙的收藏。老龙自然可能不再追问。

此外，当老龙问他学历的时候，他说了一大堆，由大学讲起，最后讲：“……然后修电脑硕士，所以回来之后，到电脑公司上班。”

他确实没说修到了学位，但是他用了语法上的技巧，换作你是老龙，你又会怀疑他没修到硕士学位吗？

最后，龙妈妈问小朱：“你妈妈也常给你们做饭吃吗？”

小朱说：“不！只有我小时候，她常做。”接着把焦点带开，“我妈做的都是北方菜。”再进一步带开，“没您做得这么细致。”

换作你是龙妈妈，你会想到小朱的父母早离婚了吗？

最重要的是——

小朱从头到尾，没有撒半句谎。

一个会说话的人，绝不是靠撒谎逃避的人，他可以不说话，要说就是真话。他可以技巧地把话题带开，以避免尴尬的场面，但绝不能显示出闪烁其词或言不由衷的样子。

妈妈桑万岁

“你比大家都棒！”
这句话由太太嘴里说出来，
还不如由小姐嘴里说出来。

“小弟十几年没回来，没想到您对我的情况这么了解，”殷博士举起酒杯，“敬大嫂！敬大嫂！”

“我对您当然了解，因为我老公总把您挂在嘴上嘛！”王董事长夫人看着丈夫笑，“对不对？”

董事长没答，点点头，笑得有点尴尬。

殷博士倒大声笑了起来，看看王董，又看看王董夫人，歪着头问：“学长不是数落我吧？”

“哪敢哪敢？”王董挥手叫了起来。

王董夫人插话：“是啊，他哪敢？他是佩服您，常说您比他小八岁，又同是麻省理工学院毕业的，但是您今天的成就大多了。对了，是前天吧？前天晚上我们家王老头还在床上扳手指头算呢！说他在您这个年岁，还在为人打工。”

“学长是太客气了，八年前还为人打工，现在产品却行销全球，这不是成就是什么？”

“唉！老弟啊！”王董拍拍殷博士，“您别糗我好不好？我还是在为人打工啊！代工不是打工，是什么？除非像您，发明突破性的产品……”

“敬酒！敬酒！”殷博士举起酒杯，打断了王董的话，“等会儿还要到贵公司参观呢！”

出电梯，王董倒退着步子：“殷博士请！”

突然间，坐在办公室里的人全站了起来，有个大胆的小姐急着问：“董事长，这位就是发明新压缩技术的殷博士啊？”

“对！”

才一个“对”字，整个办公室里的人全叫了起来，刚才问话的小姐还捂着嘴尖叫：“殷博士，我最崇拜你了！”

参观完生产线，回到王董办公室，刚坐下，就听外面闹哄哄，原来好几个业务部的小姐要请殷博士签名。

“真不像话！真不像话！”王董直摇手，“殷博士才回来，改天再来麻烦他。”

“没关系！没关系！”还是殷博士亲切，自己走了出去，为几个小姐签了名，还握了握手。

就见那几个女生兴奋地跳：“回家不洗手了。”

殷博士则笑着摇摇头：“真搞不懂，我怎么一下子变成明星了？”

“你当然是明星。”几个小姐都离开了，还转身喊，“我们董事长常提起您是‘中华之光’，只有像您这样的人，才能让我们有一天超越美国。”

晚餐是在王董常去的一个江浙馆子。

十几年都在那儿宴客，里面的人全熟，一一过来跟王董打招呼，王董少不得介绍殷博士，但都被殷博士拦住了。王董知道殷博士是一天到晚窝在实验室的人，行事低调，也就没多说。

倒是那餐厅的钱副经理，对殷博士十分好奇，一直问东问西的。

“钱小姐是这儿的老人了，从小丫头时就在这儿。”王董笑着介绍。

“现在成老丫头了！”钱小姐笑出两个深深的酒窝，“多年来，全靠王董的照顾。”

“什么话？你是靠你漂亮又能干。”说一半，外头喊有王董电话，他只好向殷博士告个罪，出去接电话。

这下钱小姐可有机会了，靠着殷博士的椅背，跟殷博士搭讪："您是哪儿的博士啊？"

"我跟王董是前后期同学，MIT（麻省理工学院）的。"

"噢！"钱小姐眼睛睁得大大的，又嗯了一声，点点头，"怪不得，您也像王董一样，没架子。"又放小声，"您是不是要到王董公司工作啊？我告诉你，他棒透了，我认识他十几年，没听过一个职员说他不好。他啊，虽然不太会应酬，却是我见过的最努力、最实在、最讲义气的人……"抬头，往外瞄一眼，"他回来了，我不说了！我不说了！"

"你是不是在说我坏话啊？"王董笑嘻嘻地进来，盯着钱小姐问。

"她没说你坏话，是说你好话，问我是不是要到你公司上班。"

王董脸一下子红了："什么？喂！钱小姐，你知道他是谁吗？我还求着要到他那儿上班呢！"

"什么话！什么话！"殷博士把王董的肩膀按下来，举起酒杯，"来！敬老学长。为咱们今后的合作干杯，我的新技术，决定交给您了！"

有话好说

回头想想，王董从头到尾，没有表示一点点，他确实想取得殷博士最新的专利技术，但是他不像别的生意人，一个劲儿地催促，他知道殷博士是学术界的人，不喜欢那一套。

但是为什么他没说，殷博士反而主动交给他了呢？

王董就是这一点高哇！

最高明的"说话人"，不见得都是自己说。

他可以通过副手或身边的人去放话，把狠话传到对方的耳里。

他也可以不通过自己，而用别人的话印证自己的“好话”。

王董正是如此，他通过自己的太太、通过职员，甚至通过餐厅的小姐，把话传到殷博士耳里。

背地说话

自己说话，人家可以认为是吹牛。但通过别人的嘴来证明，就不是吹牛了。

非但不是吹牛，别人的话还有个效果，就是“背地话”的效果。

想想，你如果听人背地说你坏，你是不是加倍恨他？相反，当王董在背地对职员、对家人都赞美殷博士的时候，殷博士听在耳里，是不是也就加倍舒心？

王董甚至躺在床上，都赞美殷博士，这是王太太说的，能有假吗？

还有，那餐厅的钱小姐，不知道殷博士是何方神圣，居然也背后说王董好，她跟王董认识十几年了，她的观察能错得了吗？

妈妈桑文化

你或许要问，难道王董早都安排好了，叮嘱太太要怎么说、钱小姐该怎么讲？

错了！你要知道，真正会讲话的老婆和职员，他们自然懂得如何跟老公和老板唱和。至于那餐厅领班、酒廊领班小姐，更是深谙此道。

遇到你生意上的伙伴，她会说你平常私下跟别的朋友聚会总赞美他。遇上你的部属，她会说：“你老板虽然脾气不好，凶了一点，常得罪人，可是私底下非常关心员工，尤其欣赏您呢！”

于是原来白天谈不成的生意，酒过三巡，双方都有些醉意，说话也愈来愈没遮拦的时候，妈妈桑再一“推”，事情就成了。那些心怀不满的员工，几杯酒下肚，发发牢骚之后，又听妈妈桑这么一说，就豁然开朗了。

至于夫妻之间的唱和与默契，以及政界的“借话技术”，就更有学问了，请看下面两章。

请找我的代言人

学生在背后还称你老师，
你必定是个成功的老师。

故事一：班宝久仰了

“以前开同学会，就数他们神，现在就数他们怪。”小于一进门就摇头。

“谁怪啊？”于太太问。

“班宝啊！”

“什么班宝不班宝？我又不认得你那些同学。”

“就是我以前班上的一对，那女生年轻时候漂亮极了，才大一，就被班上小包追去。小包又高又帅，功课又棒，因为是郎才女貌，所以大家管他们叫‘班宝’。”

“那女生既然漂亮极了，你当初为什么不追呢？”

“我要追啊！可是慢一步，让小包抢先了啊！不过幸亏没追，红颜祸水，小包是一等一的人才，可是娶了她，却做什么垮什么，现在大家都不错，就数他们可怜。大概因为以前比谁都强，现在比谁都差，所以怪吧！讲话老是酸溜溜的，今天私底下还跟我开口……”

正说呢，突然电话响，于太太过去接：

“您是哪一位？小包？哦！我知道了，您是小于的同学，班宝对不对？我当然知道，小于早就跟我说他大学班上有一对，郎才女貌，人见人羡。哪儿的话？您是客气，什么时候来寒舍玩啊？”抬头看小于，小于摇摇头，于太太就继续说，“您找小于啊？他还没进门耶！”

故事二：孩子重要

砰砰砰！“什么声音？”小刘吓一跳。

“洗衣机啦！洗得少，没摆好，脱水的时候就这样。”刘太太冲到阳台，把机器关了，伸手进去，“我摆摆平，不要一边重一边轻，就不会吵了。”

小刘拿着报纸跟过去：“你今天这么晚洗衣服干吗？你不是都上午洗吗？衣服又不多，急什么？”

“当然急！”洗衣机又呼啦呼啦地转起来，刘太太转身，把丈夫推进屋，放小声，“朱大妈的两个孩子都感冒了，发高烧，三天都没退，我不知道，跑去收会钱，她还请我坐，给我倒水，我哪敢喝啊？逃都来不及了，回家就把衣服全脱了，又怕细菌死不掉，招上你们，所以干脆洗掉。”

“咱们大毛不是常跟朱家的孩子玩吗？”

“是啊！幸亏这两天她孩子生病，没在一起，我已经叮嘱大毛了，离他们远点，他那两个孩子八成得的是流行感冒，招上就得连烧七十二小时，你说可怕不可怕？”

电话突然响，刘太太过去，正要接，看见“来电显示”是朱太太，眼睛一瞪：“糟了！我忘了，她今天没现钱，说晚上叫她先生去提款机提，现在八成要送来。”

“没关系，我来。”小刘一笑，把电话接起来，“喂，是朱太太啊！对了，孩子好点了吧？听我太太说您两位公子有点不舒服，挺为您操心的，不过我才看报上登，这阵子流行性感冒，虽然发烧不容易退，可是不会有什么大碍，三天之后自然就退了，您公子怎么样？噢！明天一定就好了。会钱？什么会钱？哎呀！这不用急嘛！您好好照顾孩子，我太太明天再去您府上拿好了。”

突然旁边伸出手，把话筒抢了去：

“喂！朱太太啊！您交给巷口老板娘就成了，她离您近，我明儿会去她那儿。”

电话挂上，又狠狠给丈夫一巴掌：

“你敢情要我再洗一次衣服？”

有话好说

谈到“帮腔”和“美言”，一般人都会想，是由太太帮丈夫，其实如前面两个故事，太太可以帮先生，先生也能帮太太。

未经套招的真言

当别人打电话找你的另一半时，没错，你是可以立刻把电话交给他，但是如果你是会说话的人，何不借这个机会，为另一半做点公关？

电话是突然来的，你不可能事先准备，你们两口子不可能在几秒钟内套招。这时你说的话，格外让对方信任。

可不是嘛，当小于的太太说小于常提班宝是郎才女貌、人见人羡的一对时，对方听在耳里，心想：小于居然私下跟他太太赞美我们。他能不高兴吗？

尤其对于失意人，今天他不如意，你还能记得他的优点，特别令他感动。

雪中送炭的话

同样的道理，当朱太太听到刘先生一接电话，先问她孩子的病情，又安慰她说不会有大碍，明天一定好，还叫她别急着送会钱，好好照顾孩子的时候，也一定有雪中送炭的感觉。

哪个父母，当孩子生病，不知所措的时候，听见朋友说“我清楚这种病，不会有大碍”，能不觉得像在茫茫大海里抓住一截浮木？

朱太太也一定会感激刘太太，因为刘先生的话，证明她一定回家对丈夫说了，否则刘先生不可能编得出来。

人分亲疏，话分内外

当然，那些听话觉得贴心的人，都不知道对方私底下是怎么说的，因为说话人已经把负面改为正面。

人都一样，在人前与人后，可以说两种不同的话。前一刻他在家里还损别人叫“王矮子”“孙猪头”“丑丫头”，后一刻，碰上那些人，又立刻改成了“王先生”“孙老板”“某小姐”。连小学生都懂得把爸爸妈妈讲的“浑蛋人”，改成某伯伯、某伯母。

看对象、分亲疏、别内外，几乎成为人们说话的本能。问题是，只有那真会说话的人，才知道怎么把私房话当中的材料，经过选择，变成“动听的言语”。

用情不是矫情

或许你要责怪这太矫情，只是我问你，你敢说自己讲话，在人前人后完全一样吗？

如果你能像前面故事中的于太太和刘先生，把“赞美”与“关怀”提炼出来，让对方高兴，帮朋友解忧，这矫情不是比你直言好上千万倍吗？

“用情”不是“矫情”，能多花点心思说让人舒心的话，就是一种“情”的表现。

肚脐上的金环子

作文最容易的开头是“古人说”，

吵架最简单的开头是“他妈的”。

放下电话，美美叹了口气，正好让婆婆看见了：

“什么事啊？又有同学在世贸中心死啦？”

美美摇摇头：“没有，没什么事。”看婆婆忧心忡忡的样子，美美笑笑，“不是坏事，是好事，我大学最要好的同学在美国结婚了，要回来度蜜月。”

“这是好事啊！你干吗叹气呢？”婆婆松口气，“前几个礼拜看你天天哭，听说又有美国电话，我都怕了。”

“我叹气是因为这个同学在咱们这儿没有亲人，问能不能在咱们家住十天。”

“能住啊！”婆婆眼睛一亮，“我就喜欢有人来，陪我聊天。”

“可我不想招呼她那么久啊！”美美嘟着嘴，“好同学是好同学，可是住家里，不能不招呼，还是挺累的。”

“那简单嘛！”婆婆一挥手，“你就说你婆婆难缠，不行！”

“不行……”美美犹豫着，“又说不过去。”

“那就让她住五天吧！”婆婆原来走了，又转身回来，“但是说话技巧一点。”

当天晚上，美美就打电话去了美国：

“小青啊！我先生说欢迎，可是……可是，我得跟你直说，希望你别介意，”突然放小声，“你知道，我是跟婆婆和小姑一块住，我小姑还没嫁，老人家很迷信，一天到晚怕我小姑嫁不掉，唯恐别人抢了家里的喜气。所以……所以，我招呼你住五天好不好？另外五天……”

“没问题！”美美还没说完，小青已经兴奋地叫了，“太好了，另外五天我自己想办法。”

小青来了，带着她的洋老公。

看到小青的第一眼，美美吓了一跳。天哪！超短的迷你裙，上面穿个小肚兜，肚脐眼上还打了个洞，穿了个金环子。

婆婆也傻眼了。不过奇怪，老人家反而像看热闹似的，一点不排斥，还直伸手去摸小青的肚脐环，一个劲儿地叫有意思。

“婆婆好开明嘛！你觉得有意思啊？来！麦克，给婆婆见识见识！”

就见她洋老公对着婆婆一张嘴，伸出大舌头。

“噢！这儿也挂个环子！”婆婆的眼珠子差点掉出来。

“妈怎么这么老三八，你叫小青怎么想？她怎么信我婆婆保守，只招待她住五天？”晚上美美对丈夫抱怨，“而且，宝宝都受了影响，居然腆个肚皮，说他也要装肚脐环。”

“嗯！”丈夫低头想了一阵，又抬头说，“你这样吧！让我做坏人，你就跟小青说，你老公没见过世面，色迷迷的，羡慕她那样的性感，叫你也去装。”

“她就建议我也去装，怎么办？”

“简单嘛！你就说你不愿意，叫她穿保守点，免得我一看到，就想起来。”

这招真管用，小青果然换了长一点的上衣，把肚皮遮住了，迷你裙也换成了长裤，只是看到美美的丈夫就笑，笑得怪怪的。

还有那宝宝，总是拉着阿姨，要看肚子上的圈圈。

虽然生活方式有点不同，但小青来的这几天，家里还真增加许多笑声。加上小青会做人，左一声婆婆，右一声婆婆，带着老太太出去吃馆子，又送一堆时髦玩意儿给小姑子，还掏出好多奇形怪状的糖果给宝宝。那麦克则跟美美丈夫天天去打乒乓球，眼看五天要到了，小青在那儿打包，一家人还好像有点依依不舍。

“挺逗的，”婆婆居然自己来找美美，“让他们多住几天吧！”

“是啊，”丈夫也说，“一点都不烦，他们自己管自己，好像还管了咱们呢！”

“好消息！”美美去敲小青房门，“我婆婆说了，她好喜欢你们，要你们留下来。”

“真的啊？”就见小青从床上尖叫着跳下来把美美紧紧搂住，接着又跑去婆婆房间，把婆婆从床上抱起来，搂着打了几个转。

“不行！不行！”美美急着过去，“医生说了，我婆婆有骨质疏松，不能这样。”把小青拉回小青房间，又抬头看着窗子，不好意思地说，“还有啊！晚上要记得拉窗帘，这里不比你们美国住宅区，院子大、街宽，谁也看不见谁。你瞧瞧！前窗贴后窗，你在屋里穿这么少，怕邻居说闲话。”

“噢！”小青赶快过去把窗帘拉上，可又触电似的，回头，把窗帘一下子拉开，故意在窗帘前扭了扭，“有人要看吗？来呀！好看哟！”接着，唰一声，把窗帘又拉了起来，大家笑成了一团。

十天过去了，小青走的那天，婆婆居然红了眼眶，拉着小青的手：“你走了，我又没人陪着聊天逛街了。”麦克则临上飞机，又跟美美的丈夫去打了一场球，宝宝更是哇哇直哭。

连小姑都依依不舍，跟小青拥抱了一番。

“这是给你的。”小青一边拥抱，一边把个红包塞在小姑的手上。

“这是什么意思？”小姑把红包塞回去，“不能拿，不能拿！”

“一定要拿！”小青笑道，“我妈特别从美国打电话来，叮嘱我，说这个能把我的喜气分给你，祝你早日找到好对象，你是非拿不可的！”又低头，小声问，“怎么样，你装了吗？”

“今天早上装的！”小姑把上衣一拉，“瞧！二十四 K 金的，大家都说好看耶！”

有话好说

故事说完了，你猜，我要讲的说话技巧是什么？

是“借用”他人的话，也是“找借口”的方法。

回头看看，从头到尾，美美用了多少借口？

明明是她不愿意，她说因为婆婆迷信，后来明明是她同意了，她又借口说“婆婆松了口”。

肚皮上穿环子，明明是美美怕宝宝学，可是借丈夫做文章，说怕丈夫色迷迷，又怕丈夫叫她也装环子。

窗帘不拉，明明是美美看不顺眼，却借口说怕邻居说闲话。

到后来，小青要走了，也用了借口，借她自己妈妈的口说她妈妈特别从美国打长途电话，要她送红包给美美的小姑。

那小姑更妙，跟小青学，偷偷去装了肚脐环，才装几个钟头，却也借别人的口说：“大家都说好看耶！”

古人说得好……

“借口”，实在是说话最常用的技巧。

学生写作文，动不动就说“古人说”；开头不知道怎么写，就翻《智慧语录》，照抄一段：“孔子说，庄子说，孙中山说，恺撒大帝说，林肯说……”

好像古人、名人一说，自己跟下来说，就言之成理了。

一点也没错！

当你引用别人的话的时候，首先，它就使你不孤立，表示不但你说，别人也同意，或别人这么说，你只是加以发挥。

拉拢人心

其次，你引用别人的话，还有个好处，就是把那些人拉到你的同一阵线。

不信你看！电视座谈节目，各派系都有代表，还有学者专家参加，你原来不知专家“往哪一边站”，又不知党派与党派就当天的议题是否有共识，但是人只要听一阵，某人开口说“前面某某说得不错”，“我认同前面某某的看法”，立刻形势分明。不是吗？

更重要的发挥，是在一群人竞选，谁也不让谁的情况下，你可以用“同意别人说法”的方式来减少对手、拉拢人心。

我就亲眼见到，在一个“大学社团负责人研习会”里，选举领导人的时候，每个人都代表他的学校，都希望能选上，都鼓如簧之舌，说自己有多能干，当选之后会如何努力。只有其中一人，他最后发言，没有多说他自己的想法，反而不断提到前面别人的“政见”，说他很同意，如果自己当选，一定要照着去做。

最后要投票了，大多数人把票投给自己，但是也有些人看看情势，心想自己表现不如别人，绝对当选不了，于是把票投给别人。

投给谁？

投给那政见与他相左的，使他被压在下面？

还是投给同意他政见，当选之后还可能向他请益，成为合作者的人？

当然是后者！

指桑骂槐

“借口”还有个好处，就是“诡文而谲谏”，明明是你说的，你却说“有人这么说”。你是把话当面说了，但是听话的如果不同意，要发怒，也不会发到你头上。你可以不认账，说“别人这么说”，你只是提出来供他参考。

话说回来，听话的人也可以猜到“你只是‘借口’，借别人之口，说你自己的话”，于是他也可以说：

“是谁说的？你告诉他，叫他小心一点，我会修理他！”

不就是因为“指桑骂槐”，能当面不撕破脸，而表明他的立场吗？

国王的新衣

“借口”更可以借“公正第三者”的口说话。

譬如你丈夫总出差，不在家，你自己不抱怨，只淡淡地说：“今天孩子说了，爸爸好像家里的客人，家好像成了旅馆。”

又譬如你的同事，一喝酒，就乱说话，你想劝他，而不直说，借你太太的口：

“我太太说，小王好可爱哟，平常不苟言笑，三杯下肚，就变得好亲切，什么都说，好多她原来不知道的，一下子，她全知道了。”

他扮黑脸，你扮白脸

还有，最常见的，太太把菜端上桌，她还在厨房忙，你和孩子先吃了。

天哪！菜一入口，吓一跳，怎么这么咸？你和孩子都龇牙咧嘴，但是你不说，等着孩子说。

“好咸哟！”孩子没心没肺，先喊了。

你却尝一尝说：“还好嘛！可能对孩子来说咸了点。”

这也是“借口”，你等着，等着必定会开口，却又不会引她冒火的那个人说话，然后打个圆场。

相反，如果你先开口：“咸了！”然后孩子跟着喊咸。

你想想，太太会怎么反应？如果当天她情绪不好，只怕把筷子一摔：

“好哇！老的挑，小的也挑。咸？你们做！明天老娘不做了！”

借刀杀人

最后，让我举两个政坛的例子，请大家去回味“借他人之口”的妙用。

一九九六年二月二日，在“立法院”。

被任命为“国民大会秘书长”的钱复，被人指着鼻子问：“你是搞‘外交’的，你懂‘法律’吗？不懂‘法律’怎么当‘国大秘书长’？”

钱复没生气，只淡淡一笑：

“我在美国学法律的，回来之后，就在‘政大’教‘宪法’，您说我不懂，我的学生和老师会很难过的。”

千禧年，针对是否戒急用忍，岛内政坛争执不下。

有记者问亲民党主席宋楚瑜，对福建沿海与金门、马祖地区直接往来的看法。

宋楚瑜对着镜头，很严肃地说：

“有人说不必与大陆来往，只跟美国来往就够了，这与大多数台湾民众的想法是相违背的。”

钱复和宋楚瑜多会说话啊！

他们没有说半个字表示自己被冤枉、不高兴，也没有讲“这就是我的立场”。他们很婉转地“借了口”，借老师、学生和大多数人民之口，表示了抗议。

以一人之力，借众人之口，那抗议多有力量啊！这就是说话的技巧。

受气包的报复

在篮球场上把对方狠狠地撞倒，
不挨揍的方法就是把他拉起来。

“怎么样？旅途愉快吗？”琳琳帮小秦把行李抬上车。

“你不要糗我了好不好？你又不是不知道，”小秦闷闷地说，“我快气炸了！”

“气炸了！真的吗？”琳琳笑笑，“我听的怎么不是那么回事呢？李副总，还有要走的刘经理都讲，你打电话回公司说好极了，还说小牛好极了，你们处得很好。”

小秦脸色突然变了：“你是信我还是信人家？我说快被气死了，就是快被气死了。”

“可是，可是你为什么打电话回公司的时候，不告小牛一状，还说他表现很好呢？”琳琳把语气缓下来，“要不是你叮嘱我，我都想去参小牛一本了。”拍拍老公，“我老公太受委屈了嘛！”

“不吃着，有什么办法？”小秦一边开车，一边叹气，“谁让我外文不好呢？碰到洋人都由他开口，我本来就处于劣势，我能跟他翻吗？翻了又能完成任务吗？不管怎么样，几笔生意全谈成了，气就忍下来吧！”

“可是……”琳琳“可是”了老半天，才小声说，“你知不知道，那姓牛的倒告你不少状？”

“我当然知道。”

“那你为什么不告回去？”

“他愈告，我愈不能告，两个人都告，让老板怎么想？”

“问题是，老板会不会就认为你是饭桶、窝囊废呢？”

“你说什么？”小秦吼了起来，“连你都这么说。”

“你别急嘛！喂！我是你老婆，我只是为你不平。”

当天晚上，公司就举行了庆功酒会，为这次谈成几笔大买卖庆祝。

小秦和小牛当然是主角。

廖董事长和方总经理也都到了，廖董一见小秦面，就握着小秦的手问：“怎么样？还好吧？”

“好极了！好极了！”小秦笑着回答。

“那就好！那就好！”廖董又拍拍小秦的手。

方总也过来拍拍小秦：“一路上辛苦了！你们两个主任，都是大才，能合作，不容易。”又歪着头，盯着小秦，“还胜任愉快吗？”

“愉快！愉快！”小秦的脸一下子红了起来，他不知道“胜任”两个字，有没有弦外之音。

抬头看，小牛那边可热闹了，除了跟几个女同事，好像八百年不见，又搂又抱，还大声卖他的洋文。

“不错嘛！出国一个月，英文更棒了，简直就像美国人说的。”“看样子，洋人都被你唬住了。”“哎呀！你忘啦！小牛是留美硕士，本来英文就棒。”“会不会交上什么洋妞啊？”“不会改天一下子成为洋女婿，飞到美国去了吧？”

几个三八女生，你一言我一语地逗小牛，还放肆地尖笑，愈显得小秦这边冷清。尤其当他隐隐约约听到李副总对小牛说这次出国的表现，对他升官大有帮助，小秦的心更是一下子跌到谷底。

“我说嘛，你不告他状，让他吃得死死的，到最后，他一定爬到你头上。”才进门，琳琳就把皮包一摔，“一晚上，我觉得怄死了！”抬起泪眼，“你知道吗？你那几个女同事，已经叫小牛‘牛经理’了。你说他好，根本就是保送他上垒嘛！”

小秦没吭气，一晚上两口子没说话，也都没睡好。

翌日，天才亮，小秦就起来了，坐在床沿上说：“听你的，我今天就去跟李副总报告，我实在忍无可忍了。”

小秦早早就进了办公室，注意着门外李副总来了没有。

九点二十分，才见电梯里走出方总和李副总，算着他们进了办公室，小秦赶紧拨电话过去。

王秘书接的，一接就先说：“好极了！好极了！老板正要找你呢！快过来吧！”

小秦的心一下子寒了，脸色变得苍白。完了！已经迟了！他心想，不知小牛又说了什么，只怕得卷铺盖了。

小心翼翼地推开李副总的门，吓一跳，居然廖董和方总都在里面，正谈笑呢！看见小秦，立刻静下来。

“坐！坐！”廖董叫小秦坐下来，摸着山羊胡子，盯着小秦看，看一阵，笑了，“看不出来，你这么年轻，能有这般城府。不！不叫城府，叫容人之量。你知不知道小牛一路告你的状？”

小秦点点头。

“你既然知道，每次我问你，你为什么还夸小牛表现好？”方总在旁边问。

“这是 teamwork（团队合作），我得跟他配合，他外文比我强。”

廖董突然大笑了起来，指着小秦：“这话有语病哟，我半句洋文都不通，怎么样？我该走路？”

小秦脸一下子红了，一屋子人却笑了。

“做领导人不是只靠学问，更要有雅量，我过去没看出来你这么能忍，是大才。”廖董抬头看看方总，“怎么样？你们可都同意了啊！”再拍拍小秦，“下个月刘经理离职，由小秦接！”

有话好说

廖董讲得一点没错——

要一个公司好，主管必须有容人的雅量。学问再好，如果容不得人，只会打小报告、搞小圈子，只可能把公司弄得鸡犬不宁。

所以小秦的成功，在于他能忍，他不要在外国客户面前丢人，也不想让公司的老板不安，即使知道小牛不断告他状，他非但不辩，还反过来赞美小牛。

赞美你的敌人

“赞美敌人”正是说话的重要技巧啊！

你今天不小心犯了错，一个个跟你有宿怨的人，都出来责怪你。

这时候你能辩吗？

你只要一辩，大家的炮火就对准了你的错。既然有错，无论大错还是小错，你就不可能推得一干二净，反而因为炮火集中，愈使人觉得你“强辩”“死不认错”，愈使你的小错变为大错。

相反，你乖乖认错，反过来赞美那些骂你的人，说：“他是长辈，我一定尊重他的教诲，好好反省、改正。”“他是先进，我以后要多向他请教。”

“伸手不打笑脸人”，他还好再骂吗？

你赞美他，他还对你穷追猛打，别人会怎么说？只会说他不厚道吧！

以怨报德，以德报怨

很多情势就是这样逆转的。

你一定常碰到，甲跟你赞美乙，改天你遇到乙，他却狠狠地骂甲。

这时候你会不会说：“喂！我跟你说，甲可是才跟我说你好呢！”

当你这么讲时，乙一定一怔，他能怎么答？

这一刻，他已经输了。

结果乙骂甲的事实被忽略了，那以怨报德的不合人情的做法，反而成为焦点。

许多人就懂得这一点。譬如你明明知道某人会参你一本，你反而抢先一步，出来公开赞美某人。

某人听说，原来要骂你，不是也骂不出来了吗？就算原来要大骂，不是也得改为小骂了吗？

给他面子，给你里子

赞美对手还有个好处，就是给自己挽回一点面子。

你一定常看见拳王争霸战拳击手在比赛前对骂的场面，好像是有不共戴天之仇，非第一回合就把对方撂倒不可的样子。他们甚至在记者会上就能大打出手。

比赛日子到了，两个人杀气腾腾地上台，一开始就出重拳，打得双方都血流满面，眼睑肿得像胡桃似的，不得不切开放血。

然后，强弱渐渐分明，终于甲拳手一记重拳，把乙拳手打倒在地，再也爬不起来。

接下来，记者访问，那战败的乙选手还讲狠话吗？如果是积分落败，还有话讲，而今被击倒在地，还有什么话说？败军之将不可言勇啊！

于是他可能一百八十度大转变，居然说："甲打得太好了，我虽然打得不差，但是他更棒，他是当今世界上最伟大的拳王，我还要再努力，再找他挑战。"

你老大，我老二

想想，乙为什么不再说大话？为什么反而赞美甲是最伟大的？

再想想二〇〇一年九月六号，美国网球公开赛，桑普拉斯在阿加西老婆面前，场场"抢七"，硬是把阿加西淘汰出局之后，阿加西为什么没有叹自己球运不好，场场都只输那么一点点，反而握着桑普拉斯的手说："这比赛真令我高兴，"然后拍拍桑普拉斯，"在下一场决赛，把冠军赢过来。"

他们这样说，是在给自己“做面子”啊！

你是世界第一的拳王，我只比你差一点点，是第二。

你拿冠军，表示我只差冠军那么一点点。

相反，如果我骂你是最烂的，或诅咒你下一场输掉，不是相对而言，我输给你，就比最烂还烂了吗？你再输一场，不就表示我是别人“手下败将”的“手下败将”了吗？

不否定别人

赞美你的敌人，是一种很高的说话艺术，最起码，你说得出口，就表示了修养。

赞美别人，也包括“不否定与你不同的人”。

举个例子，你今天去看画展，心里想：那根本是乱抹，烂透了！但是你不能直说，直说只能显示你的自大和自以为是。

于是你可以说：“我不懂他的画，但是我相信他这么表现，一定有他的道理。”

尊重你的对手，放宽你的心胸

更高境界的赞美，是对那些输给你的人表示尊敬——比赛完毕，你是胜方，你先伸出手去。

殊死之战，你把顽敌击溃了，你厚待他的战俘，安葬他的士兵，甚至带领同袍，向死者行礼，表示你尊重他这个“誓死不屈的敌人”。

你显示了泱泱的风范，也用敌人誓死不屈的“军魂”鼓励你的战士，这不更显示了你的伟大吗？

有容乃大！

一个会说话的人，总是心胸和视野最宽阔的人。只有心胸宽的人，他的话语才能厚道；只有视野宽的人，他的话语才能公正。只有这二者都宽的人，才能不卑不亢，用真情“把话说到心窝里”！

你听我说完哪!

“不……不……不……”
发现粪坑要垮的结巴对朋友喊。
说时迟，那时快，
扑通!
“好了！”结巴说。

“不得了啦！李太太，不得了啦！”赵太太上气不接下气地，也没敲门，就冲进李家、冲进厨房，“李太太！你家小毛在巷口玩，一辆沙石车开过来，紧急刹车，你家小毛就倒在车前面……”

“啊！”李太太手里的菜刀，当的一声掉在地上，她脸色苍白，直直地往外冲，才走两步，突然脚一软，颓然倒下。

“李太太！李太太！”赵太太过去摇，没反应，赶紧大声喊，“要命了！要命了！李太太心脏病犯了。”

救护车马上就到了，为李太太罩上氧气面罩，抬上车，赵太太也陪着坐在旁边，拉着李太太的手，不断地喊:“李太太！你可别死，你可别急，你听我说完啊，我是说你家小毛倒在地上，大家冲过去看，看他自己又站起来了，一点没伤，真是走运哪！可是……可是……”赵太太哭了起来，“你怎么不听我说完话呢？你家小毛正和我家大宝在我家玩呢！”

有话好说

故事说完了，怎么看这都像个笑话对不对？

可是许多人就用这种方式说话，搞不好，你的职员里就有这种人。

“老板！老板！不好了，工厂把东西全弄错了、装反了，幸亏我过去，及早发现，告诉他们，已经全改好了，送到客户手上，一点问题都没了。”

请问，如果你是老板，听他的话，听到一半，会不会心跳加速，大喊一声：“什么？怎么办？怎么办？”

如果你有心脏病、高血压，是不是也跟李太太一样，可能一下子昏过去？

当你发现职员说话犯这种毛病，你能不早早纠正他吗？

他为什么不说——“报告老板，货物已经送到客户手上，一切 OK，不过原来差点出问题，因为工厂起先把东西弄错了、装反了，幸亏我过去发现，及时改过来。”

他说的是一样的事，半句也没少，只是把头尾调换过来，感觉不是好多了吗？

当你不想接电话的时候

还有一个常见的情况。

“我忙不完，任何电话来，都说我不在，留下姓名，再回电。”老板对秘书说。

跟着有电话进来找老板。

秘书该怎么说？

她是说：“对不起，老板不在，请问您是哪位？”还是换个“次序”说：“您是哪位？对不起，老板不在。”

要知道，有很多人就因为用后面的方法说话，而得罪了人。

当你先说老板不在，再问对方是谁的时候，对方不会多心。但是当你先问对方是谁，才说老板不在，对方就可能不高兴了——“是不是因为是我，所以说不在？”

脾气坏的人还可能因此当场冒火：“他是真不在，还是假不在？”

所以，如果你交代部属或朋友为你接电话的时候，一定要注意他说话的方式，免得在不知不觉中得罪了朋友。

如果可能，你也可以一边忙，一边偷听着秘书的答话，假使他说：“对不起，我们老板不在，请问你是哪位，有什么可以效劳的？”

接着对方报出名号、电话，你一听，是重要人物，不能错过，立刻比个手势，秘书正好接下来：“啊！好极了，老板进来了。”

这种默契不是最完满的吗？

播新闻的次序

说话，最大的艺术就在同一句话你怎么说。哪件事先说，哪件事后说。尤其重要的是，你要知道如何说到重点。

我二十四岁大学刚毕业的时候，虽然主修的是艺术，却被延揽到电视公司做记者。

由于一向爱写作，所以刚去的一个多月，我写的新闻稿都没问题，直到有一天，某国元首来访，我从下午跟到晚上，写完稿子，交上去，却被主编打了回票：“重写！次序不对！哪有这样写新闻的？”

我的脸一下子红了，回问：“有什么不对？我先写某元首下午几点到达的情况，再写他下榻的旅馆，最后写他刚刚接受了总统的晚宴款待。事情是按这个顺序发生的，这样写，有什么错呢？”

“新闻！新闻！最新发生的事要先写，”主编没好气地说，“所以你得先写晚宴，再回头写下午的事。”

我照改了，只是又经过好长一段时间，才真搞懂，为什么要先写最新发生的事。

先说结果，后道原委

最新的结果先写，再谈事情的原委。无论你写新闻稿或说话，多半都应该这样。

比如你看新闻，某日某时在某地，因为两车对撞，造成两死一伤。

新闻一开头，必定先简短地说“某地某时发生一起造成两死一伤的车祸”，再回头来说“今天凌晨五点，在某公路上的某段，由某人驾驶的小客车，与另一辆由某人驾驶的大货车，因为闪避不及，造成相撞的惨剧，小客车的×××当场死亡，货车的驾驶员重伤，已经送到×医院急救，肇事原因正由警方鉴定中”。

请问，他为什么不在一开头，就按照发生的次序娓娓道来呢？

因为那样不是“新闻”的播法，是“小说”的写法。更因为那样做会耽误时间，造成类似“李太太心脏病发”的后果。

你吃饭没有？

说话，要抓住“要领”，要抓住“要点”，要直指人心，要干脆。

人人都知道这个道理，可是有人说话就是不能干脆。

举个例子。

你问他：“吃过饭没有？”

他明明可以直接答“没吃”，却很可能绕个圈子说：“我今天早上起晚了，到中午，原来想吃，又觉得不饿，一忙，发现迟了，匆匆忙忙赶过来，所以没吃。”

如果他能懂得播报的方式，先说“没吃”再做解释，不是干脆得多吗？

如果在开会的时候，大家都能抓住要领，不是会省下许多宝贵的时间吗？

说话的顺序，可以是“技巧”，也可能是“艺术”。前面谈的都是技巧，下一章让我们进入艺术的领域。

一句话让你成功

有些菜要大火快炒，
有些菜得文火慢煨；
有些话要开门见山，
有些话得拨云见日。

“秦小姐好！”小康堆上一脸笑，“王总来了吧？对不起，我提早到了。噢！对了！我叫工厂送样品过来。”小康东张西望地说，“是不是还没送到哇？”

秦小姐摇摇头。

“什么？还没送到？唉！他们老是拖。”小康立刻拨手机，才拨两下，看小廖进来了，立刻停止动作。

小廖居然也来这里抢生意，小康心想，他跟我从同一个地方进货，麻烦了，他报价会不会比我低？心里想，表面还是堆一脸笑，跟小廖握了个手。

小廖的手又湿又滑，他也去向秦小姐示好：“秦小姐好！”然后也一样小声问秦小姐，“请问我那样品送到没有？”

秦小姐也照样摇了摇头。

就在这时候，门开了，王总走了出来，居然没叫两个人进去，只是匆匆忙忙地说：

“你们推销离心果汁机，有没有附加切菜功能的那种？”

“有有有！”小廖和小康一起答。

“那就现在拿一台来看看，我急需。”王总说完，居然又进去了。

小康反应快，一个箭步，跳出门去，躲在一角打手机：“喂，我是小康啊！我要你们出的那台机器送来了吗？什么？出来了？你们不是总拖吗？怎么今天那么快？麻烦你们再出一趟车送一个 A3 型的过来，拜托！拜托！”

小廖在会客室里也没有闲着，他向秦小姐借了电话：

“喂，我是小廖，我急着要补一个 A3 型切菜机，如果来得及，你们跟离心机一起送过来好不好？”

两个人打完电话，都继续在会客室里等。

突然电话响，秦小姐进去几秒钟，便见王总穿得整整齐齐地冲出办公室。

又过几分钟，进来七八个洋人，看王总的样子，必定都是大客户。

王总的办公室门关上，接着又打开。王总探出头来，低声吼：“切菜机和离心机呢？”

“立刻到！立刻到！”小康和小廖赶紧报告。

果然，正说呢，东西就送到了。三个大箱子抬了进来。

“康先生一台离心机，廖先生一台离心机，加上后来追加的切菜机，”送货员说，“请签收。”

有话好说

你猜，这笔大生意，小康做成了，还是小廖做成了？

当然是小廖。

可是你想通了吗？同一个送货员，同一辆车，由同一个公司出的货，两个人又在同一时间打电话，要求加送一件。

为什么小廖的赶上了，小康的没赶上呢？

如果你是商场老板，一定早知道答案了——

因为他们说话的方式。

当一个公司送货总是迟、总是慢，总挨你骂的时候，有一天，你居然盼望他还没出发，希望他加送一件东西的时候，千万别一开口就问："东西送出来了吗？"

当你这样问的时候，明明东西还没出门，他怕你骂，也会说："走了！走了！"

这时候，你要他加一件，他好意思改口就说"正巧，还没走"吗？

但是，当你换个说法："我急着要加一件，如果东西还没出门就好极了。"对方则可能说："真巧！车子正发动，我叫他等一下。"

于是，你赶上了。

当你又要迟到的时候

换个角度。如果以前约会，你总迟到，今天你又要迟十五分钟，为了怕对方着急，你打电话过去，说话的技巧也很重要。

假使你电话一接通，就说："对不起，我今天要迟一点。"

你猜对方会怎么反应？由于他已经很痛恨你过去迟到，他八成会立刻冒火："怎么搞的？又迟到。你不是说这次会准时吗？"

但是当你换个方式，说："老张啊！我准三点一刻到，堵车，稍迟十五分钟。"

他一听，只迟十五分钟，则可能高高兴兴地说："好！我等你。"

当你只考六十分

又比如，你是个学生。

今天考数学，考了六十分，你回家要怎么说？

如果你开门见山："爸爸，我数学考六十分。"

搞不好，啪一声，一记耳光过来。

但假使你拐个弯说：

"今天数学考试好难哟，多半的人都不及格，连向来第一名的王大毛都只考六十五分。”

你老爸问:“那你考几分？”

“刚好及格，六十分。”

相信，那一巴掌绝不会过来，老爸当天如果情绪好，还能赞美你两句呢！

当场砸了宝贝

一个女学生上课时对老师说:“我昨天打破了我爸的古董茶壶。”

“你父亲有没有很生气？”老师问她。

“没有耶！我对他说:‘爸爸，我给您泡茶，泡了这么多年，都很小心，可是今天不晓得怎么搞的，把茶壶打破了。’”女生学说，“我爸爸先一怔，然后笑笑，故作没事地说:‘破了就破了，东西总会破的，改天再买一个新的吧！’”

她这话，全班都听到了。

无巧不巧，隔几天，另外一个女学生也为她爸爸泡了好几年的茶，也打破了古董茶壶。

她想起前面女学生说的话，照样去向她的爸爸报告，却被臭骂一顿。原因是，她把同样的话，换了个前后次序说出来——

“爸爸！我打破了茶壶。”她战战兢兢地报告。

“什么？把茶壶打破了，那是古董耶！”她老爸脸色大变。

“爸爸！可是我今天不晓得怎么搞的……”她解释。

“你心不在焉！粗心！”

“可是，我给您泡茶，泡了这么多年……”她又解释。

“你还强辩？”老爸吼了起来。

坏话要缓说

好！现在让我们回头看前面的四个故事——

“你们的送货车出来了吗？”

“我今天要迟到。”

“我数学考六十分。”

“我把茶壶打破了。”

这些都是他们说话的重点。如果是播报新闻或开会，这些重点都必须先说。但是在某些特殊的情况下，为了减少“冲击”，却不得不后说。

也可以讲，令人敏感的结果，最好不要单刀直入，你可以先“设定底线”，使对方知道糟也糟不到哪里去，或者经过“对比”，使那原本听起来很突兀的结果，显得不那么刺耳。

当然，还有许多情况，需要你先隐藏谈话的目的，一点一点，制造气氛，引导对方进入你的主题。

请看下一个故事。

告诉你一个好消息

好东西与好朋友分享，
好日子与好伙伴共度。
如果你常用我的产品，
保证我能过好日子；
假使你做我的“下线”，
保证我是你的好朋友。

“琳达，好久不见了！”

“你是……你是裘安，哇，真是好久不见了！”

“你越来越年轻了耶！”

“算了吧，你才越来越年轻了呢，我差点认不出你了。”

“我们有五年没见了吧！”

“嗯……是有五年喽。”

“日子过得真快，你儿子上小学了吧？”

“都小学三年级了！”

“真的啊！看你还跟个姑娘似的，儿子都那么大了，真令人羡慕。”

“得了吧！你才不简单呢！”琳达过去拍拍裘安的肩膀，“说实话，我觉得你才真是年轻，你……”

“还没嫁呢！唉，一天到晚忙事业，不嫁了！”

“还是没结婚不显老，”琳达绕着裘安打量一圈，“多时髦！多漂亮！”放小声，“哎！传授两招，你怎么保养的？”

“哪儿有什么保养？”裘安摊摊手。

“你骗鬼呀！我不信，你一定下了功夫。”琳达的眼睛上上下下地看着裘安。

“你真要听？”裘安笑笑，“年轻，大概因为我的皮肤保养得还算好，三十五了，多半的人都有眼袋了，我没有。”

“是啊！你是没有。”琳达把鼻子凑到裘安的面前，又低下头，“你看，我就有。”

“你有吗？”裘安也贴近看，“你也没有啊！”

“有——”琳达把“有”字拉得特别长。

“你有吗？我觉得你跟我一样啊！”裘安把琳达一把拉到镜子前面，天花板上一盏投光灯，正好打在两个人的脸上，立刻分出了“高下”。

“嗯……”裘安沉吟了一下，“一点点，你只有一点点，大概昨晚没睡好。”

“得了吧！有就是有，不像你，一点都没有眼袋。”琳达把嘴噘起来说。

“哎呀！”裘安重重拍了一下琳达，“眼袋算什么？搽点左旋E不是就没了。”

“左旋E？”

“是啊！你没听说左旋E，美国最新基因工程的保养霜？”

“没有！”

“怪不得了，来！”裘安打开皮包，拿出一个小盒子，“我刚买的，全新，还没打开呢！你要不要试？再不然……送你好了！”

“不不不！我买，你帮我买一瓶吧！”

“你真要买？可是蛮贵的哟！”裘安拍了一下琳达，“哎呀！说错话了，以你今天的身价，哪里在乎这点钱。”

“看你搽那么管用，我当然要买，多少钱？”琳达回桌子拿皮包。

“你可真性急，”裘安跟过去，笑笑，“不过你今天也真碰对了人，我跟这家美国公司熟，七折就买到了。原价一万三，给我九千就成了。”

琳达怔了一下，不过只有半秒钟，又笑了，一边数钱，一边说：“基因工程的东西，确实不便宜。”

“也确实管用。”裘安接过钱，又掏皮包，拿出一沓说明书交给琳达，“你看看，就知道为什么管用了，上面全是使用者的见证。哦！对了！”又拿出一张表格，“如果有朋友感兴趣，你也可以介绍给他们，你填张表，跟我拿货，只要卖十盒以上，就可以拿半价。”裘安拉着琳达到窗口，“你看！下面那辆红色的 BMW（宝马），就是我的，你只要买卖百瓶，公司就送你一辆。下个月，公司还安排去夏威夷呢！”

有话好说

故事说完了，你大概也看懂了。

五年不见的裘安，今天为什么自己找上琳达？

很简单，她要推销她直销公司的产品，要琳达做她的“组织下线”。

但是，她没有开门见山地说明来意。她绕圈子，她甚至没说半句要推销的话，而是琳达自己上钩的。

妙不妙？高不高？就这样，九千块到手了。

话说回来，如果裘安开门见山就说：“你看，你有眼袋了，我都没有，我介绍你一种有特效的眼霜，一瓶九千元。”琳达会买吗？

只怕当场就翻了脸：“你居然说我有眼袋，伤我自尊心？原来你是要推销那什么狗屁东西，贵得要死，谁知道你是不是去动了除眼袋的手术，再拿东西唬人？”

惊艳的效果

把重点或惊人的结局放在后面说，以造成“惊艳”的技巧，正是我们在这一章要讨论的。

轻话不可重说

举个例子。

有个老先生，突然失眠，浑身乏力，对什么事都提不起劲儿，连大门都不愿意跨出半步，而且莫名其妙地想哭。

老先生去看医生。

医生检查之后说:“你是脑出了问题。”

老先生脸色立刻变了。

医生又说:“是脑里的传导物质出了问题。”

“什么传导物质？”老先生紧张地追问。

“这是一种老年忧郁症，老人家常有的问题，”医生又说，“小毛病！我给你开药，很快就会好。”

老先生一下子松弛了，差点滑下椅子。

看完这个例子，你说，那位医生会不会说话?

如果同样的话，他反过来说:小毛病，吃药就会好。这是一种老人常有的忧郁症，是脑里一处传导物质出了问题……老先生会那么紧张吗?

坏话可以好说

再举个例子——

一个教钢琴的老师，对学生家长说:

“下个礼拜开始，你小孩的学费要调涨了，由一小时三百五调到五百。”

家长大吃一惊:“什么？一下子涨高这么多？为什么？”

“因为你孩子弹得越来越好，现在已经进入高级班，所以要照高级班收费。”老师说。

“他进高级班了？”家长嘴一撇，“我怎么觉得他还弹得很烂呢？”

请问，那老师会讲话吗?

如果把句子反过来安排——

“恭喜！恭喜！你孩子愈弹愈好，现在可以进高级班了！”老师高兴地对家长说。

“真的啊！我还以为他很初级呢，”家长笑道，“都是老师教得好。”

“哪儿的话！是您孩子的资质不凡，”老师摸摸孩子的头，“不过这下升入高级班，又要妈妈多破费了，由一小时三百五调到五百，你可得好好用功，别辜负爸妈的辛苦哟！”

你说，感觉不是好太多了吗？

由以上这些例证可以知道，你在陈述任何一件事情之前，都应该先想想，用什么方法能造成最好的效果。你是希望对方大吃一惊，还是要他慢慢进入情况；你是希望先提供各种资讯，由对方去组合，再跟你的结论印证，还是冷不防地给他一记，再为那“一记”做补充说明？

这样说，可能还不够明白，再举几个例子吧！

冷不防给他一记

比如你主持选美会，每个小姐都由你介绍出场。

“现在出场的是来自纽约的宾琳小姐。”

宾琳小姐出场了，在掌声中，你继续报告：

“宾琳小姐出生在纽约市，今年二十一岁，身高一百七十厘米，体重五十四公斤，是纽约大学的学生，主修英国文学，喜欢文学、音乐、旅行，希望将来当个作家。”

你这样介绍，是标准的主持选美会的方法。因为每个佳丽在选前都不是名人，对大多数观众而言，也很陌生，所以你可以用“开门见山”“播新闻”“做简报”的方式介绍她出场。

慢慢地由你来猜

但是，换个角度，今天如果出来的是个大家拥护的名人时，你就不能这么说了。

你要换“先提供各种资讯，由对方去组合，再跟你的结论印证”的方式，比如你说——

“有一个女孩子，她天生有着甜美无比的歌喉。十岁那年，她参加黄梅调歌唱比赛，得了冠军；十四岁推出第一张唱片；十五岁，她上了《群星会》节目；

二十一岁，她开始在日本走红，一九八六年创下日本三连霸纪录。她的歌声更陶醉了全中国十二亿人口。现在就让我们以热烈的掌声欢迎这位国际巨星——邓丽君小姐。”

于是，响起如雷的掌声。音乐响起，邓丽君上场。

想想看，那场面多美、多轰动，大家的情绪又是多么激昂。

原因很简单——你把群众的情绪，一步一步地带到高潮。

相反，如果你换成主持选美会的方式，一开始就说“现在介绍邓丽君小姐出场”，那感觉会好吗？

而且就算有热烈的掌声，你后面继续介绍邓丽君的话，又有人能听得到吗？

当你的介绍词与群众的反应抵触时，有些人想静下来听你说什么，有些人又要鼓掌，那掌声能“如雷贯耳”吗？那气势能不减弱吗？

当你主持会议的时候

或许你要讲：“我又不主持节目，哪需要学这种说话的技巧？”

那么我问你，你有没有可能在公司会议中介绍别人，或主持同学会呢？

你是不是也能在同学会里说：

“有位小姐，曾经是我们班上男生做梦的对象，可惜，她早早就出了国，还做了博士夫人，有了两个宝贝儿子，你们猜，这位贵宾是谁？她就是王玛丽。”

于是原本躲在后面的老同学王玛丽走出来，不是很令大家惊喜吗？

当你主持节目的时候

会介绍人与不会介绍人的效果，是差得很多的。

会用这种方法介绍的，他知道怎样不疾不徐、不多不少地引导大家的思想。他不会露出太明显的口风，不会在介绍邓丽君时早早提到日文歌《空港》和中文歌《小城故事》，因为一提，大家就弄清楚了，场面就哗然了。

所以许多歌星演员上节目，一定要挑主持人。他们平常也得拍着主持人，因为主持人一两句话的不同，就能造成全然不同的感觉。

当你演讲的时候

本章最后，让我把同样的技巧，用在演讲里，给你举个精彩的例子——

有一个人，看起来很倒霉。他有四个孩子，但是早死了三个；他二十一岁的时候经商失败；二十二岁竞选州议员又失败；二十六岁失恋，差点死掉；二十七岁那年精神崩溃；三十四岁，他竞选议员失败，再选，又失败；四十五岁他改选参议员，还是败北。直到五十二岁，他终于成功了。他成为美国的第十六任总统，他是谁？

他是亚伯拉罕·林肯！

这段话多有魅力！

它的魅力在哪里？

它一步一步释放资料，让你猜、让你想，最后“光华四射”地呈现“谜底”。

同样一段话，位置前后不同，效果完全不一样。

把话说到心窝里，就需要这样的技术。

无耻老豆的阴谋

Mission Impossible，
不可能的任务。
你办成了，是我要你办的；
你办垮了，此事与我无关。

“原来如此，这个无耻老豆！”小邱把小梅的手一甩，走到一边，狠狠地骂，“怪不得他要你给他儿子补习，要你帮他整理资料，还要你帮他放幻灯片，现在我全懂了，你说！你说！你跟他怎么样了？”

“没有怎么样嘛！”小梅捂着脸哭了起来，“有怎么样我也就不会跟你说了。说了，就是没怎样，他能把我怎么样？”

“可是，你不是说从去年上学期开始，他就追你吗？那时候我们还没在一起，那时候有没有怎么样？”

“没有啦！没有啦！”

小邱的气还是没有消：“我现在懂了，怪不得这一年来，那个无耻老豆对我这么凶，原来我成了他的情敌。”

“你不要说得那么难听好不好？”小梅一跺脚，哭得更大声了，“什么情敌不情敌，我说了嘛，没怎么样！”

她把“没怎么样”四个字喊得特别响，女生宿舍里好几个人探出头来。

“听说你和小梅吵架了？”

居然第二天就有人听说，而且不是别人，是那无耻老豆的秘书周小姐——周讲师。

周小姐一边影印，一边装作没事似的说:“小邱啊，做人学聪明点，你马上毕业了，毕业分配还是主任批，你希望分到哪儿去？小邱啊，女孩子多的是，主任已经决定把小梅留下来当助教，过两年她就升讲师，你何必挡她的前途呢？”笑笑，“而且，你也得考虑自己的前途啊！”

“真是贱女人！”小邱骂，“早听说姓周的跟无耻老豆有一腿，现在搞清楚了，她当年是怎么被提拔的。无耻老豆最好放聪明一点，小心我把他捅出来！”

“捅？你怎么捅？”小梅问，“你有什么证据？你小心他把你分到外岛去。”

“分到外岛？”小邱笑了，“以我的成绩，以我当系代表的资历，他把我分到外岛？好极了！他分哪！”上牙咬着下唇，想了想，“对！你改天就建议他把我分到外岛去。然后我们四处去放消息，说主任视我为眼中钉，会把我分到外岛。”

小梅眼睛瞪得好大:“为什么？为什么？你真要离开我？真要去外岛？”

“笑话！我不是要去外岛，是要留在你的身边！”放小声，在小梅耳朵旁边说，“……”

才几天时间，半个学院的人都知道了，小邱得罪了主任，主任要把他分到外岛去。

当然，还附带了一些小道消息。谁看不出来主任一天到晚找小梅？谁又看不出来主任看小邱的眼神？

只有主任不知道这些风风雨雨，这也难怪，因为当事人总是最没耳朵的人。毕业前，分配名单公布，小邱果然被分到外岛。

大家都怔住了，没想到真会这样。小邱却笑了，因为大家的错愕，就是他的利器。

名单公布的第二天，校长就把主任找了去。

“我早听说你跟那个女学生小梅的事，还不信。后来大家传，你堵她的男朋友，那个系代表小邱，我还想，不可能！”校长把分配名单递给主任，“你说吧！小邱是台北人，成绩又是第一名，你凭什么把他分到那么远？是为了你方便吗？你说！”

“是这学生自己要去的。”主任说。

“笑话！”

“是真的！他托小梅跟我说的。”主任急得直冒汗。

“也是他托小梅去找媒体喽！”校长霍地站起来，“你知道我一早接到多少电话吗？”

分配名单从布告栏消失了，隔一下，又贴出来，小邱——天哪！小邱居然被留校，做了助教。

小梅则换下来，到附近一所著名的女校。

“是我搞错了，”周讲师一边贴，一边对着围观的学生说，“当时主任把小邱的资料放在一边，我以为是分到岛外，其实是留在系里。”

“哇！小邱完了，留在眼中钉的旁边。”有人促狭地说。

“不会啦！”周讲师转过身，搓搓手，笑道，“主任今天中午已经请辞了。”

有话好说

好！故事说完了。

你猜我在这一章要谈的是什么？

是说话的特殊技巧——放话。

放话，说得简单一点，是“把话放下来”，或者“把话放出去”。说得通俗一点，是“狠话先说”或者“给你一点暗示”。

当然，放话的学问大了，还是让我分析给你听吧！

先小人，后君子

中国人常说“先小人，后君子”，意思是把丑话说在前面，大家搞清楚条件，免得以后面子不好看。

最基本的“放话”就是警告。

“小心点，如果你追他女朋友，他找人揍你。”

这是多清楚的放话！这话可以由你自己当面说，也可以像前面故事中，由周秘书去说——“小邱啊，你也得考虑自己的前途啊！”

如果自己说，这放话是最简单的。但要是经过别人，那放话就妙用无穷了。

比如：

你合作厂商的秘书正和你的秘书通电话，他的秘书说要涨你的价。

他是在放话，怕你一下子毛了，不敢自己说，于是通过他的秘书，探探你的口风。

你要是装不知道，他就真涨了。

当你发现这涨价不合理的时候，你能不立刻做出反应吗？

于是，你可以在秘书旁边，当场就冒火：“去他的！涨？可以啊！我们换厂。”

你的声音要大到让对方听见。

你也可以叫秘书再打个电话去给对方的秘书，婉转地说：“我偷偷跟老大暗示了一下，他好像很不高兴，你最好跟你们老板反映一下，别弄僵了。要涨，隔一阵子再说吧！何况最近不少别的工厂来抢你们生意呢！”

这间接放话是不是很棒？

因为是“间接交兵”，互探虚实，所以能不伤情面。

我没要他说啊！

谈到不伤情面，间接放话还有一个好处，就是你可以不认账。

举个例子，你想把某个重要的干部外调到他不喜欢的单位。

你先要秘书闲谈间把消息“漏”出去，然后静观对方的反应。

他果然毛了，找上门来。

你不愿得罪他，可以说："我没说过啊！"还可以大叫："谁说的，把那人找出来！我怎么可能把你这么重要的伙伴调出去呢？"

你甚至可以把秘书当面叫来臭骂一顿："是不是你出去胡说八道？"

问题是，话已经放了，对方也可能警觉到，他是不是有令你不满意的地方？他是不是该自己卷铺盖，免得死得很难看？他是不是需要努力改进了？他是不是该请他太太去拜访你太太了？

放话，棒不棒？

不准露毛

放话也可能是"明明白白地说出底线"。

比如：

外国某舞蹈团要来演出，那是由一家非常有分量的团体邀请，有一大群文艺界人士支持的。听说那舞蹈当中将有一段全裸的演出，偏偏那又是你所代表的"官方"所不准许的。

你是应该先说，还是后说？

你是先不吭气，等文艺界大加吹捧，票也卖光之后再说，还是等"全裸"出现，当现行犯逮捕？又或是，你等他演完了，再罚钱？

如果你聪明，最好在他们舞蹈团还没登陆，甚至还没开始卖票的时候就"放话"。你可以安排个记者会，再"安排"一位记者问"对某舞蹈团来公演的看法"。

于是你气定神闲地答："只要他们遵守我们的法律，我们绝对欢迎，但是，如果他们以为可以游走法律边缘，我们一定不手软。"

丑话早说，免得将来翻脸，也免得他将来成了气候，到头来，你不得不让步。

丑话先说

当然，"放话"更常用在外交当中。

比如某国元首将来访，你是接待国的元首，在他来的前一天，先举行记者会，或找个场合演讲，把"对对方的欢迎之意""对高峰会议的憧憬"以及"对本国民众承诺在谈判中坚守的底线"，全说出来。

你为什么说，是说给谁听？

除了说给你自己的人民，你也是放话给对方听啊！

你这种放话最狠。

因为他已经要上飞机了，他本国民众已经在盼望他带回美好的果实了，他是箭在弦上，不得不发了。

这时候，他听到你的演讲，有令他不满意的，他能喊刹车吗？

多半的时候，他硬着头皮来了。而在来之前，他已经知道了你谈到的底线，他知道你对自己民众公开说出了底线，他再不识趣，也不能给你难堪。

于是，大家各退一步，找可谈的谈，不是比上了谈判桌，才发现互不相让，不欢而散，好得多吗？

我早猜到他会这样

放话，更重要的功能是“卡位”，把对方的位子先卡死。

竞选当中，你怕对方“邀请你”来投入他的阵营，给你最高的职位，造成人民的“弃保效应”。于是，你早早就说：“投票前，他们会找我，邀我入阁，请大家别上当。”

他原先真有此意，认为是一着绝妙好棋，你这么一说，他就使不出来了。

你也可以像前面故事中小邱在校园里放话——“主任追小邱女朋友，对小梅性骚扰，他为了排除小邱这个眼中钉，会把小邱分配到外岛实习。”

消息出去了，耳语传开了，内容似乎是真的，实在不公平，也实在不好听，那主任还敢这么做吗？他做了，自己能不倒霉吗？

虚晃一招之后总有狠狠一击

练武术，讲究“虚中有实，实中有虚，虚实相济”。

放话也是如此。他出虚招，你也出虚招，看起来两边好像谈笑风生，实际上在暗中较劲。在这儿我必须提醒年轻朋友，假使你是个社会新鲜人，千万别忽略人家放的话。

他放话，看起来是虚，你没反应，他的虚就成了实。

他放话，要别人来说，只要你有实力，或掌握他的弱点，就应该立即反应，把话“放回去”。结果，他软了，说他没讲过那些话，你也可以让一步说：“我反应的不是那个意思。”

于是，好像一场误会。他没输，你赢了！

主将绝不对副手

如果你是政治人物，更要注意对方副手的放话。

他用副手狠狠地放过来，你一定要用副手狠狠地放回去。因为是副手，话可以放过火一点，你在后面，只要不吭气，就表示认可。

相反，只要对方软化，骂他的副手，你也可以出来澄清，骂你的副手。

记住，政治圈的放话之战，绝不能以你自己的主将，对敌人的副将，更不可亲自出马，迎战别人的副手。

否则，刚交手，因为身份不同，你已经输了。

输在哪里？

输在你显示“你没有人”，以及你的毛躁。

对不起！这一章太毒了。但那是社会中常用的说话方法，我不能不写。

你可以不用，但不能不懂啊！

谁是老交情

平时少开口，偶然开口，开口成金。

总是打哈哈，又打哈哈，哈哈了事。

“门前清！门前清！”老曹说完，先一干而尽，清了自己的杯子，又扬着眉盯着老丁的杯子，“喂喂喂！别辜负我的好酒哟！”伸手指指，“清了！清了！怕什么嘛？你是老板，又有张助理开车。”站起身，“顺便拜托一句，我有个侄子叫曹师成，最近考你们公司，如果可能，照顾照顾。”

“真拿他没办法，”丁总上车，一边回头朝老曹挥手，一边对小张说，“也幸亏今天你陪我来，不然怎么回去？”

“还好啦！不红不红！”

“不红不红，让下头人闻到一身酒气，像什么话？”拍了一下小张，“今天下午的访客都给我挡着，等我酒气过了，再进来。”

“是是是！”

才说完“是”，回公司没十分钟，小张就进来了：

“报告总经理，有位文教授打电话来，我本来要给您挡了，可是他说是您高中同学，有急事，您看怎么办，要不要接？”小张小心翼翼地说，“我是跟他说了您正在开会。”

“文教授？高中同学……”抬起头，“是不是文小杭啊？姓文的人不多……我想……我想，你接过来给我吧！”

电话接通了。

“文小杭啊！”丁总开门见山地问，“哇！真是你啊！了不得！了不得！多少年不见啊？你怎么找到我的？十分钟？没问题，我等你，多忙也得跟你这老同学见个面啊！”

没多久，文教授就到了，丁总破例，跑到会客室外面迎接，又搂着肩，带文小杭进去。

“小杭、小杭，都老杭了！”文小杭坐下来，“老同学里，你最成功。”

“哪里话！老同学怎么这么说？我也听说你在教育圈的成就，一直想跟你联络。”

“其实我早知道你在这儿做老板，但是，不好意思打扰。”

“笑话！”丁总狠狠拍了一下小杭，“有什么事，我能效劳吗？”

耸耸肩，文小杭等了几秒钟：“实在不好意思开口，无事不登三宝殿，是为了我儿子，他最近来你们公司应聘，据说你们只录取一个，我来试探试探，是不是……”

“啊！姓文，对了，我是见过个姓文的资料，叫文……文什么？”

“文达。”

“对！对！对！不求闻达于诸侯，”老丁笑道，“当然你的文不一样，我以后就叫他小文吧！”

两个人都笑了。

这时小张端茶进来，文小杭却看看表：“不行，说十分钟，不能耽搁你太久，我得告辞了。”

“哎，你这老同学，怎么才来就走呢？”

“说实在的，我下头有博士班学生口试，失礼失礼，改天再聚吧！”

说完，文小杭站起身，拱拱手，走了。

“把前天面试的资料拿来给我。”丁总送出老同学，对小张说。

资料立刻送上来。

“果然有个文达，”丁总翻翻资料，“成绩不错，长得跟他老子还真像。”又翻翻另一份，是曹师成的，笑笑，“曹师成跟他叔叔长得也有点像。”拿起笔，在文达的资料上签了字：

“通知文达，他被录取了。”

小张吓了一跳：“您中午不是跟曹先生说会照顾他侄子吗？”

“我没说一定啊！”丁总笑笑，“哎呀！我和老曹一天到晚在一块，不是他请，就是我请，卖面子，机会多的是。我这老同学，专程来，又是为他儿子，我能不帮吗？”

有话好说

看这故事，你会不会觉得有点诧异？

老曹中午才请丁总吃饭，同时拜托丁总“照顾”他的侄子。丁总也几乎答应了，为什么半途蹿出一个好久不见的文教授，丁总就变了呢？

难道常碰面的老曹，反不如“无事不登三宝殿”的文教授吗？

如果你这么想，就错了。

要知道，见面三分情，并不代表常见面就三十分情。人的情好比种花，你把好几株花种在一个盆子里，花是美，但是每株都长得不够好。

相反，如果你一盆只种一株花，那花则长得特别茂盛。

一群酒肉朋友，天天在一起喝酒吃肉、扯淡聊天，你拜托我一下，我拜托你一下，你以为每个人都把对方的事当作“大事”来办吗？

错了！天天见面的朋友，拜托的话反而嫌“淡”。因为你今天拜托一件，明天拜托一件，那拜托的力量已经弱得不能再弱。

被拜托的人难免想：

哎呀！三天两头有事，今天不办，改天还可以帮他忙。

于是，这种酒肉朋友的事，往往变成最能拖的事。

君子之交淡如水，朋友之托重如金

从另一个角度想，一个八百年不见，过去却有交情的朋友，今天突然跟你约时间造访，而且说明来意，他拜托的话，味道可就“浓”了。

他是真来拜访你，托付你。拜托这一次之前，他从来没有求过你任何事，今天拜托你之后，他也可能不会再来求你，你说，你能不“优先处理”吗？

再举个狠一点的例子——

一个坐在餐桌前和一个睡在临终病榻上拜托你同样一件事的人，你会重视对谁的承诺？

坐在餐桌前的人，你不帮忙，改天他能过来骂你；死掉的人，你不帮忙，他没办法找你算账。按说你会卖前者的面子才对。

问题是，你为什么把后者的请托，当作最有分量的请托呢？

道理很简单，因为他的话是“生死与之”，因为他的话“只此一次”，因为他的话“绝对真诚”。

这就进入我们今天要讨论的主题——

语言的真诚。

直销布道大会

如果你希望把话说到心窝里，最重要的一点就是“真诚”。

你参加过直销公司的大会吗？

假使你不小心踏入那里，很可能误以为是进入“宗教布道大会”的会场。

台上有主讲者讲他们的产品有多么特殊、神奇，或是由××博士精心研究，或是由某人带出的“清宫秘方”，或是使用特殊过程炼制。总之，那是天下独一无二的“神”品。

接着有一批又一批的人上台做见证。

有人说他使用了该产品之后如何得到新生命。

有人说他原来已经穷困潦倒，如何由直销再出发，如今已经拥有华宅美眷，美眷也是他的直销“下线”。

然后大家一起唱歌，一起欢呼，一起欢迎新伙伴的加入，大家一起走向美好的未来，一起把这美好的产品与信息带给普天下的人。

你说，这不就像宗教的布道大会吗?

群众催眠的作用

为什么直销业者常要办这种大会?

一方面他们为了介绍产品，拉新的伙伴进入“组织网”，一方面他们需要这样的气氛。因为那种“群众催眠”的作用，能使他们出去说的话更感人、更有力量。

想想，做直销的人最爱讲的一句话是什么?

是“好东西与好朋友一起分享”！

他们为什么不说卖东西给你，而是说“告诉你伟大产品的消息，使你得救”?

他们吃饭吃一半，会叫侍者送白开水来，当面冲“减肥茶”，吞养生药片给你看；他们一边吞，一边脸上散发出光彩。当他们向你“推介产品”的时候，是那么热情、激动，为什么?

因为一个好的直销工作者，他是真相信他的产品的。

因为他已经接受过集体催眠，他已经看过那么多见证。

他信，信他自己，信他的产品，信他说的话，他没有要赚你的钱，即使赚，也是希望拉你进去，一起传布美好的信息，一起赚!

自己给自己催眠

如果你希望成为演讲家、布道家、政治家、社会活动家，或是做个有说服力的人，你都得学习那种说话的真诚，你甚至应该学习“自我催眠”。

二〇〇〇年四月一号，参加世界花样滑冰锦标赛的关颖珊，由原本的第三名，居然决赛做出超完美的演出，一跃成为冠军。

她事后怎么说?

她说她在比赛前不断告诉自己:“I can make it（我一定行）！”而在比赛中，她则不断告诉自己“我会有这样大的耐力和体力”，于是，她果然表现出异常的体力，做出“三转跳”加“三转跳”。

自己告诉自己：“我能办得到！”

自己告诉自己：“我比别人强！”

自己告诉自己：“我说的都是真理，是无可置疑的。”

这些都是自我催眠。

相反，你想想，如果你上台之前先怯场，对自己说的一点都没把握，甚至自己都完全不相信自己讲的那一套。

你自己都不信，怎么叫别人信呢？

不撒不必要的谎

把话说到心窝里，你也要诚实。

天哪！谈到诚实，有谁能说话百分之百诚实？

不错，你可以不够百分之百诚实，但是你可以百分之百不撒谎。

我有个朋友说得好——“当我今天往西边去，而你问我往哪里去了，我如果不愿意告诉你我去了西边，最起码我可以说我没有去北边，也没有去东边。”

这就是一种说话的技巧。

有人问你的新房子是多少钱买的，你不愿意告诉他确实的数字，又不愿意撒谎，最起码你可以讲“比我卖的那栋贵多了”，或“不到一千万”。

你何必说：“哦！花了一千万。”

改天人家知道你只花了七百万，多尴尬！

诚实是最保险的说话方法

不说假话，也是最保险的说话方法。

刚才那买房子的人，如果夫妻都不说假话，在不同场合，有人分别问丈夫和太太多少钱买的房子。

一个答“不到一千万”，一个答“比我们原来住的房子贵”，他们的话可能穿帮吗？又可能彼此矛盾吗？

知道了这个道理，如果有人打电话给你老板，老板又不希望见那个人时，你最好的答法是："对不起，他现在不方便接听。"

你也可以说："对不起，现在他不在。"

但是你千万别说："对不起，他出国了。"

想想，如果对方是在楼下打的电话，才打完，人就上来了，看到你老板，你要怎么解释？

说你老板刚坐"光速机"由国外回到办公室吗？

说他不在，你永远可以讲"老板刚才确实不在，他出去了一下下（管他去了哪里，总之不在办公室）"。

说"不方便接听电话"，更是四平八稳，你又何必卖弄小聪明画蛇添足，说"老板出国"或"下南部""上北部"了呢？

记住：能不撒谎，绝不撒谎，说话才能不矛盾，也才比较真诚。

尊重我，也尊重你

十几年前，一批来自台北的朋友，来到纽约曼哈顿去看现代舞表演。

那是一个很小的舞台，圆形的，四周围着座椅。

因为舞台不高，座位又靠近，所以这些坐在第一排的朋友，就把脚搭在台子上。

你知道发生了什么事吗？

那舞者，一上台，先冲到台边，叫每个人把脚收回去。她说了一句很简单的话：

"尊重我，也尊重你自己！"

我是说真的

会说话的人也一样，你要让对方先尊重你，他才会认真地听你的话。你也要尊重对方，使他觉得你今天是真要跟他"说一番话"。

如果你是父母，今天你要训孩子。

你可以一边炒菜一边骂，也可以在餐桌上瞪起眼睛，讲你的道理。你还可以晚上敲他的门，问："孩子，我能不能进来，跟你讲几句话？"

你甚至可以早早在他书桌上留个字条——"孩子，今天晚上九点，我会到你房间里，跟你谈谈。"

你说，是不是一个比一个重？

你用什么方法，说的话会更有重量、更有力量？

我与你约定

尊重自己，最好的方法是先尊重对方。

若你能如本章一开头故事中的文教授，先打电话约时间，而且说只用十分钟，是不是表现了对丁总经理的尊重？

我只用十分钟，表示我尊重你的时间，表示我会长话短说，更表示我有控制时间的能力，甚至表示，我也很忙，所以只用十分钟。

但是，我亲自到你办公室。

因为，我有不能不亲自对你说的事。

同样的道理，当你的孩子看到你的字条，心里会不会七上八下，猜"爸爸妈妈要跟我说什么"？他到近九点的时候，会不准备好他的心情，等你进去，听你说什么话吗？

那比你突然敲他的门，或一推而入的感觉不是好多了吗？

最少，你尊重了他的时间、他的隐私。他也相对地要尊重你。

睡衣见客行不行？

尊重，不仅表现在言语上，也可能表现在服装上。

你是位名士，平常不修边幅，但是你的朋友死了，你去参加公祭，你如果穿上西装，打起领带，那些平常见惯你不修边幅的朋友见到，对你只会有尊重，不会有揶揄，因为你尊重死者，也表示你尊重自己。

又比如，你有朋友到家里来。

如果是老朋友，太熟太熟的同辈了，你可以先表示一声歉意，请对方谅解你穿得随意，于是你穿睡衣跟他聊天。他也把一双脚丫放在沙发上，跟你瞎扯。

但是换个不熟的朋友，你能如此吗？

如果你还这样，穿个睡衣招呼，就显示了两点：

第一，你大牌，没把他放在眼里。

第二，你随便，不成体统。

你是不尊重他，也不自重。

“穿衣服”与“穿香水”

现在，我要把话带回前面《老林的凯旋梦》里曾经谈过的求职时的服装问题。

一个中年男人，资深的工作者，求职面试时，不必穿全新的西装、全新的皮鞋，理全新的发，免得人家觉得你嫩，或觉得你很急切地想求取这个职位。

这是我在前面说过的，表示“说大人，则藐之”。

那时，我只提到男人求职，现在则要谈谈女人求职。

你知道西方人说搽香水不是用“搽”或“喷”或“涂”，那是用什么？

他们用“穿”（wear）这个词。

在西方社会，香水是“穿着”的一种。

一位女士求职、上班，除了穿得体的衣服，还得“穿”香水，“穿”首饰。

但那香水不可以是浓郁的，那首饰不可以是摇来晃去的，那衣服不可以是暴露或“不容弯腰捡东西”的。

甚至有些办公室，除了周末，不准女士穿长裤上班。

女人穿着的身体语言显然与男人不同。

女人求职，无论她是“菜鸟”或“老鸟”，都可以穿全新的衣服，都一定要戴恰当的首饰，搽一点点香水。

那是什么？那是身份，那是礼貌。

女人跟男人就是不一样。

“士为知己者死，女为悦己者容。”男人可以穿七成新的衣服，表示我很自信，不必为了与你碰面而刻意“打扮自己”；女人则不同，女人要让人知道她做了打扮，表示她有自信，她对自己的美丽有要求，也表示她对“别人眼睛”的尊重。

所以，“粗服乱头不掩国色”固然没错，但是，薄施脂粉、淡扫蛾眉的女人更有风韵。

你听懂了吗?

“我最怕到西餐馆吃饭的时候问侍者有哪些甜点了,”有一次,我对美国朋友说,“因为我常听不懂。”

他一笑:“不要说你了,我们也怕,我们也常听不懂,只好用猜的。”

为什么会这样?

因为那侍者一年三百六十五天,恐怕有三百天都在报同样的甜点名称。报到最后,那些名称在他心里已经成为一团了,于是从头到尾不加标点,呼噜一下子,全报了出来。

你确实没听懂,但是他认为你听懂了,因为他早背得滚瓜烂熟。

自己懂,别人不懂,是许多人说话的毛病。

言要由衷

有人说笑话,刚开口讲两句,自己先笑得前仰后合,接不上气。

有人说悲惨的事,没说两句,先哭了,抽抽搭搭地无法说下去。

有人给你写信,写你的地址一笔也不含糊,写他自己的地址却龙飞凤舞,使你无法辨认。

有餐馆侍者为你唱生日快乐歌,可是一边唱,一边眼睛看着天花板,唱得有气无力。

有空中小姐做“穿救生衣”示范,但是像打太极拳,还不好好打,动作都做一半就不见了。

这些都是什么原因?

都是他的“内情”无法“外达”,他的“词不能达意”,以及由于太常做、太常说而没有了情。

请别太肉麻

我们常说人“理直气壮”,又形容人“文情并茂”。“理”与“气”,“文”与“情”,是必须同时呈现的。

问题是许多人明明有理、有情，却不能跟他的语言同步。

第一点，是他自己的情太多，却没等对方的情绪跟上来，而一直宣泄。

举个例子，我们听人朗诵诗歌，常会觉得浑身起鸡皮疙瘩，为什么？因为你觉得肉麻。

但是，你问那朗诵的人，他自己觉得肉麻吗？

他摇头。

了解了这一点，当你对人形容你家天才的儿女，或天才的小猫、小狗的时候，一定要知道，你自己远比对方了解情况，你要他感同身受，一定得慢慢来，才不致让他受不了。

你要向别人推销东西的时候，也别把那已经说了几千遍的词，一大串“流”出来，而要看着对方，看他进入上一句的情况之后，才说下一句。

说话要“入戏”

如果你是演讲家或舞台剧的演员，就更要小心了。

即使你讲那个题目、演那场戏已经几百场，你仍然要在心里不断告诉自己：这些台下的人，都是第一次听我讲。这是我的第N次，却是他们的第一次。

于是你“入情”“入戏”，使情感与你说出的每一句话都结合在一起。

于是，你使他们感动，使他们共鸣。

于是，你成功了！

你为什么不早说?

你说你人不在家，是用手机接我的电话，

我说你一定撒谎，因为我才问过你妈妈。

故事一

自从规定“开车持打手机”要罚，小潘就觉得很不方便，因为每天上下班，小潘一定要接电话，而且兹事体大，非接不可。

为了这个，小潘特别去买了一个带耳机的手机，电话铃一响，就赶紧把耳机戴上。

不过这也很不方便，甚至可以说危险，因为电话响，总先心头一惊，急着抓耳机，往耳里塞，又常手忙脚乱塞不进去，有两回差点没抓稳方向盘，出了车祸。

所幸又出了个新产品，总算解决了小潘的问题，那是个手机的扩音器，只要设定自动接听，电话响一声，不用按接听键，就可以像跟身边的人一样“对讲”。

这一天小潘在上班的路上，对讲得正开心，突然看见路边有辆车抛锚，开车的女人直摇手，居然是自己老婆。于是匆匆忙忙撂下一句:“对不起，我要停车，等下再谈。”就把车停在路边。

“太太，怎么啦?”

“怎么啦?你没看见吗?轮胎爆了。”

“我打电话叫车行的人来修。”小潘说。

“不行不行，我今天早上开会，你送我一程吧!”

太太的命令岂敢违背，小潘赶紧陪太太上了自己的车，还叮嘱太太系安全带。

星期一，交通特别挤，怎么钻都快不了，太太还直着急。

突然电话响，立刻自动接通了。

“喂！”一个女人的声音。

“喂！”小潘心一惊，不知道怎么答。

“喂什么喂？”那头女人发飙了，“是我啊！你怎么搞的？出了什么事了？”又换成娇滴滴的声音，“你到底过来不过来嘛？”

啪！一记耳光从旁边打了过来。

故事二

“嘉娟！你还没睡啊？”

“爸爸，我哪儿有那么早睡啊，而且我正想打电话给您呢！”

“打电话给我？什么事？”

“问您什么时候回来啊！旧金山现在的天气好舒服哟，您快点来吧！我天天看卫星新闻，台湾好热啊！”

“我不怕热，我还不想过去，一个人在这儿清净。”

“清净？您不寂寞吗？”

“我才不寂寞呢！跟几个老同事聚聚，好极了，比回去跟你妈在一块儿耳根不得清净，好多了。”顿了顿，“喂！嘉娟，你可别跟你妈说我嫌她，你就说我有老同学聚会，现在还走不开，怎么样，你妈还好吧？”

“好啊！”嘉娟一笑，“您要不要问她？她正在听分机。”接着喊，“妈！您自己跟爸说吧！”

咔！老太太没说，在那头把电话挂了。

故事三

“老板好！”

“不好！我告诉你，等会儿两点钟汪老头要来，他来没好事，你小心应付，就说我突然牙疼，又联络不上他，叫他改天再来。”

“他要是问您到哪个牙科，我怎么说？”

“那……那你就说我不舒服，去看病，不知道去哪家好了。”临挂电话，张总又叮嘱秘书，“还有，老汪喜欢东翻翻西翻翻，可别让他进我办公室，翻我桌上的东西。”

“他不会翻的！您放心。”秘书得意地说。

“你怎么知道他不会翻？”

“我已经给他几本杂志，他正坐在我对面看《花花公子》呢！”

有话好说

看了上面三个故事，你大概要笑“他们都太笨了”。

问题是，这世上不是有太多人，都犯了这种笨毛病吗？

你带朋友回家，看电话有留言，想都不想就按下键，播出的留言正好在骂你那朋友。

你就不能等朋友走了，或等他进洗手间的时候再听吗？

你跟朋友聊天，他一个一个骂，骂到你最亲近的人，你不吭气，听他骂，到后来有人提醒骂的人你跟被骂者的关系，场面立刻变得十分尴尬，就算当时没人说，他以后知道了，又能不猜你会告状，于是造成更紧张的关系吗？

抢一步说话

说话多半要礼让，给对方空间，让人家说，别打断他的话。

但是在某些情况下，你却得主动插话，把事情说清楚，把话题岔开，或是抢先发言。

记得有一次我下午两点钟接到女儿校长的电话。

“我是小帆的校长，没什么急事。”那校长先很快地这么说，然后才一笑，

“我打电话是向你报告，你的女儿得奖了。”

我后来细想，那校长前面说的两句话真有学问。为什么？

因为他知道家长在孩子上课时接到学校电话，一定会大吃一惊，猜孩子是不是出了什么意外。所以，他要抢话，在我血压上升之前，先告诉我“没什么急事”。

您有没有两分钟？

我还记得有一次在百货公司，看见卖化妆品的小姐各自发挥本事促销。

有的小姐问：“要不要给您介绍最新的产品？”

有的小姐问：“太太！您的皮肤最需要这种保养了，来试试吧！”

有的小姐说：“小姐！您的眼妆如果用我们这种眼影，一定会更美。”

说实话，她们讲得都不错，抓住人们尝新、抗衰和爱美的心理。

但是我发觉那边生意最好的一个柜台，里面几位售货小姐最高明，坐在她们前面接受化妆的人也特别多。

你猜，她们怎么把人拉过去？

她们说得很简单——

“小姐！您有没有两分钟？让我为您补补妆。”

多高明啊！她不批评顾客原来的妆，只说补妆，免得引人反感；她也不说要你买，或用你许多时间，而强调：“您有没有两分钟？”

先探虚实

“对不起！耽误您两分钟。”

“对不起！您是不是还在忙？”

“用您两分钟，跟您报告一件事，不知道行不行？”

“不知道我现在说话方便不方便？”

这都是很平常的话，却可能有大效果。

你想想，如果你正忙，有朋友来电，你刚要说改天再谈吧，他却先开了口：“只用两分钟。”你是不是可能想大不了两分钟，看他好像很急，就耐着性子听了呢？

结果两分钟让你听得高兴，延长到十分钟，只怕你还主动对他说："别急，我还有时间。"

于是许多原本办不成的事，就这样办成了。

你方便不方便？

同样的道理，当你不确定对方情况时，先问："您现在说话方便不方便？"也能避免许多困扰。

像小潘的女朋友，如果耐不住性子，打电话给小潘，先问这么一句，然后小潘说不方便，挂了电话，就算潘太太疑心，也不至于一巴掌打过去啊！

此外，小潘如果一接电话，能抢先一步说："对不起，我现在不方便讲话。"对方机灵一点，不是也没事吗？

小心我用免提

有些情况，是不能不抢话的。

譬如你在家，因为手上忙，于是用电话免提，除了你，四周的人也能听到你们的谈话，这种情况下，你就应该抢先告诉对方："我现在用的是免提。"

你绝对不能在发现对方的话可能不适于旁边人听的时候才提醒，因为那时已经造成了损害，而且往往是大损害。

每个人都会感激别人在背后赞美自己，也都特别痛恨那些在背地里说人坏话的人。

想想，前面故事里的嘉娟，没能一接电话就告诉自己老爸"妈妈在分机听"，那老太太听到丈夫对女儿骂自己，能不血压上升吗？

再想想，张总的秘书，明明知道老板最讨厌的汪老头在对面（只怕正虎视眈眈地盯着她），却第一句话就让汪老头知道来电话的是张总，已经不高明了。

岂止如此？她竟然不但没能抢一句，暗示汪老头提早到了，还与张总对答，而且对答的内容还让汪老头猜得到。

汪老头能不火大吗？

隔墙有耳

在今天这个社会，你接任何电话，只要旁边有相关的人，除非你存心让那人知道，否则都应该使用技巧，让那人听不出来是谁来电。

在安静的地方你应该把话筒贴紧耳朵，免得耳尖的人听到谈话内容。

你更不能在对方谈到“那人”时，用闪烁的眼神偷偷看那个人。

在今天，当你打电话给朋友，对方不称呼你的名字，或语气特殊的时候，你也应该有警觉，主动问他：“你现在是不是不方便说话？”而当你发现接电话的人用极小声回话时，则应该猜想他正在开会、探病、参加丧礼或在图书馆，而主动了解状况，快快挂电话。

还有，电话才响对方就接听的时候，你要主动问对方是不是急着等别人电话。在铃响许久对方才接听时，你则要问他是不是在忙，或自己是不是“插拨”进去。

一个会说话的人，总能探知对方的想法；一个会打电话的人，总要猜测对方当时的环境。只有在适当的心情与环境下，才能把话说到心窝里。

五场误会

人堆里有人放屁，

只可偷偷猜想，不必开口询问，

只可默默“享用”，不必追查元凶。

一、中国人不生病

一群中国人与一群美国人参加旅行团，一路上大家有说有笑，好极了。

“改天我们一起去西藏，”一个老美说，“那是我没去过的地方。”

“好极了，”中国人说，“我们做向导。”

“有当地人做向导真是太棒了，”老美又说，“我上次去印度，就有印度朋友作陪。结果一群人全病了，上吐下泻，只有那印度朋友没病，由他照顾我们。”

“真的啊？”

“是啊！你知道印度有多脏吗？我们只喝罐装的可乐，吃煮熟的食物，小心再小心，只因为用旅馆的自来水刷牙漱口，就都病了，”美国人笑笑，“不过，说不定你们中国人去，不会生病。”

中国人全愣了一下，然后有一个很不高兴地问：

“喂！你这话是什么意思？”

二、黑狗最补

在美国大学的餐厅，白皮肤、黑皮肤和黄皮肤的学生坐在一起吃饭。

“我吃过野兔肉，”一个白人学生说，“好吃极了！”

“我吃过大雁，我自己打的，真棒！”一个黑人学生说。

“那都不稀奇！我吃过狗肉。”黄皮肤的学生笑道。

整个餐厅都突然安静了下来，好几个女生做出要呕吐的样子。

“一黑二黄三花四白！”黄皮肤的学生继续说，“最好吃的是黑狗。黑狗最补！”

餐厅里几个黑人学生站起来，扭头走了出去。

三、嫌弃不嫌弃

丈夫失业许久，幸亏太太有工作，撑着家。

这一天，丈夫出去谋职，又败兴而返，进门，坐在椅子上生闷气。

“没关系！慢慢找嘛！你不要急，”太太过去安慰丈夫，“我不会嫌弃你的！”

“你不会嫌弃？”丈夫问。

“是啊！你看我嫌弃你了吗？”

“你这么说，就是在嫌弃我！”丈夫吼道。

四、何必再约

“喂！老王在不在？”

“他不在，”秘书问，“您是哪一位？”

“我是老李啊！”

“哦！李先生，我见过您。您有什么指教，我帮您转达。”

“老王什么时候回来？我要自己跟他说。”

“您不是前天才跟他碰过面的吗？”

对方突然毛了起来，放大声音：“碰过面就不能再碰了吗？你家王老板这么大牌吗？”

五、来不及了

几个同事一起用餐。

兴高采烈地吃完饭，侍者端上咖啡。

“等一下！”一位小姐把转身要离开的侍者叫住，“我要代糖（即低糖）。”

侍者很快地递上，笑道：“对不起！小姐，我怎么看，您都那么苗条，不需要用代糖。”

“笑话！减肥要早早开始啊！”小姐得意地说，“难道等我吃肥了再减！那就来不及了。”

侍者笑笑离开了，走一半，又折回，问桌上一位胖小姐：“对不起！我忘记问您要不要代糖。”

胖小姐脸色本来已经不怎么好，听她一问，更火了：

“不用了！我已经来不及了！”

有话好说

看完前面的几个故事，请问，是那些人“说错了”，还是听话的人“听拧了”？

说话的人没有一点恶意，却可能得罪了人，而且把场面弄得非常尴尬。道理很简单——

“言者无心，听者有意。”

人很奇妙。由于成长背景不同，一样的句子、一样的动作，能引起完全不同的反应。

有些民族，你用左手为他递食物，他会觉得是受辱，因为他们习惯“右手抓饭，左手擦屁股”。

有些民族，你在跷二郎腿的时候把脚心朝着他，他会立刻跟你翻脸，因为他们觉得那是大不敬，表示你把他踩在脚下。

同样的一句话，你说“红色”，某甲和某乙，心里想的红色绝不可能相同。

同样一套“黑色带一点蓝”的西装，你说那是“黑色”，别人很可能讲那是

“蓝色”。

了解这一点，你说话能不小心吗？问题是，人人不一样，你该怎么小心？

我想，最少有以下几个原则可以遵守。

原则一 ——无法改变事实的话不说

“哎呀！先生，您要是早护发就好了，就不会秃成这样子了。”

“哎呀！小姐，你这么漂亮，要是皮肤再长得白一点就好了。”

“这件衣服真适合你，只可惜你矮了一点，你要是再高两寸，就棒透了！”

这种话，你可能常听到。问题是，言者无心，听者能不有意吗？只怕心里要一百个不是滋味。

你明知道我头发长不回去，天生黑皮肤，本来就这么高，你又何必说呢？

你说，有什么用？你能改变事实吗？

种族难改变，性别难改变，年龄难改变，身高难改变，甚至宗教和政治倾向也不容易改变。

所以在西方社会大家都知道聊天时最好别碰这些问题。

看看，大选期间，为什么许多夫妻因为支持对象不同而反目？你细细观察，平常那丈夫很体贴，太太很温柔，怎么会一碰到选举，就各戴各的帽子，各摇各的旗子，傍晚各自出门分道扬镳，参加“造势大会”？

因为人就这么妙，在政治和宗教倾向上，只要属于“信仰”，就难以妥协。碰上难以妥协的，好说话的也变得难说话，小绵羊也能变成大老虎。

相反，有些东西看起来不能改变，却能谈。

譬如一个人有了白头发，美发师可以说：

“太太，您可能太操心了，最近出来一些白头发耶！”

“是啊！老啦！怎么办？”

“这有什么稀奇，染染就成了嘛！这年头，谁不染？”

她八成就听你的，染了发，而且一染一辈子，让你赚一辈子。

又譬如一个女人胖，平时不容许别人说她，但是她去护肤的时候，却听得进一些话。

“小姐，其实你身上的脂肪不是永久脂肪。”

“永久脂肪？”

“永久脂肪就是已经长固定了，拿不掉的。你身上的脂肪拿得掉。”

“怎么拿？”

“哎呀！您只要每个礼拜来三次，我给您用最新的产品，慢慢推，就可以把它推不见了。”

你说，她会不会心动？

再譬如看相、算命。

“麻烦哪！”

“什么麻烦？半仙，您直言，没关系！”

“我看你夫妻的关系，这两年怕是会……”

“会有变化？有危机？”

“嗯……不一定是外遇，也可能属于健康的问题。”

“健康，您是说我先生？他最近确实老喊累，怎么办？怎么办？”

“其实命也不是不能改，你只要……”

于是，如此这般，要你缠红绳、做功德、烧香献财、更改姓名，一大堆“改命”的方法全出来了。

多少人就因此上了大当，吃了大亏。

看看以上那些例子，都是既成的事实，为什么不但可以碰，而且一碰对方就上钩呢？

道理很简单——

因为他还有一分希望。人们常在绝望时，为那剩下的“一线希望”付出最高的代价。

最会说话的人，永远是最能给人希望的人。

某人得了绝症，医生说他将不久于人世了，他的家人也说只是时间早晚问题了。

你却不一样！你一见他就说：“我不信你会死，老天爷不会亏待你，我有第六感，保证你的病会好。你要不要跟我打赌？”

你说，他会不会喜欢你？

就算他明明知道你“巧言令色”在骗他，他还是会希望见到你。

因为你给他一线希望。

即使到了那一天，他要断气了，你去看他，他还可能做出苦笑，对你吐出微弱的一句话：“你赌输了！”

你没输！你赢了他的心，甚至赢了他家人的心。

原则二——会造成分化效果的话不说

在本章一开头的故事当中，多半出问题的原因，都在于说话的人用了“二分法”或“三分法”。

二分法的定义很简单，就是你把“他”与“你”或“他”与“他”分开——

“他是胖子，你是瘦子。”

“我们是白人，你们是黄种人。”

但是二分法也可能是对比之下产生的。

例如：

你是老师，去看一群学生的画展，其中有一个画得极好，你在场上大加赞美，甚至写了幅字送给他，由他得意地挂在画展门口。

你是艺评家，也去看了那个画展，也欣赏那个人，于是写了艺评，专吹捧那一个画家。

你是爸爸妈妈，当着众多客人，赞美自己孩子当中的一个。

你的老朋友原来做杂志主编，现在升上去当老板了，他的副手升上来当主编，你看那杂志突然大有进步，于是打电话给老板：“你现在的杂志比以前编得好多了！”

以上，都是二分法，你这么做，绝不可能讨好。

你以为自己说了好听话，讨了一两个人的好，却在同时得罪了一堆人。

所以记住：赞美人虽然是最好的说话方法，但是千万不要在赞美甲的同时伤害乙，否则必有人暗暗恨你。

原则三——会伤人自尊心的话不说

如果你看武侠小说，一定常会看到这样的情节——

“只怪我学艺不精，今天栽在你的手上，”被打败的人一拱手，“十年后，我们华山再见。”

你也可能见到——

在威武镖局王总镖头的金盆洗手大会上，突然来了不速之客。

老镖头的几个徒弟一一栽倒，最后，王总镖头不得不长袍一甩，亲自上阵。

在武侠小说里，好像所有人的武功，都是日进一日。明年就比今年强，十年后就比今年棒，六十高寿的王总镖头，就一定是镖局里武功最高的人物。

问题是，他们都不会老吗？

今天运动场上，哪个运动员不是年轻人？有几个四十岁还能拿金牌的人？

你再想想，如果你年纪轻轻，跟人打球，打输了，你喜欢说什么？

你会怪自己没好好练、好久没打了、生疏了，还是会说“只怪我天赋太差”？

你当然说“学艺不精”“技不如人”。

为什么？因为你要面子，说“技不如人”，表示只要你回去练，还能扳回一城。

相对地，你赢了球，明明赢在体力好，你能对输的人说“只怪你的体力比我差”吗？

除非他比你差太远，自认不如你，否则他一定不痛快。

所以你不如说：“看起来我好像体力好一点，其实只怪你一开头太拼命，接太多险球，不然，我后来绝不可能赢你。”

现在你应该了解：

武侠小说如果太强调年龄、体能、天赋，它就没什么好写的了。只有当那千年仙果、武林秘籍、隐世宗师能把文弱书生一下子变成盖世英豪的时候，你读来才过瘾啊！

知道了这一点，你也就该明白，为什么男人都爱自夸“雄风不减”功夫了得，绝不容别人贬抑半分。

因为那能力不是强力得来的。男人认为那是“神力”“雄风”。

如果你跟他好上之后，笑他“雄风不振”，或“家具太小”，那是他无法改变的事实，你笑他就是侮辱他，他能不跟你翻脸吗？

多少人，就因为说这么一句话，送了命啊！

脱衣舞蹈家

既然准他上车，
就该让他补票。

“还有谁没到？”看几桌客人坐得差不多了，老刘回头问太太。突然脑际闪过一片阴影：“糟了！”放小声，“忘了跟老三说，别带那个女的来。”

“你说那个跳‘牛肉场’的啊？不会吧！他们才认识。”

“才认识？”老刘一瞪眼，“哪回他不是把才认识的女人带来？他要带来，我非撞墙不可。”

“他不会好意思带那个的，而且现在还没到，说不定不来了！”

“生日快乐！”突然从门外冒出一个人，正是老三，向四周挥了挥手，回头，从门后又拉出个女人，大声说：

“给大家介绍一位舞蹈家，咪咪小姐！”

四桌客人的眼睛全亮了，是咪咪小姐那套缀满亮片的长旗袍造成的。

“哎呀，糟糕！”刘太太暗叫一声“不好”，拍拍丈夫：“你别急，我来应付，叫她坐最后一桌。”

“来，给我大哥拜寿！”老三居然拉着咪咪过来了，那女的也就歪着脖子，弯弯腰，娇滴滴地叫了一声：“刘大哥生日快乐！长命百岁！”又冲挡在前面的刘太太一弯腰，“这是大嫂吧？大嫂看起来真有福气。”说完，居然一屁股就坐在原来刘太太的位子上。

老三也不懂事，转身搬了把椅子过来：“来来来！大家挪挪位子，多挤一个，热闹！”

“后头那桌还有两个空位呢！”刘太太故意放大声说，“没关系，如果你们喜欢坐这桌，我就去坐那桌。”

原想着老三会知趣转到那桌去，却见那女的一笑：“谢谢大嫂了！大嫂真体贴。”

这边王委员的太太已经好奇地问咪咪：

“您是哪方面的舞蹈家啊？”

“这个嘛……”

“现代舞！”老刘接过话，坐回位子，看着咪咪小姐，“幸会幸会，久仰了，常听老三提起您。”

“哎哟！老三还会提我啊？真的啊？”

正说一半，陈董事长夫人也开口了：

“您的现代舞是在哪儿学的？最近有没有发表会呀？”

“你是问我？”咪咪转过脸，“我跳舞是无师自通。”

“对！听说咪咪小姐很有天分，”老刘瞪了老三一眼，“你们不就是在发表会上认识的吗？”

“是啊！是啊！”老三还直发愣呢。

正好上菜，罗代表举杯：

“来来来！敬寿星！”

尾桌的人也都过来敬酒，顺便把站在旁边的刘太太拉了过去。

一餐饭下来，刘太太虽然坐在最外面一桌，可一直竖着耳朵听，而且是提心吊胆地听，唯恐老刘翻了桌子。

可是她愈听愈气，只听那咪咪嗲声嗲气地说她在大酒杯里跳舞，老刘就鼓掌叫好：“有创意！有创意！”

那咪咪又说跟大蟒蛇一起跳舞，老刘也喝彩：

“蛇跟美丽的女人常不可分，夏娃和蛇就是最好的例子。”

总算寿宴结束，宾客都散了。

“你这老浑蛋！”刘太太把僵了的笑容收起来，顿着步子，直直地走向老刘，“你不是说要撞墙的吗？我看啊，墙没撞，倒撞上个狐狸精。”

老刘半天没吭气，脸色沉下来，变得铁青：

“甭提了！我都快憋死了，今儿我过生日，那么多有头有脸的客人，我能怎么样？对老三吼，叫他带着那个女人滚？我那样做，不是让大家下不了台，自取其辱吗？”

有话好说

别让自己，也别让大家下不了台，就是这一章要讨论的。

上一章，我说谈话时最好少碰种族、肤色、性别、秃头那些天生难改变的事，这一章则要谈“如何面对既成的事实”。

孔子说：“成事不说，遂事不谏，既往不咎。”意思是：“已经成了的事，就不要提了；已经做了的事，就不要去劝了；既然成为过去，就别再怪罪了！”

这句话看起来简单，其实有着大智慧。一个没有大智慧的人怎能看得开？一个没有大智慧的人，又怎能忍得住？

迟了已经迟了

朋友跟你约好打球，你在球场等了半天。球场是按时间算钱的，你的时间更宝贵。你急了，打手机，找到他，正在路上。

你是臭骂他一顿说“你这个不守时的浑蛋”，还是既然知道他已赶在路上，就忍下气，换个方式说“不要急！不要急！别超速，我是怕你出事，你不到，我可以自己练习”？

如果采取前者，你一定出了气，他也可能急得心脏病发作或出了车祸，但是有什么用呢？他能飞来吗？

相反，假使你用后者，他则会感激你。

买了已经买了

你办派对，朋友来，送你一瓶香水，你已经有好几瓶一样的东西，一瓶也没用。

朋友又送你丈夫一瓶酒，偏偏你丈夫血压高，不能喝酒。

你是当面坦白说“哎呀，这香水我太多了，不用了，我先生也不喝酒，您送错人了”，还是欢欢喜喜，叫好不止地收下？

你难道那么不会做人吗？你当然得采取后者。

话不能说绝

你是名作家，报纸主编向你约稿子。

你可以一句话回过去——

“对不起！我没稿子，没空写。”

也可以说——

“谢谢您约稿，我把这事记下来，一有灵感就动笔。当然，只有好作品，我才敢奉上。”

还可以说——

“谢谢您，您一下子出这么个题目，我还真难应付，您哪天截稿？让我经营两天，想想，如果写出来了，一定在三天之内奉上。但是如果我没奉上，千万别等我，让我下次再效劳吧！”

你用第一种方法，把人一下子堵回去，有什么好处呢？记住 Never say never，你绝不能说“绝不怎么样”。

人不可做绝，话不可说绝，连打仗都知道“围师必阙”，给对方留个逃跑的退路，以免他作困兽之斗。

你何不婉转地给他留个小小的空间，也可以说给他个台阶下，再让自己脱身呢？

话说回来，这样何尝不是给你自己留个空间？说不定你一转身有了灵感，或发现那刊物非常重要，不应错过，于是“准时交件”，不是两全其美吗？

贼船已经上了

再举个例子——

你坐计程车，原来看准一辆新车招手，偏偏半路杀出辆老爷车，吱一声，停在你面前。

你不好意思扭头，看那辆新车又开走了，只好“心不甘、情不愿”地坐进去。

你是一路上生闷气，左看不顺眼，右看怨倒霉，还是“成事不说”，对司机笑道：“不错！这一定是您自己的车！”

“你怎么知道？”他以为你要骂他。

“不是自己的车绝不可能保养得这么好，虽然不很新，但是感觉不错。”

听你这一说，他不是要打开话匣子，得意地说一堆吗？

于是你也笑，他也开心。一路下来，不是比你生闷气好多了吗？

人不能走绝

再举个更常见的例子——

你出国前几天，去向长辈、朋友辞行。

“什么时候走啊？”“几点钟的飞机啊？”“几时回来啊？”

对方一定问一大堆。

你答了，他八成得客气一番：“我要去送！”

如果你一去可能十年，甚或你年岁一大把，只怕永远不回来了，你能直说吗？

你说了，他非去机场不可。

他去了，又非弄成跟你“生离死别”的哀戚不可。

偏偏，你不希望大家去，更不喜欢那“送别”当“送终”的场面。你该怎么说？

你可以说：“我还不一定走呢！国内事多，很可能延期，而且过两天我还会经过这边，可能再来看你。”

于是他送你到门口，千叮万嘱似的说：

“你可一定再来哟！咱们再多聚聚！”

除非你们交情很深（如果真深交，你也就让他去机场了），八成出了门，你会觉得轻松，他关上门，他也觉得轻松。

你看来像在作假，但你的假，正是为了免得他为难，免得你们双方继续作假啊！

已经如此，何必多说？

既往不咎！

朋友小孩在你家跑，砸了你的瓷器，东西已经砸了，不能复原了，就别多说，只问：“孩子平安吗？有没有伤到？”

朋友走入你的花园，把你的宝贝花给弄折了。折了已经折了，你何不捡起来送给他：“正好，这么漂亮的一朵花，我原来正想摘一朵给你。”

妈妈烧饭，好好一道菜，居然做咸了。她自己直喊咸，你是附和着喊“对呀！好咸哪！怎么搞的”，还是笑说“其实只咸一点点，味道还是很不错的”？

你的好朋友，居然抢了你的女朋友。狭路相逢，他们两个都有点尴尬，甚至怕你一拳打过去。

你却主动打招呼：“你们最近好吗？好久不见，常联络嘛！”

智慧的忍耐

想想以上这些，难不难做？

难做！你要有大忍耐、好修养，才做得到。

但是再想想，真难做吗？其实不难，你只要从另一个角度看，开口说那么几句话，就可以排除“低气压”，解除“大尴尬”，而且表现出你的风度，让对方暗暗感念。

有智慧的你，能不学这种说话的技巧吗？

好好说话

有学问

落井下石

想借钱吗？先看看他老伴在不在。

想接吻吗？先看看四周有没有人。

虽然只是中度台风，却带来台湾四百年来最大的雨量，北部几个城市全淹了。

憋了一整夜，听楼下人家大呼小叫，原来的巷道成了小河，河上漂着桌子椅子，猫啊狗啊，还有橡皮救生艇隔一阵就砰砰砰地开过。

早上十点，水总算退得差不多了，小陈换上短裤，又穿上雨靴下楼，推了半天，推不开门，再使尽力气撞，才把门撞出个小缝，原来外面积了一尺多的稀泥。

楼下的邻居正清理呢，把屋里的东西一样样往外扔，差点打到小陈。

“拜托！”小陈叫了一声，“小心点！”

“噢！”邻居瞪他一眼，“没想到你在家，我还以为你一家都跑了呢！昨天我们淹到胸口，想把东西往你那儿搬，怎么按你门铃，你都不开门。”

“我没听到啊！”小陈摊摊手，突然想起，“对了！因为停电哪！你为什么不喊、不敲门呢？”

“我喊了啊！也敲了啊！”邻居弯着腰把电视抬出来扔在泥浆里，啪一声，溅了小陈一腿，只当没看到。

“我没听见耶！”小陈用手擦擦腿上的泥。他心里知道，他根本就听到了，而且听了一夜。

往前走，没几步就走不动了，因为雨靴里全灌了泥浆，干脆把鞋脱了，提在手上，蹚着泥浆走。好不容易走到高处，远远看见自己的车，居然没泡水，心中有几分得意。

但是这得意没多久，因为车子四周停满别的车，开不出来，"地铁"又成为"地下河"，废了。小陈只好光着脚走，走了一个多钟头，才到自己的服装店。

一夜豪雨，据说淹了一尺多，电全断了，大楼地下室淹水，紧急发电机也泡汤了，铁卷门都打不开。

一排店面，门口全挤满了人，还有警察，先验明正身，证明是那家店的老板，再用电锯、铁锹，帮着店家把铁卷门撬开。

每撬开一扇门，就听见一阵惊呼，跟着是男人的诅咒和女人的哭号。

小陈的两个职员居然也到了，跟小陈三个人，借了把铁锹，自己撬开门。

哗啦！居然还从里头流出一摊水。"这铁卷门对外不能防水，却能把水存在里面不放出来。"小陈骂了几句三字经，再推开玻璃门，往里看，这一看，就差点晕了过去。

中午，居然有慈善团体沿街送盒饭，小陈和其他店家，一起站在人行道上吃，一边吃一边叹气："最起码半个月没法做生意，房租可得照付。我们这生意还怎么做啊！"

隔壁店的小邱哭丧着脸，凑近小陈："小陈啊！咱们是同一个房东，那老萧好像人还不坏，咱们请他减点房租吧！"

"成吗？老萧那个臭脾气。"小陈鼓着眼睛，看看小邱。

"你口才好，你去说，说不定成呢！"

"为什么你不去说？"

"我不敢哪！"小邱双手合十，拜了拜，"说成，我请你吃饭。"

"好！我去说，"小陈把盒饭一搁，"我正想说呢！"接着跑上楼去。

老萧就住顶楼。上面盖了违章建筑，大概因为用了轻建材，雨太大，四处漏水，老萧正穿个内裤，跟他老婆往外倒水呢。

“还没吃午饭哪，老萧？”小陈打个招呼。

“去他的午饭，谁给？”老萧没好气。

“刚才楼下就有人发盒饭啊！”

“我没听见，”老萧擦擦汗，站直了，“你知道有盒饭，为什么不给我要两份哪？你是我的房客啊！”

“哎呀！对不起！对不起！我没想到，”小陈笑笑，“不过提到我是房客，您有空下来看看，我店里全淹了，损失惨重，所以我来跟您商量商量，是不是能减点房租？”

“什么？”老萧突然跳了起来，冲到小陈面前：

“谁没损失啊？你知道我损失多少吗？我最近股票已经损失一千多万了，你给吗？你给吗？”老萧把一双脏手伸到小陈面前，又推了小陈一把，“你落井下石，房租一毛钱也不能减，要减，你就给我滚蛋！”

“都怪你，要我去说，挨顿臭骂，说要减房租，就滚蛋。”小陈下来对小邱抱怨。

小邱没吭气，摇摇头进去了，一边跟老婆丹丹收拾泡水的东西，一边把小陈的事说给丹丹听。

丹丹低头听了一阵，突然抬头说：“我去！”也不管小邱拦阻，就冲了出去。

“你是谁？”老萧大声对着门外喊。

“我是您房客小邱的太太。”

“你也是来……”

“我是给您送盒饭来的，听说您还没吃东西，会伤身的。”

“这就是免费盒饭？”老萧把盒饭一把接过去。

“不！是我特别为您二位去买的。”

“噢！谢了！”老萧居然笑了笑，叫老婆拿椅子，“请邱太太坐。”

“谢谢您，我不坐了，店里东西全淹了，我还得下去收拾。”丹丹鞠个躬，下楼了。

傍晚，楼外堆满了泡水的东西，好像战后。

小邱两口子和小陈，坐在门口，拣还能洗能卖的衣服。

突然看见半截“宝塔”摇过来，是楼上的老萧，正看地上那些扔出来的东西呢！

“损失不小啊！”老萧看看丹丹手上泡了水的裙子，“看来你们损失比小陈大，他还有两个员工，你们只有两口子。”说完，转身走了，走几步，突然回过头来，“小邱的房租，从这个月开始，减收五千块。”

有话好说

为什么小陈专诚去谈没谈成的事，由丹丹出马，只字未提，事情却成了呢？

将心比心，相信你一定知道答案——

因为小陈在房东最忙、最累、最狼狈而且肚子最饿的时候去谈。有谁在这时候脾气会好呢？

不错，丹丹去的时候，老萧还在忙，也还在饿，但是丹丹不是去跟老萧讨价还价，而是为老萧“雪中送炭”哪！

要雪中送炭

每个人都一样，对雪中送炭，在失意时照顾自己的人加倍感激，又对趁火打劫，在自己最慌乱的时候，还想占便宜的人加倍痛恨。

当老萧得到丹丹送去的盒饭，把肚子填饱了，又用几个钟头时间，把屋子清理干净之后，心情平静了，也就是他最能“心平气和想事情”的时候。

他可能想：小邱的太太真不错，居然知道特别去买两份盒饭来给我吃。

他也可能接着想：她怎会知道我没东西吃？当然是那浑蛋小陈下去说的。

他又可能猜：其实小陈、小邱都想来要求我减房租，只是先由小陈代表。其实丹丹上来，也为这个目的，只是这女人懂事，送盒饭，没提房租。

由于此刻他已经静下心来，可以想得更多，他或许想道：本来就不景气，小陈、小邱再一淹水，更完了，如果我不减房租，只怕他们不租了。那时候我又能立刻找到房客吗？如果几个月没有新房客，我损失更大。

老萧忖度一下，心里已经有了谱：

减他们一点房租，把他们留下来，反而有利。

可是当他再想到小陈上来，非但袖手旁观，不帮忙，没为他拿盒饭，还开口就说减房租，老萧的火就又上来了："这简直是落井下石嘛！是可忍孰不可忍，对这种薄情寡义的人，我绝不能便宜他。"

所以在老萧下楼之前，早已有了定见，他是经过盘算之后，早决定主动为小邱夫妇减房租的。

说话挑"吉时"

中国人嫁娶、开张、乔迁，常要挑时辰，其实说话办事更得挑时辰。

什么是"挑时辰"？挑时辰就是找最恰当、对自己最有利的时间去"进一言"，当然也就是避开"凶时"。

如果你还是个孩子，想找老爸老妈谈事，你会找老爸有"起床气"、老妈急得发疯的一大早去谈吗？

如果你是职员，就算你想了一夜，有一肚子气、一肚子委屈，你能在主管才进办公室，堆了一桌文件，急着处理，或急着要去开会的时候，去跟他争吗？

如果你要讨价还价，跟人理论，你会在对方肚子正饿，急着要去吃饭的中午十二点打电话去吗？

如果你想找人"调头寸"，你会在他家里正高朋满座、大宴宾客，或居丧开吊、满面戚容的时候去伸手吗？

甚至，你想向女朋友求婚，你再急，又能急到冲进她办公室，在她忙得不可开交的时候“下跪”吗？

所以连你谈情说爱，甚至接吻，都得“挑吉时”。

许多女生拒绝男生的“第一吻”，都不是因为不喜欢那男生，而是因为当时环境不宜啊！

说话挑地方

谈到环境，懂得说话的人，不但要挑吉时，更要挑环境。

为什么有许多人明明不爱运动，却要去打高尔夫球？因为打球的时候，山青水绿，徜徉其间，是最好说话的时候。

为什么有些人谈事，要在对方出差时追到国外？因为他知道对方出国，总比在办公室多些“自己的时间”。有些人甚至为此大破费，跟对方一起买头等舱机票。为的是在这长途飞行中，他要躲也躲不掉，正可以借机会攀谈哪！

我认识一个外交官，明明忙得要死，居然还接受邀请，要坐四个小时飞机，去参加一个民间社团的晚宴。只是临上飞机，他又突然不去了，原因是另一位宾客不能到。

别人不到，干他什么事？

当然有关系！因为他接受晚宴的目的，只是想借机会跟那位平常见不到的官员同桌攀谈攀谈。那官员不去，他当然也不必去了。

但是你再想想，那官员为什么不去？他会不会也因为知道外交官要同桌而回避呢？

碰上火暴脾气的人

我还知道一位商界的大佬，能力虽强，但脾气奇坏，许多摸不清他脾气的人，只要跟他讨价还价，一定搞砸。因为他是当面“一寸也不让”的人。

但是摸到他脾气的人，找他讨价还价，另有一套办法。他们不是先通过他的副手探探他的口风，就是不打电话，只传真。

据说每次他听到副手传话，或收到传真时，都会咆哮：“门儿都没有！”

但他的咆哮，只有他副手和他自己听到。

隔一阵，他又会出来叫副手找资料，重新考虑，就像前面故事里的老萧，接着一百八十度转变——成了！

由此可知，把话说到心窝里，先得找对方把“心窝”敞开的时候说，你甚至得为此先打探对方的习性，谋定而后说。

退一步说话的学问很大，请看下一个故事。

做奸细的老于

偶像明星最大的梦魇，
就是在厕所里有人要握手。

“吴老板是老朋友了，我想找他一定能打个折，就算没八折，也有九折，”老于气喘吁吁地对太太说，“我这就亲自跑一趟，他一定会买面子。”

还没走到吴老板公司的门口，已经看见一堆人闹哄哄地往里挤。

“慢慢来！慢慢来！”吴老板的副手小金在那儿推。

“不能慢哪！急死啦！已经泡一天一夜啦！”一堆人喊。

“又不是只有我们这一家，你们急，可以去别家买嘛！”平常脾气很好的小金也急了，“你们一直挤，我怎么拿货嘛？”

“各位乡亲，别推！我们一定尽快，”吴老板也出来安抚，“我们库里还有不少，我们绝不藏货，也绝不借机涨价。一家一台，保证各位买得到。”抬头看见老于，打了个招呼，正要跟老于说话，被个客人，想必也是熟人，抓住了。

挤了半天，老于总算挤进店门，伸手跟吴老板握了握，急急忙忙地说：“老吴啊！我也要一台。”

“好！”吴老板转身就搬了一台，放在老于面前。

“多少钱？”

“一万二。”吴老板匆匆应着，又转头招呼下一个客人。

“能不能打个折啊？”屋里吵，老于对吴老板喊。

“不成！不成！”未料吴老板想都没想就喊了回来，“一毛也不能少，已经比别家便宜很多了。”

“老朋友了嘛！”老于拉拉吴老板的袖子，“赏个面子，九折，便宜一点，成了吧？”

“不成！”吴老板转过身来，瞪了老于一眼，指着箱子问，“你要不要？”

“哎？你是看大家淹水，神了是吧？怎么老朋友都不认了呢？”老于也有点不高兴了：钱是小事，当着一堆乡亲的面，丢人是大事。谁不知道他跟吴老板总在一起钓鱼，居然连那么一点面子都不给。

偏偏后面就有人促狭地喊：“老于啊，快一点！你别小气好不好？”突然一伸手，把钱塞到吴老板手上，再一弯腰，把原来老于要的那台机器抬走了。

老于火了，铁青着脸，一扭身，挤出人群，往另一家走去，一边走一边骂：“有这么不够意思的吗？我不跟你买了，原来要赏你生意，你不领情，算了！”

走到另一家，人也不少，老于把钱递过去，搬起机器正要走，却被喊住了：

“一万六！你少给四千。”

“什么？一万六？”老于往外指，“人家吴老板才卖一万二。”

话刚完，旁边好几个顾客都转过脸来问：“真的吗？”

“当然真的，而且是一样的东西，我才从他那儿过来。”

“那你为什么还来这儿买？”

“我……”老于怔住了，顿了一下，“我跟老吴闹翻了。”

“那里还有货吗？”

“有！”

轰隆一下子，四周的顾客全转身跑了。连原来已经付了钱的，也伸手把钱抓回来，将货一扔，跑了。

店里只剩老于一个客人。

“算一万二，好不好？”老于小声问。

“一万六就是一万六，你一定是那家派来的奸细，你滚！就算一万六我也不卖给你。”

老于居然被赶了出来。只好再去找别家，这下更糟了，别家已经卖光了。

低着头回家，正不知怎么交代，老远却见家里伸出个长长的管子，正汩汩地流水。

“哈！你真有办法，居然从哪儿借来一台？”老于高兴地跑进家，对老婆喊。

“不是借的，是人家送的。”

“谁？”

“你的老钓友吴老板哪！他说谢谢你给他介绍了不少生意，刚派人送来的。”老婆过来把老于紧紧一抱，“还是我老公神！”

有话好说

吴老板跟老于是好朋友，为什么当着那么多乡亲的面，不给老于面子？

才打九折啊！朋友的面子，连这么一千两百块都不值吗？

但是，当你从吴老板的角度想，就不一样了——

老于当着众乡亲的面，要吴老板打折，他又何曾考虑到吴老板的面子？

如果吴老板真给老于打了折，那些在场的其他人会怎么说？

他们也要打折，怎么办？话传出去，别的已经买了的乡亲，也回来要退钱怎么办？

吴老板以后还怎么做人？

所以，不是吴老板不近人情，而是老于话说得不是地方、不是时候。

哪壶不开提哪壶

换个场景。

当老于到另一家店里，抗议价钱贵了，说吴老板便宜四千。这说话的时间、地点，又对了吗？

他这一句话，把客人全引到吴老板那儿去，人家不揍他，已经不错了。他确实看来像奸细，来煽动，为吴老板抢生意，怪不得吴老板要送一台，向他致谢了。

但是，再深一步，你怎么不想老于就算不为吴老板介绍，吴老板也会偷偷送一台给他呢！

为什么？

因为老于是老朋友，吴老板当时碍于四周人多，不得不说“一毛也不能少”，但是私下实在不愿意这样对待老于啊。

他很可能等人群散了，事情过了，见面重重地拍老于一巴掌：

“喂！老于啊，你帮帮忙好不好？你什么时候不好还价，何必当着那么多人说呢？以咱们的交情，一通电话，我立刻派人送到，而且免费，何必劳你大驾呢？”

“进言”与“退言”

我们常说“进言”，其实很多时候要“退言”。“进言”是现在就说、主动去说，“退言”是退一步说话、改天再讲。

“改天再讲”，不是我们说话时常用的吗？

聊天聊得差不多了，改天再聊，拜拜！

这事一言难尽，改天再说，拜拜！

这先不要算，改天再算，拜拜！

“改天再说”是“退言”，意思是现在不方便再说，改天时间对了、地方对了、情绪对了，再说。

改天再说的学问

每个人都要好好学习“改天再说”这句话。它可以帮你脱困、避免尴尬。当别人对你说“改天再说”的时候，你千万要识趣地避开。

举个例子——

你的朋友开药店，你去，看有人买一种补品，朋友正介绍，你在旁边听，觉得不错，也要一瓶，问多少钱，他笑笑：“改天再算！”

你能不识趣，而继续追问，非要他算吗？他如果算了，你又能得到比旁边那个客人更好的价钱吗？

再举个例子——

你打电话问朋友事情，想请他帮你个忙，开开方便门。

朋友在那头答“改天再说”，你就应当识趣，知道他旁边可能有人，不便说。你能继续追问吗？

提到旁边有人，一般人想的都是“外人”，其实“内人”在旁边的学问更大，请看下一章。

是谁当家?

愈是碰上小鬼当家，

愈得把他奉为阎王。

故事一：他为什么不问我?

“又缺钱了是吧？”看老四走进来的样子，老大就猜到了。

果然，老四点点头，跟着一屁股坐在老大办公桌对面，弯腰在箱子里掏，掏出一份文件，递给老大。

“什么？借据？”老大眼睛瞄过文件。

“不是啦！大哥，是买房子的资料，最近利率低，我想买个房子……”

“买房子？”老大抬头看看四弟，点点头，“买房子是好事，总比你拿去赌来得好。”

“是啊！”老四把话重复了几遍，“是啊！是啊！是啊！……”

“别是啊是啊的了，你缺多少？总不会钱全要我出吧？”

“不会啦！大哥！”老四看着桌面，“您不要把我想得那么糟好不好？我现在只缺一百万。”

“一百万？也不少啦。”老大把权状影本拿过去翻，“地点是不错……”又把权状递回给四弟，“一百万，我没有，如果八十万还行，最近你大嫂刚拿到一笔分红。”

“八十万也成了！剩下二十万我再想办法。”老四高兴地把权状塞回箱子，站起身。

“去找你大嫂拿。钱在她那儿，就说我同意了。”老大拍着老四的肩膀，送他出去。

“他同意了？”大嫂眼睛一瞪，“他先得问我有没有钱哪！一下子要八十万，我哪儿拿得出来啊？我下金蛋哪？”

老四吓一跳，嗫嗫嚅嚅地说：“大哥说您刚拿到了一笔分红，正好八十万。”

“喂！我说四弟啊！八十万，我家里不吃饭哪？外面没有等着还的钱哪？小宝在美国不缴学费啊？你告诉你大哥，我拿不出来！他要借你，他自己想办法！”

故事二：谅他不敢做主

“对不起啊！你明天过生日，我却不能陪你。”老庞拍拍儿子的肩膀，笑了，“挺结实的，真没想到，一转眼，你都二十三了，还觉得你十三呢！”想想，又大笑几声，“不过十三岁怎么开车呢？”

今天老庞急着出去开会，由儿子开车送到机场，觉得挺得意。

“你过生日，要我送你什么礼物啊？”老庞又拍拍儿子肩膀。

“什么都不要。”

“什么都不要？”老庞歪着头，看看儿子，“什么都不缺？”

“缺……缺一台笔记本电脑。”儿子微笑着，车子正好驶进机场。

“那好！就送你一台笔记本电脑吧！”老庞很干脆，“多少钱？”

“四万块。”

“四万？”老庞没想到那么多，“要四万？”

“新出的嘛，既然买就买好一点的，功能好。”

“四万就四万吧！”老庞把车门打开，接过儿子递来的行李箱，“找你妈拿。”正要转身走，突然想起，“对了！你可要记得，别直着跟你妈妈说。你要说：‘妈！我过生日，爸爸要我问你能不能送我一台笔记本电脑，他说他没意见，全听您的。’这样你妈才会爽快地掏钱。”

“有这么严重吗？妈不是都听你的？”

“你照我教的去说就对了。”老庞撂下一句话，转身走了。

“什么？他要送你一台电脑？多少钱哪？”庞妈妈一惊。

“是啊！”儿子说，“是我跟他说我需要，一台新型的，四万块。”

庞妈妈又好像一惊：“四万？可不少！他怎么知道我有钱？”

“所以爸爸说要我问您，您说 OK 才 OK。”

“这还差不多，这老家伙居然学会说话了。喏！拿去！这是四万。”

儿子一怔：“妈！您怎么都准备好了？您怎么知道……”

“你老子在机场已经打电话问过我啦！这么大的事，你以为他真敢一个人做主啊？”

有话好说

这两个故事的情况差不多，为什么结果有那样大的不同？

或许你已经知道答案了——

因为老四去借钱，却不会说话，开口得罪了大嫂。

但与其说老四不会说话，何不讲老大不懂得说话呢？比比看，另一个故事里的老庞，也差点犯错，表示他说了算，要儿子直接找妈妈拿钱。

但是老庞聪明，他突然想到即使是儿子，也要懂得跟妈妈讲话的方法，即使自己是一家之主，也要考虑太太的感觉。于是他停下来，特别叮嘱儿子回去怎么说，又怕这样不够，自己再打个电话回家，向太太报备。

丈夫特别打电话回家，征求太太的意见，且不论太太是不是真的实权在握，还是做个样子，那庞太太心里能不舒坦吗？

小鬼难缠

人都希望被尊重。即使是个门房，今天你请他进去通报一声，也得对他客客气气。

一个毫无权力的小职员，终日躲在办公室的一角，管橡皮图章。今天你要他盖章，就算“上面交办”，非盖不可，你对他说话不客气，他也可能找你麻烦，最起码，他不痛快，他可以拖。

这就是“阎王好见，小鬼难缠”，“不怕官，只怕管”的道理啊！

训人的学问

无论位阶的高低，或谁当家、谁做主，尊重对方，永远是说话的第一原则。

就算你是顶头上司，如果你能把“喂！某某，你几点几分，给我过来一下”改成“是不是麻烦你，几点几分到我办公室”，甚至更客气地说“几点几分，我在办公室等您”，你的职员听到，能不比较舒心吗？

今天你要训你的职员，你可以当着大家的面开骂，也可以客客气气地请他到你办公室，然后关上门，小声地训他。

想想，如果你是那个职员，处在前者的情况，是不是就算老板当着大家只是“小骂”，你心里也要大不痛快，老板一走，你非背后咒他几句不可？

相反，假使是后者的情况，你就算挨了大骂，是不是还会心存感激，心想：老板真不错，他顾念我的面子，特别把我叫进来，还关上门、放小声，可见老板是爱护我的。

训人，还能让对方心存感激，这就是“把话说到心窝里”啊！

“内人”不是外人

夫妻之间的尊重就更重要了。

你在家里可以是大男人，你说了算，太太只有听的权利，你确实可以不管她同意不同意，而径自做主。

但是换个角度想——

她已经没有“实权”了，你何不给她一点“虚荣”？

什么叫“内人”？

“内人”就不是“外人”！“内人”是你枕边人。你有事却不让她知道，她还叫“内人”吗？

这世界上没有比把“自己人”看作“外人”更令人痛心的事了——

“家是一个‘共荣圈’。大家一起打拼，胼手胝足地奋斗，枪口向外，胳膊肘朝内，有什么事需要瞒着我呢？你把我看成了什么人？”

私房钱事件

算算看，有多少夫妻反目，不都是因为太太资助了“娘家”，或丈夫偷偷给了“夫家”钱？

“钱”常是最大的原因——我们两个人拼命省，只盼多有点，你为什么把钱往外送？

但更大的原因，是许多丈夫或妻子，不让另一半知道，而偷偷给啊！

你可以说这是你自己省下来的“私房钱”，但私房钱也是家里的钱，“你的钱虽不在我手里”，但在心理上，也是我们两个人的钱哪！

还有，你为什么事先不让我知道？你把我当成了什么人？是你“内人”，还是街上的陌生人？

被出卖的感觉

于是发现，那些夫妻为钱反目的，真正的原因可能不是“物质”，而是“精神”，真正的原因是“另一半没有顾念他（她）的感觉，让他（她）觉得被出卖了”。

想想，前面故事中的大哥，如果他能像老庞一样，教自己的弟弟怎么去说，又打个电话告诉太太，甚至先不答应弟弟，征求太太同意之后再说，不是好得多吗？

这大哥何止犯了没知会太太的错，他更大的错是告诉四弟“正好拿到一笔分红，有八十万”。

换作你是他太太，由小叔子嘴里说出“您刚收到一笔分红”，而且是在大嫂讲家里没有钱之后，你能不火冒三丈吗——

“好哇！你不但不先问问我，而且把家里的私事告诉你弟弟，要他来‘糗’我？我就是不拿出来！”

实权与虚荣

愈是没“实权”的人，愈要“虚荣”。

我写完前面老庞的故事之后，曾经把故事拿给几个熟识的朋友看，做个民意调查：“今天换作是你，你已经接到丈夫从机场打回来的电话，而且已经把四万块准备好了，你是在儿子一进门就说‘我已经知道了。喏！钱拿去’，还是像老庞的太太一样，把钱先收着，等儿子开口？”

我问了五个做妈妈的，五个居然都说她们会装作不知道，要等儿子开口。

为什么？

因为她们要听儿子怎么说，也可以说她们要一点做主的虚荣。

这时候如果儿子不会说话，居然讲“爸爸说他要送我一台笔记本电脑，四万块，要我找你拿”。

我敢保证，绝对有好戏上演。最起码，那做妈的会脸一拉：

“我不知道啊！叫你爸爸自己来跟我说。”

谈到父子，这学问更大，请看下一章。

你敢来压我?

乾隆皇帝才死，

和珅就被赐了死、抄了家。

“小姜，你好！”

“噢！王叔叔，”小姜站起身，“您找我爸爸啊？他在家。”

“在家？”老王看看四周，摆设全换了，伸着脖子问小姜，“你……你爸爸……”

“他退休了！”小姜一笑，“现在这是我的办公室。”

“噢！你接手了，”老王嘴巴张得大大的，又哈哈一笑，“你接手，好！不过你爸爸可答应过我，有一批货，我早说好我要，先存他这儿，现在我要提货。”

“提货？”小姜一怔，“什么货？订单我看看。”

“没有订单。哎呀！”老王拍拍沙发，“小姜啊！我跟你老子还用订单吗？从你穿开裆裤，我们就在一块儿，我们是说了就算。”

“可是，可是王叔叔，他没跟我说耶！”

“简单嘛！”老王站起身，去拿电话，“我打电话给你老子，叫他跟你说。”

老王的手伸一半，小姜把电话先按住了：

“王叔叔，您别急嘛！我老爸现在一定在睡午觉，最近他身体不太好，我今儿回去问他，好不好？”

听说老姜身体不好，老王还能坚持吗？

老王才走，老姜在家里就接到儿子的电话：

“爸爸，王叔叔刚才来，说您答应他一批货……”

“是啊！去年的事了，他说他先不拿，留我这儿。”老姜干笑两声，“唉！还不是因为知道要涨价，又不愿意拿货付钱，就说先存咱们这儿。”

“哪有这种事？”小姜叫了起来，“差了两成耶！”

“唉！老朋友了嘛！老王啊，一向都这样，”老姜叹口气，“就再让他占一次便宜吧！”

“不行，”小姜居然斩钉截铁，“我接手的时候都点过了，又做了成本核算，突然冒出这么一个不按牌理出牌的，我全乱了。”顿了两秒钟，“而且我才下令全公司，用电脑估价，绝不二价，我要是自己都不遵守，以后怎么带人嘛？”

正说呢，门铃响，老王来了。

“听说你不舒服，来看看你。”放下一大篮水果，老王过去跟老姜握握手，又拍着老姜的手，“怎么了？退休啦？你还年轻嘛！”

“不行啦！”老姜也拍拍老王，“这年头，老的不吃香了，老办法也行不通了，儿子有儿子的想法，年轻人，能改革，交给他了。”

“可是，老哥！”老王两手端着老姜肩膀，“咱们可还有个买卖，去年初讲定的……”

没等老王说完，老姜已经直点头了：

“知道知道！可是……”拍拍老王，要老王坐，“可是小子当家了，”又大大叹口气，“我管不住，也管不了啦！”

有话好说

老王到最后讨到好处了吗？

当然没有！

难道老姜就不能命令他儿子，卖老爸一个面子，再给老王一次折扣？

当然可以，但是只怕他不会这么做。

为什么？

因为这是人性。

不再是“老子为大”

父子是非常亲密的关系，所以中国人有所谓“父债子还”。问题是时代不同了，以前“父债子还”是因为儿子继承父亲的一切，那时候平均寿命短，男人往往五十岁就死了，财产既然全移交给了儿子，当然生前欠的债也得由儿子负责。

但是今天不同了，人的寿命延长了几十年，继承财产的方式也改变了，遗产一部分去了税务局，一部分给了女儿，一部分做了公益，儿子不见得拿到多少，你还能“父债子还”吗？

中国传统“老子为大”的观念也改了。儿子有儿子的想法，只怕两代还有“代沟”，你能用老子去压儿子吗？

弑父恋母情结

更重要的是人性。你知道心理学上的所谓“俄狄浦斯情结”（Oidipous complex）吗？

一个男孩子小时候处处向父亲学习、向父亲看齐，渐渐地，他要跟父亲比，甚至与父亲为敌。父子二人下棋，儿子输了，可能气得翻棋盘；相反，那父亲虽然装作生气，把儿子大骂一顿，却可能心中暗喜。

为什么父子有这样不同的表现？

因为人性——

儿子从小就希望超越父亲，因为超越才能显示他独立。

而父亲从孩子小时候，就希望儿子有一天能超越自己，只有一代比一代强，他的“种”才能更优越。

你算老几?

当你了解了这基本人性，就会知道，为什么如果那公司的老板是你同学的老爸，你前去自我介绍，说“我是您公子的同学”，你很可能被另眼相待。因为那老爸会想：这小子将来能做我儿子的助理。

但是当你跑到一个公司，对那老板说：“我是你老爸的同学，从小看你长大的，你小时候我还抱过你。”你非但讨不到好处，还可能被排斥。

想想，那有着“俄狄浦斯情结”，从小以父亲为敌的儿子，好不容易脱离了老爸的管辖，今天你居然还用他老子来压他，甚至倚老卖老，把他看成“后生小子”，他会高兴吗?

他就算表面对你礼貌，骨子里也会讨厌你啊!

小姜比老姜还辣

再让我们回头看前面的故事，为什么我说，老姜不会尽力帮老王? 这也因为人性，当老姜听说儿子有他的主见、不卖老子面子时，多半不会生气，反而暗自高兴——

“小子当家了! 还真有魄力，敢给老王这老油条吃闭门羹，这小子还真有我年轻时的架势，小姜不见得不比老姜辣啊! ”

你说当老姜这么想的时候，他可能真帮老王吗?

可悲的是，许多人不了解这一点，以为通过父母的关系去说情，会特别有用，于是明明可以直接找“小子”的事，偏要去求“老子”，到最后一点好处也讨不到。

你要带枪投靠

碰到这种情况，老王该怎么把话说到心窝里?

不是说“克绍箕裘”，也不见得是“青出于蓝”，因为那种奉承话还是脱不了“上一代”的影子。

他应该立刻见风转舵：“你跟令尊的方法完全不一样，全新的想法、全新的作为，了不起！”

只怕老王如果先这么说，然后加一句：“看样子，我也该退休了。”那小姜还可能过去安慰：“您还年轻嘛！比我爸爸有冲劲多了。”

于是老王再低姿态一点，攀攀小姜的交情，小姜还可能特别开恩，给老王一个方便。

要知道，儿子最高兴的是什么？是见到那些与老子同辈的人，有一天居然跟自己变成同辈。那是“带枪投靠”，显示儿子升级、赢了老子啊！

上下任之间的心病

何止父子之间有这种心理？

几乎所有“上一任”与“下一任”都有这样的“心病”。

不信，你看看！

无论主官、主管或政府、政党的领导人，有几个“上一任”与“下一任”能处得非常好？

除非那一任全是由上一任提拔的，即使如此，干一阵子后，上下任的关系还是可能搞坏。

为什么？

因为这是人之常情。

今天你上了任，立刻把办公室重新布置了，甚至把同人的办公桌和位子重新安排了。

他是上一任，走进去，心一惊：“怎么全变了？”嘴上虽然赞美“新人新政”，但心里能是滋味吗？

你做得好，只可能显示他做得不好；你施行新政，就表示废了他的旧政；你用了新人，就表示“他的人”被赶出了权力圈子。

他开始嫉妒你、排斥你。

了解了这一点，第三者能托他找你说情吗？

只怕不说还好，这一说就完蛋了。

今天是我当家，你没看到吗？你为什么不直接找我，你找我上一任干什么？你能不这么想吗？

历史的教训，血淋淋的例子

把话说到心窝里，你一定要弄清上一代与下一代之间的心理。千万别弄巧成拙，以为自己会攀关系，或显示自己老资格，放弃与“当权的小子”直接对话，反而去找他的“老爸”或“前任”。

你不得不放下身段，去拍晚辈的马屁。

这有什么办法呢？

皇太子继位了，你就算是前朝的重臣，也只能在下面高呼万岁，听那小子使唤。就算太上皇还有权有势，甚至垂帘听政，你以为走那后门还管用吗？

可能管用，但是只要太上皇一死，你就保险完蛋。

看看历史，有多少太上皇一死，下面“马屁精”就被抄家甚至斩首的啊？

有多少血淋淋的例子摆在你的眼前！

老乔吃豆腐

你既然根本无意合作，为什么不早讲？

三年没来，进市区，老乔吓一跳。天哪！高楼一栋又一栋，完全不一样了。

远远看看“喜来登”的大字，这是老乔指定的旅馆，上次他就住这家，觉得不错。指一指，老乔笑道：

“到了，可真快！”

却见尤总经理回头一笑：“您不住这家。”

老乔一怔：“不是说早订好了吗？”

“哎呀！”身边的袁小姐插话进来，“我们找到更好的，也是五星级。”

“可是，”老乔有点不高兴，“咱们不是说好住喜来登吗？而且前天通过电话。”

“因为那里客满了，没订到。”尤总在前面解释。

“没订到？”老乔脸色变了，“那为什么跟我说订到了？而且我一个多月前就叫你们订。”

尤总脸红了，半天没说得出话，幸亏袁小姐开口：

“跟您说实话吧！我们是早订好了，但是临时来了贵宾，为了安全，所有已经订的都被取消了。”

老乔摇摇头，笑道：“会吗？”但是没再说话。

换了一家旅馆，果然也是五星级，而且因为才开张，比那喜来登还漂亮。

但是老乔才进房间，就一个电话打去了喜来登：

“听说你们来了贵宾，把我们这些早订房的客人都取消了。”

“不可能，您的大名是……”

老乔报过名字，对方立刻笑了起来：

“我知道了！他们根本是昨天才来订房，我们客满了。”又笑了几声说，“他们还求我呢！所以我记得很清楚。”拉长了声音，“告诉您，他们是骗您的！”

晚上，尤总摆酒席为老乔接风。

“对不起！临时出状况，没让您住进喜来登。”尤总带全公司的主管举杯，“抱歉！抱歉！”

“是啊！”袁小姐也笑，“大概为了贵宾的安全，把咱订的房取消了。”

“是哪位贵宾啊？”老乔对袁小姐举杯笑道，“这么伟大？”

“是……是……”

旁边一个姓钱的主任插上话：“好像是美国的什么部长……”

“对！”袁小姐大叫一声，“那个什么部长。”看看尤总，“您记得是什么部长吗？”

尤总摆摆手：“我忘了！”

老乔突然大笑了起来：“算了！算了！别瞎掰了！我下午已经打电话问过了，不是来了什么贵宾，是因为你们拖到昨天才去订房，已经客满了！”

有话好说

故事说到这儿，下面我不讲了，因为你想也知道，场面会有多尴尬。

我们常怨人“吃豆腐”，吃豆腐可以形容占异性的便宜，也可以指“存心让人下不了台”。

老乔就是吃豆腐，他明明知道对方是因为拖，或因为忘了，前一天才去订房，所以没订到，又怕他骂，所以撒个谎，说由于有贵宾，订房被取消。

那确实不是什么高明的谎言，老乔可以一下子就拆穿。话说回来，老乔要是早拆穿倒好了，他却憋着不说，继续套对方的话，看对方继续圆他们的谎，到最后几个主管全加入了谎言，老乔再给他们一巴掌，他这样做不是“吃豆腐”吗？

而且老乔这豆腐吃得太过了，也吃得太毒了，那些当着部属面，被糗得下不了台的主管，能不恨他吗？

引君入彀的小姐

我曾经在《爱就注定了一生漂泊》里说过一个故事——

有个色迷迷的主管，对漂亮的小姐说，星期天是他的生日。

那小姐笑道：“太好了！让我为你庆祝庆祝吧！我乡下有个小木屋，星期天我请你在那里吃晚饭。”

星期天，主管准时赴约，小姐出来开门，进客厅安安静静，只有他们两个人。

小姐斟上酒，点上蜡烛，向这主管敬酒。半杯下肚，主管把手伸过去，搂住小姐的腰。

小姐娇羞地一扭身，站起来，神秘兮兮地说：“您等我一下，我进卧室换件衣服。”

主管“性奋”极了，心想：多么体贴的女人哪！她一定是去换件薄纱睡衣出来。把握时间，我也先把衣服脱了吧！接着把衣服脱得精光。

砰一声，卧室门打开了。

“生日快乐！”全公司的同事，一起走了出来。

提早避免尴尬

这故事比老乔的故事还残酷。

它残酷在太真实了，因为这正是西方人办“惊讶派对”（Surprise Party）的场面——一群人先躲起来，再突然出现。

残酷的是那位小姐，她为什么先斟酒让那主管乱性？而且当她发现主管已经毛手毛脚，开始失态的时候，为什么没想到先防止接下来“可能的尴尬”？

但是，当我们怨老乔或这漂亮女职员的时候，也要想想，其实大家都可能犯同样的错。

举个和老乔相似的例子。

你早早要旅行社的朋友帮你查票价，比较哪家航空公司划算。

到你快出发了，打电话过去，问他查得如何。

他怔了一下，支支吾吾的。

你问：“查了吗？不是早叫你查吗？”

他沉吟了一下，说：“查了！一下子不知道放到哪儿去了，能不能等会儿回您电话？”

这时候，你有必要坚持立刻要答案吗？

他忘了，他没立刻查，他一定是放下你的电话，才赶紧去办，你有必要拆穿吗？

如果你真会做人，你应该在他才怔半秒钟的时候，已经反应：“我想您一定正忙，等您忙完，再打电话告诉我好了。”

且莫追根究底

又譬如纽约大都会美术馆办“中国铜器展”，你去看过了，跟朋友提到，朋友说他前天也去了，棒极了。

你算算，前天是星期一，大都会不开，于是再问一次：“前天？”

他斩钉截铁地回答：“是啊！星期一。”

你好意思当面拆穿，告诉他星期一例行休馆吗？

你又好意思继续追问他对哪一件展品感兴趣吗？

再举个更常见的例子。

你前一阵生病，大家都来问候，偏偏有个老朋友一点消息也没有。

今天遇到了，他一见面就抢着说：“哎呀！知道你病了，打了好几次电话给你，都没人接。”还装样子，“我都急死了。”

你心想：得了吧！我电话在生病前才换的号码，只要拨原来的旧号码，就有录音，告诉新电话，你要是打了，至少会知道我换了电话，而且我都在家。

请问你，你是当面拆穿，还是表面道谢，心里记住？

不合意，请早说

如果你在政商界，就更要讲究了。

别人找你谈生意，你对他一点也没兴趣，偏偏还装作热情，要看他的样品，还细心地记下他的单价。他一心认为你是真有意，好比前面故事里的“色迷迷主管”一样，把裤子都脱下来了。可是，他才出门就听说，你早已决定了合作的对象。这时候，他能不恨你吗——

“既然你早有定见，既然你根本无意合作，你为什么不早讲？你不是吃我豆腐是什么？”

何必吃人豆腐

又譬如你是政党领袖，为了一个大的政策，两党有了争执。你邀请对方来跟你讨论解决之道，大家都认为这是个重要的转机。

对方满怀希望地来了，你也热情地接待，拍照、发新闻。

可是他前脚才走，你的人已经在另一个地方宣布“你原有的坚持”。你说，那刚才跟你谈的政党领袖能不觉得他被吃了豆腐，又能不造成关系的严重破裂吗？

早断早好

记得我有一次到一个美国教授家。他是著名的演讲家，一场演讲最少五千美金。

单单我在他那儿几个钟头，就有三通邀请他演讲的电话。妙的是，对于第一通，他问得很详细，包括人数、场地、交通，全问了，然后告诉对方他的“价码”。

第二通电话，他先告诉对方“价码”，再问有关的问题。

但是对第三通电话，他却直截了当地说他的日程早已排满，安排不出任何演讲。

因为是熟朋友，我就问他为什么答话有那么大的不同。

他笑笑说：“第一个邀请的团体，我不熟，所以是我挑他，看看听众、场地怎么样，觉得不错，再告诉他收费的方法。第二个团体，我知道他们的背景，所以直接告诉他要多少钱。”又神秘地笑笑，“至于第三个团体，我一听就不打算去，既然不打算去，何必多问？你问，吊他胃口，最后又拒绝他，不是对双方都不好吗？所以不如一开始就婉转地拒绝。”

道不同不相为谋

说了这么多，我要讲的正是如此。

“道不同不相为谋”，既然你认为“道不同”，就应该早避开，既省了双方的时间，也免得结怨。

当你发现别人撒谎时，你如果非拆穿不可，就早一点拆，甚至在他才说谎说到一半的时候，就把他的话打断，说“我不想听了”。免得他撒了一堆谎，才发现你早已知情，你是存心看他表演。

更重要的是，如果有个异性对你暗示，你对他没意思，就要早早表示，别等他愈陷愈深，把他自己的尊严都“脱下来”的时候，才拒绝他。

否则，他的丑态被你看到，他一定恨你一辈子。

看谁耐得住

要听现场三万人的演唱会吗？

请先别喝水！

“我们要占百分之七十。”美国代表麦克才坐下来，就斩钉截铁地说。

“那就没什么好谈了嘛！”方副总扯了扯周总的袖子。

“不不不！可以谈。”周总只当没听到，对麦克笑笑，打开手上的资料，推了过去，“您看看，将来的市场，单单在我这边就有多少，而且还在成长。”指指资料上的一页，“再说，运费贵，我们这边人工又便宜得多，何必舍近求远呢？”

那麦克，居然连资料都没瞧一眼，就还是那句话：

“百分之七十，少一分都不成，这不是我的想法，是我公司的底线。”

“问题是……”方副总看看周总，对麦克说，“我们的底线也是百分之七十。”

麦克突然把手上的文件夹一合，又把椅子往后挪了挪：“那就没什么好谈的了。”接着把脖子伸长，盯着周、方二人，“喂！你是用我的品牌耶！”

“好！好！好！”周总把方副总一挡，“第一次合作，我让！我占百分之六十，一下子减少一成。行了吧？”

“不行！”麦克哼了一声，低头翻他自己的文件，找出一页，也推过桌子中间，“你们二位看看，这是上次你们来美国，大家开会的备忘录。”

“不错不错！”周总一边笑道，一边做样子翻了两页，“可是您要知道，今天我们打开了东南亚的市场，此一时、彼一时嘛！”

麦克沉吟了一下：“东南亚，你保证销多少？”

方副总立刻叫了起来："奇怪了！你为什么没看我们传给你的资料呢？"

"看了！"麦克重复了一遍，"看了！"又低头翻他手上的东西，突然抬起头，"好吧！我让，我们要百分之六十。"

周总没吭气，方副总把脸望向窗外，天已经暗了，看看表，快六点了。

"先吃饭吧！"周总说。

肚子填饱，两边的语气好多了，不过那冷战的气氛还在，双方的部属，虽然在另一桌，但也都安安静静。

"继续谈吧！"周总伸伸手，"已经很有进展了！"

麦克想了想，又去跟他的副手咬咬耳朵，回来说："好吧！谈不成也没办法，明天我们非走不可。"

挑灯夜战，一个大长桌，双方二十多人，只听见文件翻动和咖啡杯碰到碟子的声音，居然僵在那儿，连交谈的机会都没有。

不过总算双方都有了妥协，降到各坚持百分之五十五。

"我已经让步太多了，让了百分之十五了。"麦克搓着手，又看看表，"看样子，没希望了。"

"有希望！有希望！"周总居然还是笑嘻嘻地说，"继续讨论嘛！"话没说完，方副总插话进来：

"周总，您是怎么啦？已经让到五十五了耶！"

夜深了，可以感觉外面街上变得安安静静，偶尔有救护车开过的声音。

两边人都在打呵欠，却又都捂着嘴，不让人看见。

上厕所的人也多了，还有人出去抽烟。只有周总和麦克，还各自一页一页地翻资料。

那些文件他们早看过几百次了，这看，是真看，还是装样子？没人知道。

麦克终于忍不住了，站起身，用眼神示意一下随员，一起站起来，再跟周总、方副总握手，耸耸肩："我已经尽了最大的努力。"

两批人往门外走，周总突然拍拍麦克，小声说："糟糕，我忘了讲，最近澳大利亚有人来过，他们也打算下单。”

“噢？”麦克苦笑一下，“那又能下多少？”

“未来难说哟！”周总拍拍麦克，“再谈谈吧！”

麦克迟疑了，僵在大门口。

往外一步，两边就吹了；往里一步，难道十一点半，还要继续？

方副总也过来鞠个躬，伸长了胳臂，请麦克留步。

麦克深深吸了口气，隔了半分钟：“好吧！就百分之五十吧！希望我们做最大的让步，能换来以后更大的成功。”

真是“柳暗花明”，事情突然变得出奇的顺利，深夜十二点半，周总已经把麦克送回旅馆，才回到车上，就一个电话打去董事长家：

“对不起！让您久等了，居然谈成了耶，各占百分之五十。”

就听那边一片欢呼声，原来董事会几个“大头”都在那儿。

这边麦克才进房间，也拨了越洋电话：

“太成功了！太成功了！硬是没被他们吃定，硬是谈成了——百分之五十！”

有话好说

如果你初入社会，一定会觉得匪夷所思：

“怎么可能？两边原来都坚持百分之七十，最后居然会双双让步，谈成百分之五十。要让也不可能这么让嘛！”

但是如果你在商场和外交圈久了，一定就能了解，什么叫作“谈判”，什么叫“折冲樽俎”。

谈判就是把原来不可能谈成的事谈成。

“折冲樽俎”就是把几乎已经撕破的脸，变成笑脸。

当然这“谈判”与“折冲”，也就是说话的最高艺术了。

先进两步，再退一步

看政治外交的新闻，你一定常会骂："奇怪了！为什么双方都要那么坚持？退一步海阔天空嘛！"

等到峰回路转，双双做了让步，你又可能骂："早知道后来会让，何不一开始就别坚持？"

如果你这么说，就是太外行了。

要知道，谈判好比两国争疆界，双方一定都往对方那里画线，然后一点一点退、一点一点让，最后终于达成共识。

要是你一开始，就很"礼让"，就很"君子"，把线画在中间。对不起！对方一定得寸进尺，最后把线画到你的国土上。

现在你就可以了解，前面故事里，其实双方都在演、都在熬、都在耗，耗到最后的底线。

在那耗的过程中，任何一边松口，对方就占了便宜。

耗到你不行

"耗"是门很大的学问。

不知你有没有听过这么个笑话——

有个书商招聘推销员，挨家挨户去销他们的新书。

每个来应征的都能说会道，只有一个，居然是严重的结巴。

"你行吗？"书商问。

"行……行……行……"那结巴花了五秒钟才答一个字。

"好好好！"书商笑起来，"你就试一天吧！"

一天过去，大家都回来交成绩。

居然结巴卖得比谁都多。

"为什么？"大家不信。

"因……因……因……为……我……每到……一……家……就……就……打……开……开……书书书书……说……我……我……我……念……念……"

笑话说到这儿，你看懂了吗？

结巴成功，因为他会“耗”！当初那书商用他，不也是因为受不了他说话的速度吗？只怕他的同事也受不了他的答案，他才讲一半，大家就说听懂了。

这虽然是个笑话，但也是说明一个事实——

慢慢熬、慢慢耗、慢慢谈，许多原本谈不成的事，都能谈成。

疲劳轰炸的战术

人有个毛病，就是禁不住疲劳轰炸。

譬如一个人去选家具，他看了这样看那样，逛完这家逛那家，比比这比比那，最后听累了、走累了，很可能莫名其妙地选了他最后看到的那一样。

那一样真是最好的吗？只怕不是！

但是他已经倦了，早完早好，他只想把事情办完，于是做了决定。

仔细想想，公司里许多会议、“立法院”许多议案，不都是拖来拖去，拖到最后一分钟，“散会”和“休会”之前，“挑灯夜战”才通过吗？

那些决定，都是最深思熟虑的结果吗，抑或只因为大家都太累了？

设下谈判的陷阱

再让我们回到故事里的百分之七十这件事。

要知道，会推销的人，除了会先占地盘，再一点一点退的技术，还会使用“陷阱”。

举个例子，一个房地产掮客，他可能带你看几十套房子。那些房子不是太旧就是太贵。当你发现原来房子这么难找，正想打退堂鼓的时候，他突然告诉你一个好消息：“有套才推出的房子，真是千载难逢的机会，被你碰上了。”

他带你去，果然，样样都合你意，你立刻买了，心想：唉！早知道看这一户就成了，前面何必浪费那么多时间。

你岂知道，他带你看那几十户，就是为了要你买这一户啊！他先把你的锐气挫到最低，再让你豁然开朗。这就好比前一个礼拜医生先说你恐怕有“大毛病”，这礼拜检查报告出来，又告诉你“没问题”一样，使你在大失之后有了大得的喜悦。

请你随我来

那掮客的技巧，处处可用——

譬如你要请女朋友看电影，你知道她想看《绿女郎》，可是你实在受不了那种爱情文艺，你想看的是《绿侠客》。你能问女孩子要看《绿女郎》还是《绿侠客》吗？

当然不会！于是你可以问她："有好几部电影给你挑，有《黑武士》，很残酷，有砍头的镜头。"

"恶心！不要！"她喊。

"还有《黑蜘蛛》，是恐怖片，保险让你尖叫。"

"我才不要呢！"她又喊。

"对了！还有一部《绿侠客》，动作加爱情……"

"就看这部吧！"

于是你成功了，因为你设了陷阱，让她比较，然后做了"你满意"的选择。

对比的艺术

说话讲究气氛、讲求环境，而那气氛与环境则包括了最重要的"对比"。

如同你结婚请伴娘，不会请一堆比你艳丽高挑的，最起码你会找与你差不多的（甚至比你丑多了的）。这样对比之下，才不使你失色。

谈判也一样，那是一连串的"暗地较劲"，你必须把自己的阵势布好。随时暗示你的底线，随时让他比较各种条件，认识"你"，也认识"他自己"，你更可以把他有的选择摊在他面前，用对比的方式，把他带到你要的方向。

最后，我要引用一句外交界常说的话：

"如果有绝对谈不成的事，就不叫外交了。"

面对多么大的冲突，你都要学前面故事中的那位周总，笑笑："可以谈，有希望！"

然后，把事情谈成。

那女人是谁?

抢片时风平浪静，

进一步海阔天空。

“你们在扯什么啊？”袁太太看见三个邻居太太站在太阳底下聊天，开玩笑地说，“小心回家鱼都臭了。”

“没什么！没什么！”几个人好像吓了一跳，匆匆忙忙地散开。

紧邻的萧太太跟过来，走在袁太太的旁边。

“你们到底在谈什么啊？”袁太太又问一遍，“神秘兮兮的。”

“没有啦！”萧太太低着头说。

“一定有什么事。”袁太太看得出，萧太太不自然。

“真的没有！”萧太太隔了半天说，接着把话题岔开了。

可是就在快到家门的时候，萧太太突然停住，低着头想了想，吞吞吐吐地说：

“袁太太啊！咱们是老邻居，我一路想，还是告诉你好了。我觉得，你恐怕得留意一下你家老袁。”

“为什么？”袁太太脸色都变了。

萧太太又吞吞吐吐了老半天，说：“好像有人看见老袁跟个年轻女人——”

“谁？跟谁？”

“没人认识。”

“谁说的？谁看见的？”袁太太由刚才铁青的脸色转为通红，“是谁胡说八道？他看见了吗？”

“不是我哟！”萧太太害怕了。

“不是你是谁？你说！”袁太太趋前一步，厉声问道。

“是洗衣店老板娘说的。”

跟着袁太太就到了洗衣店。

老板娘好像心里已经有数，躲在后面不出来。

“你出来啊！你出来啊！”袁太太喊。

“我在忙啦！”老板娘把干洗机开得好大声。

“我等你。”袁太太居然往门口一坐。

眼看逃不掉了，老板娘抹抹手，出来了，扬着眉毛，还装：“要拿衣服吗？还没洗好呢！”

“没洗好？”袁太太问，“我没拿衣服来洗啊！”

“袁先生早上拿来干洗的。”老板娘耸着肩，缩着脖子，一看就有问题。

“他一个人来，还是带别人一起来？”袁太太板着脸。

“一个人！一个人！当然一个人。”

“那你为什么乱说话？”袁太太没好气地问，“是不是你说的？”

“我没说，我没说哟！你误会了，”老板娘直摇手，“我只是，只是帮你先生检查口袋的时候，看见一张照片。”

“什么照片？”袁太太紧逼着。

“一张……哎呀……”

“你说！”

“不要这样嘛！”老板娘露出央求的表情，“他和一个年轻小姐一起的照片啦！没什么啦！”

“照片在哪里？”袁太太转过柜台，伸手要。

“你先生一看到，就拿走了。”

“他说那是他女朋友吗？”袁太太脸色先一缓，又眼睛一瞪，“他说是谁帮他照的了吗？”

老板娘摇头。

“告诉你，那是我照的，我先生和我美国回来的表妹，你以后不要乱说好不好？”袁太太叹口大气，“这年头啊，连跟亲戚照一张照片，都要让人说闲话。幸亏是我照的。”又抬头，指指老板娘，“你去给我澄清！否则我告你毁谤，我先生知道了，也非找你麻烦不可。”

“千万别告诉你先生！”老板娘直鞠躬，“对不起啦！对不起啦！这次洗衣服不收你钱啦！”

老袁回家了。

才关上门，啪！就挨了一巴掌。

“照片呢？你跟那个骚货的照片呢？”袁太太像半截宝塔似的立在眼前。

当天晚上，两个人狠狠吵了一架，老袁硬不承认，说是跟女同事的照片，然后东掏口袋，西翻手提箱，说找不到了。

袁太太还是不放，上了床，翻过身去，不理老袁。

第二天一早，老袁偷偷自己起床，到冰箱掏了点东西吃，再静悄悄地出门。

“站住！”袁太太突然在卧房里喊，“洗衣店的人问你照片，你就说是跟我美国回来的表妹，是我照的。”

“是……是……”

“还有！”袁太太又喊，“不用给干洗钱，老板娘说了，这次免费！”

有话好说

故事说完了。

你猜，这一章要讨论的是什么？

是“以进为退”的说话方式。

看看前面故事里的袁太太，不是以进为退吗？当她听到闲言闲语的时候，立刻追查谣言的来源。

然后，她找到源头，并且在发现证据已经被老袁拿走之后开始发飙——

“那照片是我拍的！”

谁能证明那照片不是她拍的？

既然是她拍的，还会有什么问题呢？

于是谣言止住了。散布谣言的人认错了，连洗衣服的钱都省了。

你说，这以进为退的方法妙不妙？

换个角度想，如果当时袁太太大骂丈夫，再打电话，甚至追到办公室兴师问罪，会是怎么个结果？

只落得左邻右舍和办公室同事们看笑话，不是吗？

而且这笑话愈传愈速，愈传愈走样，以后袁家还怎么见人？

除非袁太太不要这个婚姻了，否则最好关着门算账，别让家丑外扬。

就算她真要离婚，又好意思在大吵大闹让大家看够笑话之后离婚吗？

人都要面子，死也要死得有面子。

一个拳击手，在场上挨了揍，只要不是死在场上，下来之后“发了病”，也要对外说是自己“老毛病发作”，而不能讲是在场上被人打成那样啊！

所以“谣言止于智者”这句话，你可以说是“智者不信谣言”，也可以讲——

只有有智慧的人，才知道如何以进为退，阻止谣言的散播。除非别人握有十足的证据，否则绝不能回避、退缩。

我们甚至可以说，即使在自己处于弱势的情况下，以进为退也仍然是一种很好的脱身方法。

举几个生活上的例子。

一、你是不是要道歉？

向来都准时的捷运班车，居然因为电路发生问题而误点了。

成千上万的学生和上班族迟到，一片指责声。

记者赶去了，问捷运局长：“您是不是要为这次误点向社会致歉？”

“当然要！”捷运局长严肃地说，“就算社会谅解我们是因为新换系统，不要我们道歉，我们也一定要道歉，非道歉不可！”

于是本来的“被动”，成了“主动”，不但面子回来了，而且给人一种负责的好印象。

二、我也有麻烦

“听说老王最近到处借钱，刚才他打电话说要过来，恐怕没好事。”老陈对太太说。

才说完，门铃就响了。

“欢迎欢迎！”老陈冲出去，热情地招呼，“来来来！请坐！听说你最近碰到一点困难。哎呀！”拍了老王一下，“人哪儿会没困难呢？我最近也碰到点不顺心的事，只是没吭声，幸亏太太娘家帮忙，暂时解决了。”

你说，老王还好开口借钱吗？老陈不向他开口借钱，已经不错了啊！

三、本来就不好

畅销作家举行记者会。

“对于现在很多人批评您的作品不是文学，甚至说写得不好，您有什么感想？”有记者问。

“我相信他们批评得一定有道理，而且我从来不认为自己的作品好，正因为觉得不好，所以我要不断改进、不断充实，”作家诚恳地说，“我不知道自己作品的文学价值，只知道我是真真实实地写自己的感觉。”

这样说不是比按捺不住性子，对那些批评者大加反驳，结果得罪一堆人，还落得个狂傲之名好得多吗？

表面看，那些话是“退”，是“自谦”，实际上是“以退为进”，先主动让自己“利空”，然后“利空出尽”，“自谷底攀升”。

愈是对文学、美术、音乐这些较抽象的艺术，愈可以用这种方法面对批评。

甚至包括相貌。想想，如果你长得漂亮，有人不服气地问你：

“你认为自己漂亮吗？有人说你是校花，真的吗？”

你该怎么答？

你说：“对！我是漂亮，我是校花。”八成会得罪一大票女生。

你何不说：“我不觉得自己漂亮，只希望做个平凡的人。至于漂亮不漂亮，是不是校花，都是别人在说，我从不放在心上。”

这样不是既表现了你的谦虚，又衬托了你的风采吗？

四、先“主控”再找“退路”

你住的社区要举行住户大会，选管理委员会的委员。

你德高望重，不敢不出席，怕有人怨你不重视社区。你又不敢出席，知道只要去了，八成会被选为主任委员。

你去还是不去？

你去了，而且一出席就掌握了大会的主控权，对社区有许多建言。

果然，你以第一高票当选委员，如果按得票数计算，主任委员非你莫属。

但是会议还在你主控之中，你先开口：“虽然我因为人常常外出，不可能担任主任委员，但我绝对全力襄助主任委员，我自愿担任宣传组负责人，大家说好不好？”

大家鼓掌，再想想，你也确实太忙，既然自愿负责宣传，也好。于是，另选了主任委员。

这比你躲着不去，还是当选，甚至人不在的情况下，仍然会被推举为头头，不是好多了吗？

你怎样办到的？

“主动”办到的！“以进为退”办到的！

先“主控”，再“主导”

以进为退，最大的好处是你能参与，能控制。

说话，最重要的就是主控。

想想，为什么许多公会、工会、农会的主席，总有人抢着做？

因为他当了主席，能主控全局，朝有利于他的方向发展。

从这条路往下想，即使在会议中，你不打算发言，也争不到主席的位置，你也应该出席。

你出席是为什么？

为了参与！为了保护你的利益，也为了“人在人情在”。

你不能不在场

在竞争激烈的场合，如果总得有几个人被批评，那批评就总是落在那些缺席者的头上。

这是人性——欺侮不在场的人。

想想！大家在为失败找代罪羔羊。

会落在那站在台中央，正“义正词严”的主席头上吗？

不会！

会落在来势汹汹、虎视眈眈的人的头上吗？

不会！

会落在像袁太太那种，你碰到我衣角我都跟你没完没了的人的头上吗？

不会！

会落在哪个倒霉鬼的头上？

当然落在那缺席不敢来，或躲在角落，怯怯生生，最没声音、最没脾气的人的头上。

所以，记住——

以进为退，是主动出击，是告诉对方你会缠斗到底。你即使不开口，也要用你“闪亮的眼睛”开口，告诉大家：

“我可不是好欺负的！”

十个聪明人

当灾难成为历史，
痛苦就化作冠冕。
当绯闻成为过去，
丑事就化作韵史。

一、可怜的孩子

一个全家企盼已久的孩子终于诞生了。

但是娃娃的上半身才出产道，医生就倒抽一口凉气，当娃娃下半身也出来的时候，大家都呆住了。

“快！快！快！把他送进保温箱。”医生反应还算不错，怕产妇受不了打击，匆匆忙忙剪断脐带，包起来，交给护士。

之后的一个月，每天婴儿被抱给产妇喂奶时，每个新妈妈怀里都有一个娃娃，只有那个娃娃的妈妈，见不到她的孩子。

“黄疸严重，现在不能看！”大家总是这样骗她，并私下商量，什么时候可以带她去看那畸形的儿子。

一个月过去了，不能再瞒了。

医生、护士和家人们，十分紧张地把那位母亲带去看她的儿子，大家做了最坏的打算，想她会尖叫着晕倒，想她会转身离开，想她会痛哭失声……甚至为她准备了一张空的病床。

她终于见到了她那没有双臂，也没有双腿的孩子。

“好可爱！”她居然笑着说。

那天生重度残障的孩子，就是现在日本著名的作家，《五体不满足》的作者——乙武洋匡。

二、当怒火过去的时候

孩子放学了，琳琳去接他。“今天考算术了吗？”琳琳问。

“考了！”

“你考几分？”

儿子支支吾吾了半天说：“五十分。”

琳琳大吃一惊，本来想劈头一巴掌：你要死了啊？我回去好好揍你一顿。但是怕孩子当街哭起来，丢人，于是压下怒火，一路想：我该怎么说？

孩子显然怕了，低着头，跟平常有说有笑的样子判若两人。琳琳看在眼里，有点心疼。到家，气也消了。

先叫孩子洗手，喝杯果汁，又叫他：“拿出试卷，给妈看看。”

看完，琳琳平静地说：“十题，错了五题，这几题怎么错的？看！有一些是粗心，粗心最不应该，也最简单，下次细心，多检查几遍，应该就能不粗心了。发现有两题不会，也好，来！我教你，下次就会了。”

三、死了儿子的父亲

一九九七年一月十六号，美国著名电视剧《考斯比一家》的主角比尔·考斯比在哥伦比亚大学研究所念书的儿子，居然在高速公路上被人射杀。

比尔·考斯比沉痛地参加了葬礼，呼吁把凶手绳之以法，然后，他在电视上消失了好一阵子。

隔几个月，他又出现了。在电视上，有人问他对这悲剧的想法。

“我们的心与所有曾经遭遇不幸的家庭连在一起，要分享这样的经验真不容易。”比尔·考斯比平静地说。

四、女儿受伤的父亲

被称为“台湾半导体之父”的张忠谋，谈到他女儿发生车祸。

“幸亏只有她一个人受伤，没有伤到别人。”白发的张忠谋对大家说。

五、丈夫重病的妻子

美国前总统里根的阿尔茨海默症愈来愈严重了。

在电视上，里根夫人南茜接受了芭芭拉·瓦特丝的访问：“听说里根先生病得很重，现在情况如何？”

南茜笑笑：“感谢上帝，情况已经出乎我们意料地好了。”

六、对小偷进一言

旅馆里借给旅客使用的浴袍总是失窃。

客房部主任气愤地写了一张公告，打算发到各房间——

“偷窃本旅馆浴袍者，将被送警究办。”

隔一天，他把内容改了——

“请勿将本旅馆的浴袍携走，以免触法。”

隔一天，他又把内容改了——

“如果您对浴袍感兴趣，请洽客房部。我们有全新的，可以卖给您，免得您拿走用过的浴袍，却被扣了新浴袍的钱。”

七、向老母进一言

明明医生开了药，老太太却固执，不吃。结果整夜咳，吵得儿子睡不好觉。

“我要去说说老娘！”儿子早上对太太说，“她太过分了，简直跟我们过不去嘛！”

“别急！别急！”太太把他拉住，“先想想，换个方法说。”

吃早餐时，儿子对老母开口了：“妈，真是母子连心，您咳嗽，就算很小声，我都会听到，心不安。您上床前还是吃点药吧！”

八、向老父进一言

女儿交了要好的男朋友，居然脾气跟准岳父一样固执。有一次为了约会，还顶撞了老先生。

“你为什么会爱上这小子？”老先生厉声问女儿，“他哪一点好，值得你爱？”

“爹地！你不觉得他的个性很像你吗？有一点直，有一点固执，”女儿说，“我爱你的个性，觉得像你这样坚持到底的个性能成功。他虽然不及你，但是多少有点像，所以我爱他。”

九、对妹妹进一言

小芳带了三个顽皮的孩子来，在小赵的玫瑰花园里撒野。

小赵在屋子里看到了，火大地说：

“我要出去好好训训这些小鬼，把我的花都弄断了。”

“何必你去呢？”太太说，“由我去。”

赵太太走到花园，小芳居然正盯着乱跑的孩子得意地笑呢！

“小芳！”赵太太小声说，“那些花都有刺，又刚喷了杀虫剂，我老公说，小心孩子被刺到，有毒。他在楼上看了，紧张得不得了呢！”

十、左右逢源的说法

“我家对面新开的公园里，就要盖图书馆了，”老太太逢人就说，“多棒啊！你们要常来，一起去看书。”

隔一阵，政府改变计划，不盖图书馆了。

“我家对面新开的公园里，现在不盖图书馆了，”老太太还是逢人就说，“多棒啊！全是绿地，你们要常来，一起去散步。”

有话好说

看完这十个故事，你有什么感想？

你觉得乙武洋匡的母亲太笨，还是张忠谋太奇怪？

你觉得儿子劝母亲吃药的方法太假，还是南茜想得太好？

抑或，你觉得那位老太太，正着说、反着说，都是她对？

换个角度看世界

问题是，畸形的孩子已经出世了，车祸已经发生了，咳已经咳了，里根已经病重了，图书馆已经不盖了。

你怨天尤人有用吗？

你今天在路上就算把孩子揍一顿、骂一顿，那五十分又能成为一百分吗？

同一件事，你总可以从不同的角度去看，而产生完全不同的感觉，说出完全不同的话。

那些说话伤人的人，多半因为没有换个角度看事情，也可以说，他们总从负面想。

为太太好

窗子开着，有凉风进来。

他可能骂太太："你难道不冷吗？为什么开着窗子？"

他何不换句话说："太太！我怕你会冷，把窗子关上吧！"

为妈妈好

孩子爬得很高，妈妈很可能骂：

"你要死啊？你给我下来！"

她为什么不改成：

"孩子！那样危险，你不怕，妈妈会怕，快下来吧！"

为朋友好

在车里，有朋友要抽烟。

"你把烟熄掉好不好？我受不了。"某人喊。

他何不改成："少抽一根吧！尤其在车里抽，对你身体很不好。"

为大家好

交一沓钱给朋友。

"数一数，回头少了，可别怪我。"你说。

你说得没错，他却不好意思数了。你何不换个说法："还是请数数，因为我有时候会糊涂，搞不好，多给你了。"

最能把话说到心窝里的，总是最能为别人设想，也总能退一步思考的人。

这样的人，不但能用言语帮助别人，也能用这种方式帮助自己——帮助自己用正面思考，渡过人生的苦难。

听过那句名言吗——

"我一路光脚走来，哭我没有一双鞋，直到有一天，看到一个没有双脚的人。"

知道乙武洋匡怎么形容当他妈妈说他"好可爱"的那一刻吗？

乙武洋匡说："出生一个月，我终于诞生了。"

对的！

会说话的人，总用言语肯定别人、关怀世界，使自己看得开、看得远，交更多的朋友，也活得更快乐。

餐桌上翻脸

> 既然狗子为你叼来了报纸，
> 就理当得到摸摸头的奖励。

“天哪！怎么这么久才出来？”圆圆刚走出门，小郑就喊。

“飞机误点，你不知道吗？”

“我不知道，我已经等了两个半钟头了。”

“我不是叫你先打电话问航空公司吗？”

“哎呀！早点到也好嘛！免得你出来看不到我，会生气。”小郑把语气放缓。

“那你干吗怨等久了呢？可不是我要你等的。”

两个人没再多说，车子开上高速公路，突然下起倾盆大雨。

“幸亏买了这辆好车，要是以前那老爷车，真不知道怎么开。”小郑瞄着前面模模糊糊的景物，把雨刷调快一点，“我就知道你会常出差，总得接送你，所以买这辆……”

话还没说完，圆圆已经喊了：

“你得了吧！你一共开车接送过我几次？你是为自己拉风，少算到我头上。”

才见面，气压就降到了谷底，小郑不吭气了，心里在算一共接送过老婆几次，果然没几次，但是灵光一闪：

“可是，可是我接送孩子啊！你不在的这段时间，都是我接我送……”

又没说完，就被圆圆打断：

“喂！孩子不是你的啊？什么我的我的，我问你，孩子怎么姓郑啊？”

小郑又不吭气了，车进市区。

“不早了，你直接把我送去公司好了，”圆圆说，“今天还有的忙呢！”

“你不回来吃晚饭？”

“难说，你带孩子先在外面吃好了！”圆圆下车，又回头指指行李箱，“噢！对了，我箱子里有一包天津蜜枣，新鲜的，临走朋友给的，你和孩子尝尝，应该不错。”

小郑带孩子吃完晚饭回来，就把蜜枣洗好，放在盘子里，叫孩子先吃。

“一共才五个，你吃两个，给爸爸妈妈留三个。”小郑交代。

就见孩子挑了两个最红最大的吃了，正吃呢，圆圆回来了，一脸倦容，居然还没吃饭。

“我就猜到你没吃，”小郑把一个餐盒往圆圆前面一摊，“我刚才特别为你带了一份，菜比我们吃的还好。”

“谢啦！”圆圆打开餐盒，开始吃。小郑则坐在旁边看，正不知说什么好，看见盘子里的三个枣子，伸手过去拿了一个，正要咬，又放回去，换了个小的回来。

枣子小，没两口就吃完了，小郑还拿着枣核，一小口一小口地慢慢啃，再把剩下的两个枣子推到圆圆面前：

“一共只有五个，孩子挑了两个最大的吃了，我只吃了一个最小的，你劳苦功高，剩下两个给你。”

“你不要说了好不好？”没想到圆圆把盘子又推了回来，“你刚才挑个小的，我早看到了，你的好意，我心领了，统统给你吃，我不吃！”

“哎！”小郑抬起头来，“你是怎么搞的，怎么我好心没好报了呢？”回头看孩子，“娃娃，你说，妈妈是不是没良心？爸爸照顾你，接妈妈飞机，为妈妈买盒饭，给她留大的枣子，她对爸爸态度还那么坏。娃娃，你评评理！”

才五岁大的孩子，看看爸爸又看看妈妈，好像见到两座活火山，突然哇的一声，哭了！

有话好说

好！娃娃哭了，她不能评理，请你评评理。

圆圆是不是没良心？

小郑确实为家做了不少事，圆圆明明应该感激，为什么态度反而不好呢？

换作你是圆圆，你是不是会对丈夫在机场等了那么久，买新车接送，照顾孩子，多买一份盒饭，把好的枣子留给你，而一一感谢，甚至感动得流泪？

如果你是新婚，大概会。

但是如果你们相处久了，婚姻关系已经发展成一种相互的义务，那反应可能就不同了。

今天为什么有那样的结果？可能两个人感情本来就不怎么样，也可能圆圆旅途劳顿，公务缠身，情绪不好。

但更大的可能是——

两个人都不会说话啊！

你何必说呢？

“你做就做好了，何必说呢？”

这是许多夫妻吵架时说的，如果下面还有话，则可能是：“你做，不用说，我自己会看到。今天你说出来，要我领你的情，对不起！我不领！”

人都有这个心理，就是不愿意领你的情。因为欠钱能还，钱有一定的数目，是多少就是多少，情却是抽象的，欠了，不知怎么还。

问题是，许多人都有“要别人领他情”的毛病。只要他做了，他就不能不说，他唯恐别人不知道他做了，而且愈是平常做得少的人，愈有这个毛病。

这道理很简单——

今天我好不容易做了一点事，显示我不是废物，没有尸位素餐，我怎能不大大宣扬一番呢？

于是你很可能听见家里平常最不动手的某人对你说：

“哎呀！今天垃圾车来，你不在，我赶死了，那垃圾真臭，还直滴水，害我趴在地上擦了半天。”

如果你听了不高兴，心想：好不容易动一下手，何必吹呢？而回他一句：“那你就不要倒嘛！多放一天有什么关系？”

他听到，很可能马上就跟你不高兴，因为他要你领他情，你偏偏不领这情。

你少“现”了！

在办公室里，这情形也非常普遍，某人因为打翻削铅笔机，弄了一地木屑，不得不扫扫，于是顺便也把四周扫一下。

然后开始说，这地上多脏，他看不惯，所以很辛苦地扫了一番，甚至因此闪了腰。

你看在眼里，心想：得了吧！别邀功！然后回他一句：“你扫你那边就好了，我没觉得需要扫，而且下班之后，清洁工会来扫。”

他是好心没好报，也可能因此不高兴。

少往人身上推

你信不信，我有个学生，她母亲得了乳癌，总是对着我那学生说：“妈妈都是为了你，才硬撑着不死。”

那学生本来就叛逆，听一次、两次、三次，有一天不耐烦了，居然回她娘：“你要死就死好了！不要说活着都是为了我。”

我之所以知道这事，是因为学生来对我说，她知道自己大逆不道，说了伤母亲的话，可是她也说：“不知道为什么，我就不喜欢她把什么事都往我身上推。”

不吹牛，不邀功

《论语》里记载，孔子有一天要弟子们谈谈自己的志愿。颜渊说：“愿无伐善，无施劳。”翻译成白话是：“希望不自夸有本领，不张大自己的功劳。”再说简单一点则是："希望能不吹牛，不邀功。"

颜渊这两句话说得真对！你要把话说得动听，就要先做到不吹牛，不邀功，因为那是最令人反感的事。

请问，你是不是常在别人"吹牛邀功"的时候，嘴上虽不说，心里却暗骂：得了吧！少吹了！算了吧！我不领你这情，没有你，我一样过得好好的。

吹牛和邀功也可能用另外一种方式表现。

某人送你一个礼物，他每次到你家，看到那东西就说："哇！这可是我花了多少钱……""哇！这东西真棒！我愈看愈觉得棒……"

你听了会有什么感觉？你表面虽然少不得要再感谢一番，心里会不会想：可以了！可以了！够了！难道要我还给你？

你要先开口

把话说到心窝里，你先要用自己的心想别人的心。当别人邀功，你听了不高兴，他不邀功，又生怕别人不领情、不知道的时候，你要怎么说？

你要主动说！

想想，如果圆圆在机场先开口："哎呀！飞机误点，你一定等久了，真谢谢你，这么早就来接我。"

如果圆圆在看到小郑为她多买的盒饭时，先开口：

"哇！你好好哟！怎么会猜到我没吃晚饭？"

如果圆圆在看到小郑挑小的枣子吃，把大的留给她的时候说："你全吃了吧！别给我留，我在天津已经吃过了，谢谢你这么体贴。"

这几句话，不是比什么都贴心吗？

所以圆圆和小郑不高兴，也要怪圆圆，她显然不够温婉。

堵上他的嘴

同样，当你发现职员私下为公司效了力，家人自动帮你做了事时，你不等他开口邀功，先主动赞美他两句，不是既让他舒心，又能"堵上"他的嘴吗？

还有，遇上那爱邀功的人送你东西，不必等他开口，你先说："来，你看看，你送我的东西，放在这儿，多配！真是太感谢你了！”

甚至遇到你以前的老师、上司，你今天有成就，他反而不如意时，你先开口说：“都是因为您的教诲，提拔，我才能有今天。”

你这句话能不说到他心窝里吗？他原来酸溜溜的，甚至嫉妒你，想倚老卖老，要你饮水思源，但是没等他开口，你先说了，他能不高兴吗？

更重要的是，你先开口，显示了你的风范，更表现了你的有情。

施人慎勿言，受施当言报

把话说到心窝里，最重要的就是要“有情”。如果你是付出情的人，你只能做，不能说，你要让对方自己去感觉。你只要一说，那就不再是纯纯的情。

相对地，如果你是接受情的人，你在接受的同时，也要说出心中的感激。因为你能鼓起勇气，说出来，就已经是很好的报答。你感谢的言语，必能获得对方更多的关爱。

古人说：“施人慎勿言，受施慎勿忘。”如果改成“施人慎勿言，受施当言报”，应该更能落实于生活之中，也更能令人感动啊！

小弟六点半

大丈夫白天对你低头你别得意，

小弟弟晚上对你垂头你莫伤心。

“臭死了！”

小赵才进门，老婆菲菲就喊。

“什么臭？”小赵一怔。

“什么臭？”菲菲哼了一声，“你还不知道？口臭！”

“我有口臭吗？”小赵张开嘴，“我不觉得啊！”还冲菲菲哈口气。

“臭死了！”菲菲用手扇了扇，一扭身跑了，一边跑一边喊，“离我远点，别让我作呕。”

小赵还是不信，用手挡着嘴，又哈了两口气给自己闻闻，摇摇头，自言自语地说：“不臭啊！”

正好女儿放学回来，小赵就把孩子叫过去：“来，你闻闻看，爸爸有没有口臭？”

女儿才要过去，却听菲菲在厨房尖叫：“恶心死了，别过去，你爸爸有口臭。”女儿赶紧笑着跑开了。

八成中午吃了什么东西，小赵坐在沙发上自言自语：“让我想想，是不是吃了大蒜？”

“不是不是！”菲菲居然又听到了，“臭死了，咸鱼味。”

“咸鱼？”小赵一瞪眼，“我没吃咸鱼啊！”

“那你自己就是咸鱼，而且是臭咸鱼！”

晚餐时候，小赵吃得特别小心，尤其是鱼，平常他最爱吃了，这天却一点都没碰。

“你为什么不吃鱼啊？你怕臭啊？”菲菲硬是夹了半条鱼到小赵的碗里，“吃！说不定以毒攻毒，就不腥不臭了。”

吃完饭，女儿做功课，两口子看电视，小赵靠过去，又哈了口气，柔声细语地问：“怎么样？不臭了吧？”

菲菲往前探探头，又像触电似的躲了回去，直摇手：“臭！臭！臭！还臭！”

“还臭？”小赵皱皱眉，闷闷地看电视，菲菲则拿张报遮着脸，还哗啦哗啦地不断抖动报纸。

“你少抖报好不好？”小赵拍拍菲菲大腿，“我都听不清电视里说什么了。”便见菲菲把报折成一半，把两条腿缩在沙发里，看一下，又跳起来，去了女儿房间，接着就听见骂女儿的声音。

“干吗呀？”小赵听女儿像要哭了，“你今天是什么毛病？不是嫌我臭，就是嫌女儿不好，我看哪，有毛病的是你。”

却见菲菲探出头来：“你别操心好不好？你就是太操心，才口臭。”转身进去，还嘟囔着，“口臭不够！脾气也臭！”

小赵不想扩大事端，因为明天放假，今天是“一周大事”的日子，于是径自去沏了杯热茶，而且每喝一口，都先漱漱，再吞下去。

菲菲倒是训完女儿，又坐回沙发看电视，每次小赵漱口，都转头盯着看，一边看一边笑：“拜托！你别恶心好不好？漱口就漱口嘛！还咽下去，口臭变成胃臭，搞不好全身都臭了。”

小赵没再漱，刷完牙、洗完澡，临上床，又去翻柜子，找出漱口水，狠狠地漱了两分钟，还仰着头，呼噜呼噜地漱喉咙。

看女儿睡了，卧室门也关上了，小赵把床头灯光调暗一点，慢慢凑近菲菲。

菲菲背着脸，装睡，小赵搂搂她的腰，菲菲扭了扭："干吗？干吗？"

小赵小声说："你说要干吗？"

"你嘴不臭了吗？"菲菲笑笑，"臭我可不干！"

"我用漱口水漱了十遍。"

菲菲一下子翻转过来："我先闻闻看。"吸口气，"嗯！好大的药味，好像不臭了，厕所变成了医院，希望等下不会又变臭。"说着伸手，在被窝里探来探去：

"哎！怎么不见了？小弟弟呢？小弟弟不行了耶！"咯咯咯笑了起来，"你根本没兴趣嘛！小弟弟'六点半'了……"

有话好说

小赵的"小弟弟"为什么"六点半"了？

对不起，如果你还是小朋友，你一定不懂。

但如果你成年了，又是个男人，就八成会了解。

那道理很简单——

因为小赵受了伤害。

谁给他伤害？

当然是他的太太菲菲。

菲菲不是好好的吗？咯咯笑着，主动伸手挑逗小赵，她没伤害小赵啊。

如果你这么答，就是太不懂男人心理了。

有句话说得好——"白天抬不起头，晚上就抬不起头。"男人跟女人不一样，他必须"抬头"，才能"办事"。而抬头最需要的是情趣和信心。如果他的信心受到打击，当然不容易抬头。

所以当股市崩盘时，许多男人的"性"会受影响；当一个男人失业，他也可能突然阳痿。那种"六点半"不是生理不行，而是心理造成的，所以医学上称为“心理性阳痿”。

心理性阳痿

你知道“心理性阳痿”多半是谁造成的吗？

多半是性伴侣造成的啊！

而多数性伴侣造成心爱的人阳痿，居然还不自知。她没有伤害另一半的意思，造成伤害对她自己没好处，她只是在不知不觉中，因为一句话、一个动作或一个眼神，就造成严重的伤害。

好比菲菲，从小赵一进门，就说他口臭，臭得让她作呕，臭得令她回避，臭得要小孩子躲着，甚至到吃完晚餐还觉得臭，而且说只怕全身都臭了。

她讲得没错，她只是实话实说。问题是，许多伤害就是实话实说造成的，而这种事总发生在最亲近的人之间。

讲话最毒的总是最亲爱的人

是啊！已经是夫妻了，何必装呢？他是有口臭，我告诉他有什么错？他以后在外面吃东西会更小心，他也懂得用浓茶消除口臭，甚至上床之前去用漱口水漱口。这不是很好吗？有什么错？

但你有没有想想，如果换作是你，到上床之前还担心自己口臭，还被老婆嘲笑，现在漱了口，老婆虽然说换成了药味，暂时不臭了，你会不会心里七上八下，唯恐两个人亲热一半，那药味消失，口臭又发生了呢？

如果你操心、不安，是不是容易造成注意力不集中，结果是——

小弟六点半。

更严重的是菲菲不但不懂男人心理，慢慢把低潮“引带”到高潮，反而大喊：“小弟弟不行了耶！”

她岂知今天这么一件事，就可能造成丈夫长期的“不举”？当他力不从心的时候，他会怨谁？恨谁？当他到外面，遇到个懂得男人心理的，被“带起”之后，他会怎么想？还有，如果这问题久久不能解决，夫妻是不是可能渐行渐远？搞不好，小赵觉得菲菲伤了他的自尊，他对菲菲再也没有“性趣”，两个人最后离了婚。

好好的一家人，以离婚收场，可能就因为其中一个人不会讲话，或讲错了一句话。

不可伤人自尊

说话最忌的，就是伤人自尊。譬如你跟人打球，你打得好，场场都赢，没问题，他大不了觉得技不如你。但是如果你把拍子换到左手，说“我用左手就能修理你”，那句话可能就严重了，因为你伤了他的自尊。

你跟你的另一半亲热，他的表现不佳，你可以说：“没关系，你今天一定是太累了，也可能是我自己今天太累，吸引力不够，咱们改天。”但是相反地，如果你骂他为什么不行，是不是到外面野了？是不是老了、衰了？甚至说“报上登，男人这个年岁应该还能如何如何”，可就伤了他的自尊。

所以，即使是最亲近的人，也有话可说，有话不可说；即使非说不可，也得找个最恰当的方式说。

多心的人

人是最敏感，也是最擅长联想的。

当你对一个女人说：“你最近越来越漂亮了。”

明明这是句恭维的话，她却可能一瞪眼，回问你：

“我以前不漂亮吗？”

当你对一个工人说：“你真不错，越来越专业了。”他也可能猜想：你是绕着弯来骂我，表示我以前不专业。

他还可能当时不说，闷在肚子里，隔了半天才问你：“您是不是觉得我以前做的有什么不对的？”

当你遇到一个影星，觉得她实在演得好，而奉承她：

“您真可以做阮玲玉第二了。”

那影星可能立刻面露不豫地反问你：“我为什么做阮玲玉第二，不做我自己的第一？”

可怕的联想

你一定听过这个笑话——

某人演讲，看见台下零零落落，没多少人，于是开玩笑地说：“咦？怎么该来的全没来？”

台下许多人一听，心想你的意思是我们不该来？于是抬屁股走了。

某人一急，喊道：“怎么不该走的又全走了？”

剩下的人心想：意思是我们才应该走？结果又走了一半，只剩下几个死忠。

某人更急：“哎呀，我说的不是他们。”

那几个死忠想：哦，闹了半天是说我们。于是，人全走光了。

这笑话说明了什么？

说明了人们是会联想的，许多伤人自尊心的话，错都不在那句话本身，而在那句话让人产生的联想。

举个例子——

太太辛辛苦苦，看食谱做了一盘葱油饼，你一边吃一边叫好，接着问太太：“哎！你有没有吃过我妈做的烙肉饼啊？”

你没有恶意，只是吃葱油饼，想到烙肉饼。问题是，听在你太太耳里，她会产生怎样的联想？只怕她会想：

好哇！你是“吃在碗里，望在锅里”，吃我的葱油饼，却想你妈的烙肉饼，你是嫌我的饼不如你妈的饼好吃，对不对？

请问，你这几句话不是非但没拍上马屁，反而拍在马腿上了吗？问题是，你回头想想，是不是常会在吃这个的时候联想到那个？若是你做东，还没关系，如果是别人请你，你不是也惹主人不高兴吗？

以关心代替嫌弃

请不要感叹说话太难了。要知道，当你懂得利用联想的时候，也能有很好的效果。譬如菲菲觉得丈夫口臭，应该提醒丈夫注意的时候，她可以很婉转地一笑：“你今天中午吃了什么好东西啊？”

小赵八成就能会意：“我是不是有口臭？”

这时候做太太的可以讲：“不是口臭，是口气。”然后开心地说，“如果不是吃了大蒜这些东西，就要想想是不是最近太累了，火气大，我给你烧点退火的绿豆汤，再早点休息，就好了。”

你说，当她把嫌弃改成关心，感觉不是好太多了吗？

使别人能会意，最好的方法就是婉转地暗示。

向左转向右转

有饭粒挂在你的嘴角，
我只要指指我的嘴角。

故事一：MP3 事件

砰一声，门被踹开了，冲进一批警察，也不管学生们的阻挡，就把桌上的电脑和各种文件全部收走。这还不够，又打开抽屉、掀开床铺，把能找到的片纸只字，全装进箱子，当场由检察官封好，一声令下，带走！

消息在校园传开了，更通过网络，不到两个小时，让全岛的大学生都跳了起来。

“这简直是警察暴力嘛！什么叫‘校园自治’？政府凭什么来搜我们学生的东西？全世界的学生都在下载 MP3 的音乐，我们只是自己欣赏，为什么要抓我们？”

愤怒的学生立刻团结起来，联名抗争，而且到主管部门递陈情书。

“教育部长”出面了，他不像平常面对学生时的笑容可掬，而换成了面罩寒霜，严肃地对学生说：

“你们如果侵犯智慧财产权，违法就是违法，怎么连署都是不对的！”

消息经媒体报道，全岛大学的校园都沸腾了，学生们密集聚会，商量对策，准备做更大规模的抗争。

“教育部”里也开了紧急会议，商量如何安抚学生不稳的情绪。

“教育部长”又邀集各新闻媒体，发表谈话。

这次他笑了，笑着以很肯定的口气说：

“我一定会尽最大的努力，为学生争取他们应有的权益。”

故事二：整顿金融事件

号称要打倒过去一切腐败的“新政府”上台了。

面对“旧政府”贿选、贪污、利益输送、官商勾结造成的许多问题，新上任的“经济部长”发表谈话，一个字一个字地宣示“新政府”的决心和魄力：

“对于那些资质不健全的企业，该倒的就让它倒。”

民心大快，商界却哗然，股市连着狂跌。

新的领导人出来讲话了：

“‘经济部长’说得很对，政府要努力帮助企业，不该倒的，就不要让它倒！”

故事三：老婆发飙事件

美国核潜艇因为长期在海底，很怕艇上官兵的情绪不稳出问题，造成大祸，所以任何家属要跟艇上人员通信，都得通过电报，而且电报内容要先经过审核。

一个艇员的太太原本以为结婚纪念日丈夫会好好表示，即使不送礼物，也会发封电报回家，没想到那糊涂老公居然忘得一干二净。

这太太火大了，写了封教训的信给丈夫。正要发，突然想道：不成！这样会过不了关，老公根本收不到。于是把信撕掉，重写一封：

“亲爱的老公！谢谢你那么细心，那么体贴，还能记得我们的结婚纪念日，送我一克拉的钻戒。好爱你，亲爱的！”

几天后，回信来了：

“亲爱的老婆，你真神，怎么寄在路上的钻戒，你能够事先就猜到呢？你聪明的老公上。”

有话好说

同样一件事，你可以硬说，也可以软说；可以“正着说”，也可以“反着说”。这当中的运用，就是说话的技巧。

譬如，有一天你赶时间，又不好对开车送你的朋友直说，你可以一上车就问：

“走哪条路最不容易堵车？”

他如果敏感，自然会回问：“你是不是赶时间？”

反话正说

又譬如你跟个朋友做生意，因为是朋友，而且初次交易，觉得话不能说得太硬，但是怕他不准时交件，于是你说：“只要您准时交件，我绝不会少您一分钱。”

他自然能会意，你言下之意是：

“只要你不准时交件，我一定扣钱。”

明话暗说

提到准时交件，使我想起有个出版社跟我约稿，而且急如星火，我准时交件了，书出版了，而且上了畅销书排行榜，只是对方非但没有如约定的付我稿费，而且连书都没寄给我。

我实在有点不高兴，想打电话骂他：“书早出版，都上排行榜了，为什么却没给我寄一本来呢？”

但是跟着，我想那样说实在有伤情面，还是换个说法吧，所以打电话过去，先问对方好不好，再问书出了没有。那书的宣传大极了，我怎可能不知道？他又怎能认为我不知道？只是彼此心照不宣。

没几天，我收到他的挂号邮包，稿费也入了账。

三思而言

古人说“三思而行”，也可以讲“三思而言”。同一句话，你不但要三思，而且应该想三种说法，举个例子——

你觉得太太脸太苍白了，应该化化妆。

你能直说“你脸太苍白”吗？还是问：“你为什么不化妆？”

抑或，你用正面讲法：“你可以化化妆。”

甚至更技巧一点，说：“太太啊！如果你再化点淡妆，一定会更美。”

同样的道理，你的孩子不用功，你是劈头就骂：“你太不用功！”还是用问句：“你为什么不努力一点？”

抑或换个句子：“其实你只要稍稍加把劲儿，成绩一定就会上去。”

今话昔说

还有一个方法，是“对比法”。

譬如，你觉得太太最近实在像“吹气”似的，愈来愈胖，却又怕伤她自尊心，不敢直说：“你太胖了！该节食了。”

于是你换个方法说：

“跟今年比起来，你去年瘦得多。”

她听了自然心里有数，你是说她今年胖得多，恐怕成汽油桶，该少吃点了。

旁敲侧击

再举个更妙的例子。

我有个朋友到大陆旅游，什么都新鲜，什么都好玩，归期一延再延，一副乐不思蜀的样子。

他太太一个人在台湾管家里的生意，火大极了，对着婆婆抱怨：“他也不想想家里有多忙，这次说五号回来，今天都二号了，他还没确定。我要打个电话去问他，到底准不准时回来。我一个人扛那么大的公司，要扛不住了！”

婆婆一笑：“我也急，但是何必那么问呢？你可以换个方法啊！”

于是那太太照婆婆教的，打了电话去，语气非但不硬，还十分温柔：

“我真是怕你买太多东西，行李太多，要不要五号晚上七点安排一辆大一点的车去接你？因为公司我忙得晕头转向，得早点安排这事。”

你说，多妙啊！她把要问的事全问了，要说的事也全说了，却让丈夫感觉那么舒心。

所以把话说到心窝里，不难！最重要的就是——

以关怀代替质问，以建议代替责难，以暗示代替直言。

幽默可以

后天修炼

相爱不偷?

幽默就像抓痒——

抓轻了，不痒，

抓重了，是痛!

笑引子

不知道你有没有碰到过这样的情况——

你的女朋友（或老婆）怕痒怕得要命，平常你只要轻轻抠她一下，她就会笑个不停。

但是，这一天，她跟你不高兴，你试着过去呵她痒，又呵她最怕痒的地方。奇怪了，她居然一点反应也没有，搞不好还穷凶极恶地吼过来。

又过一阵，你试着讨好她，看她好像气消得差不多了，再过去呵她痒，她先不吭气，嘟着嘴，突然间扑哧笑了，笑着对你又追又打。

你们“雨过天晴”了。

幽默要不轻不重

幽默就像抓痒。

抓轻了，不痒，没有效果。

抓重了，不是痒，是痛，得到反效果。

抓得不是时候，对方不但不痒，还可能冒火。

所以懂得幽默的人，绝不是只要耍嘴皮子、编编黄笑话或损损人，而是知道认清对象、把握机会、制造气氛，再“不轻不重、不多不少”带动情绪，甚至化解尴尬场面的。

幽默要认清对象

谈到“认清对象”，让我先讲几个真实故事。

笑例子

一、相爱不渝管啥用?

有一天，我参加一个喜筵，证婚人是位德高望重、年登耄耋的将军。

显然已经早有人为将军写好稿子，还为了省将军的力，由司仪在旁为将军捧着稿子。

虽然已经八十多岁，老将军依然中气十足、字字铿锵：

“你俩真是郎才女貌、百年好合，而今结成连理，真是珠联璧合，祝你们白头偕老，相爱不偷……”

大概因为稿子没写清楚，或是将军眼力不佳，把相爱“不渝”念成了“不偷”。

这时候幸亏司仪机警，赶快小声在将军耳朵旁边说：“不是不偷，是不渝！”

就见将军眉毛一扬，稿子也不看了，没好气地说：“不渝管什么？不偷就成了。”

这有多幽默啊！

可是，下头上千的宾客，看将军拉着一张脸，竟没有一个敢笑。

二、当长官说错话的时候

也是位德高望重的老先生，以主席的身份在一个国际大会上致辞，欢迎来自世界各国的代表：

“我们有来自中南美洲国家的代表，像委内瑞拉、尼加拉瓜、危地马拉、乌圭拉……”

糟了！老先生把“乌拉圭”念成了“乌圭拉”。站在旁边的人赶快偷偷捅了老先生一下：“不是乌圭拉……”

“噢！”不待那人说完，老先生已经改口了，大声喊，“拉乌圭！”

这也是多么好笑的事啊！但也和前面婚礼上的情况一样，没有人敢笑。

三、我们是“人端”

小时候，我每个星期天都跟母亲去做礼拜，那教堂的牧师普通话和台湾方言都能说，只是有时候发音有点奇怪。

记得最清楚的，是有一次他证道，讲到“八十岁的人瑞”，居然说成“八十岁的人端”。这时就见台下的教友交头接耳：“是人瑞啊！他怎么说人端呢？”

问题是，大家都小声议论，始终没人去纠正。所以隔了许多年，我去那教堂，还听见牧师大声说“人端”。

好笑的是，连我母亲也学会了“人端”，还把这错的发音教给小孙女：

“奶奶是‘人端’，你也是‘人端’。奶奶九十岁，在这端；你九岁，在那端！”

笑点子

认清对象再笑

我说这几个故事，就是想证明：同样的话语，当你没有认清对象的时候，常常不好笑。

为什么？因为大家不敢笑，或是不敢往好笑的地方去想。

所以，如果你是个平常很严肃的人，今天居然想说个笑话，你最好干脆先声明：

“让我说个笑话给大家听。”

使那些平常怕你三分的人，能解除武装，好好进入你的笑话。

话说回来，如果你当天的身份不对，就算你有“天大的笑话”憋在肚子里，也最好别吭气。

说笑话要一气呵成

除了身份之外，控制场面和制造气氛，也是你在表现幽默时要注意的事。

举个很普通的例子，一桌人聚餐，经常酒过三巡之后，最是打开话匣子的时候，也最有说笑话的机会。

可是，你是否常见到，一桌人分成两三组，各自扯着喉咙说话，这时你对自己那一组人说笑话，才说一半，另一组人发觉你正说“好听的”，于是打岔：“你是不是在说笑话啊？我也要听，再说一次。”于是你不得不从头再讲一次，结果听过的人因为已经听了半个，新鲜感已经没了，你又因为再讲一次，热劲已经不足，结果原本十分好笑的笑话，只剩下了七分“笑力”。

问题是，这种情况常见，你要怎么避免？还有，在乱哄哄上百人的聚会上，你要怎样用幽默的方法把场面控制住呢？

请往下看。

起床干什么？

你要听我的笑话吗？

请先闭上你的嘴巴！

笑引子

一、爱的反面是什么

一九八六年得到诺贝尔和平奖的埃利·维瑟尔，有一次到一个大学去演讲。

虽然是学校重金邀请，大学生们居然十分吵闹，还有一堆反对埃利·维瑟尔的学生在起哄。

埃利·维瑟尔上台，对台下乱哄哄的学生们一笑，用不大不小、不疾不徐的声音开始说话。

“爱的反面，不是恨，”停一下，看台下稍稍安静些，埃利·维瑟尔才继续说，“是漠不关心。”

“艺术的反面，不是丑陋，”又停一下，台下更安静了，“是漠不关心。”

“信仰的反面，不是异端，”再停一下，大家瞪大眼睛，等着听他下一句，“是漠不关心。”

“生命的反面，不是死亡，”埃利·维瑟尔放大声音，“是漠不关心！”

台下响起如雷的掌声。

二、四个中国人可以组织一桌麻将

抗日战争的时候，有个演讲家到学校去号召学生投笔从戎。

大太阳，风又大，老师们虽然极力维持秩序，学生们的注意力还是不集中。

演讲家上台，也是一笑，淡淡地说：

“有人说四个德国人可以组织一支军队，四个英国人可以组织一个议会，四个中国人可以组织……”卖个关子，他停了一下，看台下的学生都好奇地竖着耳朵听，才继续说，“一桌麻将。”

学生都笑了。

这时演讲家突然脸一正：“错了！四个中国人可以打下七架零式战斗机！”（那正是这场演讲前发生的事）

台下的学生都鼓掌，精神也都振奋了。

三、如果有人捡到大钞

有一年，我带着老婆参加旅行团，去欧洲。

在巴黎的那一晚，导游特别安排大家去看小剧场。

那小剧场是管吃的，还供应餐后酒，一杯下肚，大家话匣子都打开了。

就在这时候，幕布拉开，上来个好像主持人的，手上举了一张钞票，大声喊：“谁掉的钱？”接着用手遮着眉毛，往台下扫视一圈：

“哟！有日本人！有德国人！有西班牙人！有美国人！还有，咱们法国人。你们知道如果在街上有人捡到这一百块美金，会怎么样吗？如果是一个人捡到，八成放进自己口袋，但是如果是两个日本人、德国人、西班牙人、英国人，或法国人，一起捡到，表现就不一样了。”

看大家都瞪着眼睛听，他一边表演，一边说：

“如果是两个日本人看到，他们会一起把钞票抓在手上，站在路边，等人来拿。

“如果是两个德国人看到，会一个人守着钞票，另一个人去报警。

“如果是两个西班牙人看到，会这个给那个一拳，打昏了，然后独吞那张钞票。

“如果是两个美国人看到，会先四处张望，发现没人，再大喊一声‘谁掉了钞票？’接着一个掏出五十块，给另外一个人，然后把一百块放进口袋。

“如果是两个咱们法国同胞看到怎么办呢？”

主持人笑笑，两只手把钞票举得高高的，突然撕成两半：

“好极了！你一半，我一半！”

台下一时笑翻了，尤其是占多数的法国人，更是乐不可支。

更重要的是，原本嘈杂的场子，注意力全集中到舞台，下面的节目也就接着上演了。

笑点子

要说话吗？先稳住场子！

这三个故事，说的是什么？

说的是怎样用渐进的方法，把场子稳下来，使大家的注意力集中，再把情绪带上去。

这种渐进的方法，有个术语，叫“阶升法”，就好像登台阶，一步一步升高。在演讲的时候，你可以用阶升法把群众的情绪“炒热”，在说笑话的时候，可以用阶升法把大家的笑意炒浓。

对！“笑意炒浓”。每个会说笑话或懂幽默的人，都知道怎样把握人们的“笑声引爆点”。好比爆米花，你引爆太早，米没热透，爆得不够多；你太晚打开炉子，又可能烤得太久，把米全烤焦了。阶升法是逐渐加温，热得恰到好处的时候，再把那引爆的笑话说出来，造成最佳的“笑果”。

阶升法

更重要的是，阶升法能够“聚集人气”。

如前面所说，一桌人分成几组，各谈各的。但是当你慢条斯理地用阶升法，把故事分成三个或四个阶段说出来的时候，大家就会逐渐把注意力集中到你身上，这时候就算没听到你的前一段，后面几段也够他笑了。

制造“接话”的机会

阶升法的种类很多，最简单的是像前面三个故事里，用类似的对句——

×× 的相反，不是 ××，是 ××。

四个 ×× 人可以 ××××。

两个 × 国人捡到一百块美金。

因为句法是相似的，所以最适合用来“接话”。

举几个例子。

笑例子

一、如果能活长一点

大家聊天，有人说报上登，已经有人设计航天飞机，带人到太空一游，经历二十分钟无引力状态，看看地球，大约八万美金。“所以活长一点，可以上太空。”他说。

这时候，你就可以接他的句子：

“再活长一点，可以上月球。”等两秒钟，再说：

“又活长一点，可以上火星。”再等两秒钟，你再往下讲：

“又再活长一点，可以上天堂。”

二、男人半夜起床干什么？

年岁大了，有人说由于前列腺肥大，夜里要起来上厕所好几次。

“你们知道美国人曾经做过男人夜里起床的统计吗？”

大家都等着听你怎么说。

你就好整以暇地，先想想，再讲：

“据统计，美国男人半夜起床，百分之二十是尿急了要上厕所，百分之十是肚子饿了要去找东西吃，另外百分之七十，是为了‘回家’。”

三、未婚生子的女人

有人提到某才女未婚生子，不知孩子的爸爸是谁。

于是你接话：

“唉！这是有个定律的。”

大家都竖直了耳朵听。于是你继续说：

“聪明女人跟笨男人，是生孩子。

“聪明男人跟笨女人，是闹绯闻。

“聪明男人跟聪明女人，是浪漫。

“笨男人跟笨女人，你们猜是什么？是结婚！”

四、碰上红灯怎么办？

有人说在台北开车，大不容易，红绿灯特多，而且一堆单行道。

于是你接过话：

“还是我们那个小镇比较好。

“碰上绿灯，通过。

“碰上黄灯，快快通过。

“碰上红灯，小心通过。”

五、新三从四德

有中年朋友跟老婆吵架，你就幽默地劝他：

“男人到中年，就要知道男人的‘三从四德’——

“太太说话要服从，太太出门要跟从，太太下令要盲从；太太的眼神要懂得，太太花钱要舍得，太太打骂要受得，太太啰唆要忍得。”

笑点子

如同我在前面说的，阶升法可以用来带动情绪、加强语气，明明一句很普通的话，你也可以把它说得很有力量，甚至很幽默。

我就听过一个公司大老板对员工讲话时，用了这个技巧——

“这个计划，我听到的第一天，认为应该做。

“第二天，我考虑之后，还是要做。

“到今天，我考虑再三之后……”他停顿了一下，眼睛一瞪，“觉得非做不可！”

想想！他用这三段式的阶升法，不是既表现了他的深思熟虑，又表现了做到底的决心，而且把员工的士气也带起来了吗？

至于像前面那五段特别逗的话，如果你能背得滚瓜烂熟，一气呵成地说出来，再把最后面也最精彩的那一句加强，就更“叫座”了。大家不但会笑，而且会暗自佩服你的记忆力和才气。

前面谈的是用三四个相对的句子表现的幽默，下一章介绍用三四个环扣造成的幽默，就更妙了。

换个脑子吧！

就算你已卖了一千次，

今天也要装作是初夜。

笑引子

那真的是咖啡

说个有趣的事给你听。

有一天，我去拜访一位大学教授。

教授请我喝茶，我说我不喝茶，平常都喝咖啡。

“那太好了！”教授说，“正好有个印尼侨生送我一大瓶咖啡，而且据说是最好的印尼咖啡，我不喝咖啡，就送你吧！”

我高兴极了，心想今天可真得到了宝贝。抱着那一大瓶咖啡粉回家，一进门就把瓶子打开，用力闻了闻。

怪了！只见满满一瓶深褐色的粉末，却没一点咖啡味道。

接着，我把咖啡粉放进日本式的玻璃咖啡壶。

水煮开了，向上升，混合着咖啡粉，咕嘟咕嘟地冒泡。我把鼻子凑近，又用力吸口气，怪了！还是没有咖啡味道。

赶紧拿个杯子来，把咖啡倒进去，忍着烫，喝了一大口。

天哪！我还是喝不出一点咖啡味儿。

十分失望地上床睡觉，翻过来覆过去，睡不着。

“太好了！”我把老婆摇醒，“我现在确定了，那真的是咖啡。”

娓娓道来的幽默

跟前一章相同，这也是“阶升”的幽默法，不同的是，它并不以“对句”的方式出现，而是娓娓道来。先一步一步把听众带到有意思的情境，再点出最精彩的地方。

举几个笑话例子。

笑例子

一、谁说的?

女仆和女主人吵架。

“你烧饭不如我。”女仆说。

“谁说的？”女主人问。

“先生说的，”女仆神气活现地说，“你长得也不如我。”

“又是谁说的？”

“先生说的，”女仆更神气了，“你在床上也不如我。”

“哼！”太太狠狠骂道，“又是先生说的？”

“不！司机小王说的。”

二、到天堂结婚

一对夫妻因为在开车时吵架，出了车祸，上了天堂。

到天堂，两个人还吵，而且愈吵愈凶，要离婚。

“你们现在不能离婚。”天堂管理员说，“因为天堂里还没有法官，你们得等。”

两个人只好等，等了十年，终于等到一个法官进了天堂。

“你们还是不能离婚。”天堂管理员又说，“因为我们天堂里还没有律师。”

两个人又继续等，又等了十年，终于有个律师进了天堂。

“你们终于可以离婚了。”天堂管理员高兴地去通知两个人，并且立刻办好了手续。

没想到，两个人“思念总在分手后”，离婚之后又后悔了，跑去要求再结婚。

“这下你们可能永远没希望了，”天堂管理员叹口气说，“因为这里还没出现过牧师啊！”

三、换脑子

医学越来越发达，终于有一天，可以换脑了。

某人觉得自己太笨，跑去找医生要求换脑。

“脑的现货有三种，”医生端出三罐脑，“你自己挑吧！”

“我的钱不多，不知道哪种最便宜？”某人问。

“哦！那当然是我们医生的脑子，”医生指指其中一罐，“这脑用得太多，旧得快报废了，所以不但便宜，还对折优惠。”

“那么这一罐呢？”某人又指指另一罐。

“啊！这个还不错，虽然有一小部分已经用得快报销了，但是大部分都没用过。这是大学教授的脑，不贵也不便宜。”

某人又指指那罐看来全新的脑：“这个怎么样？”

“哈！这个恐怕你买不起，”医生端起那罐脑，“你瞧！全新的，完全没用过，这是‘立法委员’的脑啊！”

四、爱妻的保证

有个富翁要死了，临终，把爱妻叫到床前：

“我死了，你不要一天到晚想我、哭我，你要勇敢面对未来，找个人嫁了。”

富翁的妻子立刻落了泪。

“你可以让你未来的丈夫，住我们的新房子，”富翁说，“我不会介意的。”

富翁的妻子哭了起来。

“你甚至可以让他穿我的名牌新睡衣，我也不会介意的。”

富翁妻子哭倒在床边。

“你还可以让他用我的高尔夫球具。”富翁摸着爱妻的头发说。

“我保证他绝不会的，”富翁妻子突然抬起泪脸，一边抽咽，一边斩钉截铁地说，“他是左撇子。”

五、那当然是我

一个男人烂醉如泥，倒在路边，被警察发现，送他回家。

“这个门对吗？”警察问。

“对！”醉汉说，“左边这个就是我卧室的窗子。”

“窗子里躺在床上的女人是谁？”警察问。

“当然是我太太。”

“你太太旁边躺的男人是谁？”

“你怎么连这都不知道，”醉汉笑了起来，“那当然是我！”

笑点子

现在让我们回头看看前面的五个笑话。

烧饭、美貌、做爱。

法官、律师、牧师。

医生、教授、“立委”。

房子、睡衣、球具。

大门、卧室、女人、男人。

细细经营你的笑话

每个笑话都是由三个以上的东西组合而成。它们就好像台阶，把听众引进高潮。

跟前一章比起来，这种“非对句”形式的笑话，虽然比较长，用的字也比较多，但是有一个重要的优点，就是使说笑话的人更能经营。

“经营”是非常重要的。要知道，听笑话不等于读笑话书。读笑话，如果看不懂，还能回头；听笑话，说过就算了，很难回头。

所以说笑话最忌太快或说不清楚，在你说的过程中，如果有人没搞懂，在下面耳语问旁边的人，你的“笑果”一定不可能好。

原因很简单——注意力分散了。

装作是你的第一次

在说笑话时，每个人都要有两个心理准备——

一、虽然你已经说了一百遍，今天下面的听众却可能是第一次听，所以你要用第一次说的“新鲜劲儿”去说。

二、即使你知道下面有些人已经听过你的笑话，你也一定不能马虎说，因为那只能造成听过的人不觉得好笑，没听过的人又没听懂的结果。为了避免那些听过的人泄露天机，你可以要求他们先别说。

笑话要“短话长说”

相信你一定听过相声。

你有没有发现，说相声的人常重复？

同样的句子，他们可以说了一遍又一遍，只在每一句的中间改一点点。明明是“短话”，他们却要“长说”。

问题是，观众们也就不厌其烦地听，而且跟着他们的句子爆出一次又一次的哄堂大笑。那是为什么？是因为他们就是通过那一次次的重复，把听众的情绪带上去的。

相对地，同样的笑话，有些人说来就是不好笑。这当中最大的可能，是那些人没有喜感，没有把大家的喜感带起来。

他们可能说得太简单、说得太快，或说得不够清楚。他们以为自己懂的别人当然会懂，结果他自己可能笑得前仰后合，别人却莫明其妙。

现在，请再一次回头，看看前面的几个笑话，想想那说的次序；想想在中间要加哪些废话，引领大家进入情境；想想要在什么地方停顿一下，使听的人集中注意力。

“阶升”是最容易把听众情绪带起来的方法，前面这两章讲的三段或四段阶升法，则是幽默最基本的技巧。

如果您学会了，请进入下一章，更上一层楼的“两段式幽默法”。

不要忘记母老虎

摆上刀叉，却端出炒饭。
摆出酒杯，却拿出可乐。

笑引子

谁跟保姆睡？

我有个朋友，女儿四岁多了，因为两口子都上班，不得不找个保姆来照顾孩子。

“保姆是专门来照顾你的，你的床又大，所以让保姆跟你一起睡，晚上随时帮你盖被。”朋友对女儿说。

没想到小丫头反对。

所幸保姆还有一个礼拜才到，朋友就每天教育小丫头，说那保姆有多好，还会说故事等等。岂知不劝还好，愈劝小丫头愈气，气得大哭大闹。

朋友正头疼，幸亏小丫头大概想通了，突然不再哭闹了。

保姆进门那天，小丫头居然挺欢迎的样子，还带着保姆一间一间参观。

参观到爸爸妈妈的房间，小丫头对保姆一笑：

“这是你的房间，妈妈跟我睡，你跟爸爸睡。”

不做冤大头

在台湾，我有个政治立场十分坚定的朋友。

碰上选举，他比谁都兴奋，去听政见发表会，他不但带着全家老小去，而且扛着椅子，再站在椅子上呐喊。

有一天，我在他家跟他一起看电视。

“你看！我支持的人。”他指着电视里的候选人大叫，再一低头，看见下面字幕正显示观众打电话进去的支持率，“天哪！我支持的人落后了，这怎么了得？快！快！快打电话去支持。”

接着就见他照着电视上的号码拨过去，还一边拨一边骂，对方一定是有“作手”，数字才会那么高。

可是看他刚接通，瞪大眼睛听，举着手指正要按键。突然，他没按，挂上了。

“怎么了？”一屋子的人都问。

“他们居然收费，一通支持电话要二十块，我才不做冤大头呢！”

笑点子

一起一落的“逆转式幽默”

上面举这两个例子，都属于“二段式”的笑话。

“二段式”与“阶升法”不同，它不是由三个以上的“对句”组成，也不是用三个以上的阶梯，把听众的情绪带上去。

二段式的笑话通常比较短，它不多花时间营造气氛，只用两个部分——一起、一落，就完成了。但是在这一起一落之间却有非常多的变化。那些变化的目的差不多，就是先不让你知道笑话的发展，再给你一个令你诧异的结局。

就好像前面故事里的小孩子，突然冒出一句话，保姆跟爸爸睡。

坚定支持某候选人的说：“一通支持电话要二十块，我才不做冤大头呢！”

那些都是你不能预期的结局，甚至是与一般推理完全相反的结局。

所以这类的“二段式”笑话，又称为“逆转式”。

“逆转式”的笑话，为了造成大逆转，还可能故意做出错误的导向。

举几个例子。

笑例子

一、你记得我吗?

午后，一个三十多岁的男人走进荒僻地区的小店。

“认得我吗？”男人问店老板。

老板摇摇头。

“我就知道你早把我忘了，但是我不会忘。”男人说，“十年前，我曾经一文不名，走进你的店，向你讨五块钱买车票，搭上公路局的车，去大城市打天下。”

老板笑笑：“帮助人是应该的，而且没多少钱。没想到，你记在心上，一记记了十年。”

“那好！”男人伸出手，“我现在，又需要五块钱了。”

二、老师，可以说话了吗?

这是个真实故事。

二十多年前，我在台北教学生的时候，每次画瀑布，都会叮嘱四周的学生：

“画瀑布，尤其用这快笔线条画，要特别专心，稍稍一闪神，就画不直，搞不好，还画成弧线，好好一张宣纸就得作废了。”

有一天，我又画瀑布，叮嘱学生：

“千万不要摇动桌子，也不要说话，老师要画了。”

五分钟之后，我的瀑布完成。

“老师，能说话了吗？”有个学生问。

“可以！你说。”

“老师！你的领带垂到调色盘里了。”

三、克莉丝汀是谁?

“这是哪个女人的名字？”老婆早上给丈夫一巴掌，“我从你衣服口袋里找到的。”

“哎呀！”丈夫摸着头，“你不要乱打人好不好，那是克莉丝汀，朋友给我赌马的名牌，克莉丝汀那匹母马一定会赢。”

第二天早上，啪！老婆又给丈夫一巴掌。

“又怎么啦？”丈夫摸着头。

“你那匹叫克莉丝汀的母马打电话来了！”

四、机智的小张

“小张在医院，他差点被狮子吃掉。”

“为什么？”

“因为他昨天逛动物园，正好笼子里的雄狮跑出来了。”

“他被雄狮咬了？”

“没有！因为他立刻跳进雄狮原来的笼子，把门关上。”

“真聪明！可是他怎么还受了伤呢？”

“因为笼子里还有一只母狮子。”

五、高明的中医

某人总在外面“花”，终于染上性病，不得不去看医生。

“你这病太严重了，非开刀切除‘祸根’不可，否则必死。”西医看了说。

某人吓坏了，又去找中医。

“这何必开刀呢？”中医看了一笑，“贴我的膏药，保证一个月就没问题了。”

“就完全好了吗？”某人高兴地问。

“不！就完全掉了！”

六、开车小心

奥斯卡颁奖典礼结束了，主持人用叮嘱的语气对所有到场的宾客说：“晚了，天又黑！请大家回家路上开车千万小心！”顿了一下，笑笑：

“因为我有梦游症。”

七、请财神

大年初一，老太太请了个财神回家，捧着财神像才进巷子，就遇见邻居大毛。

“您手里捧着什么玩意儿啊？”大毛问。

老太太眼睛一瞪：“怎么能说玩意儿？这是大不敬，要说财神，这是财神老爷，刚请来的，保我发财。”

“噢！”大毛赶紧恭恭敬敬地过去鞠了个躬，又好奇地问，“财神老爷怎么个请法啊？”

“花钱请。”

“哦！”大毛又恭敬地问，“花多少钱哪？一定很多吧？”

“嗨！”老太太一笑，“就这么张纸，还要五块钱。”

笑点子

先把听众往反方向带领

现在让我们回头看看前两个故事。

当你看到那男人对小店老板提十年前往事的时候，八成想，他今天是回来报恩，甚至猜他会回报给老板一大笔钱，对不对？

你看那些学生在老师画瀑布的时候，乖乖听话，猜想一定有个完满的结局，对不对？

但是情势突然逆转了，那三十多岁的男人真没出息，他居然又伸手要五块钱。换作你是老板，听了会不会气死？

那些学生居然笨到明明见到老师领带垂进了调色盘，也忍着不说。换作你是老师，知道了会不会气死？

这“气死”，就是笑点。

逆向思考的幽默

再回头看后几个故事。

那风流丈夫多聪明啊！

他居然能编出“克莉丝汀是赛马的名字”。

那小张多聪明啊！

他居然立刻躲进笼子。

你乍听这故事的时候，只怕还要为他们的机智鼓掌叫好呢！

那主持人多幽默啊！

他先要大家开车小心，让观众以为他是关心开车的人。接着话锋一转，原来是为他自己。

那老太太又多有意思啊！

她先恭恭敬敬地捧着财神，却突然话锋一转，把财神看成一张不值五块钱的纸。

没想到情势大逆转，而且逆转得合情合理。这就是逆转式幽默的妙处。如果你要学二段逆转式，先得学“逆向思考”，并且由最简单的句子开始，请看下面一章。

醉翁之意不在酒

只要你给我三十分钟，
我就愿意给你全世界。

笑引子

梁实秋的幽默

不知道你有没有读过梁实秋的《雅舍小品》。

梁实秋不愧是散文大师，看他的文章，不但能见到他博古通今、西学中用的功力，更常常“惊艳”于他逆向思考的幽默。

譬如谈到孩子。

他劈头就说：“我一向不信孩子是未来世界的主人翁。”

你正惊讶，他又补一句：

“因为我亲见孩子到处在做现在的主人翁。”

两句话，把孩子称王的现象全形容了。

又譬如他谈到节俭：

“晚上开了灯，怕费电；关了灯，又怕费开关。”

短短两句话，把抗战时期的穷困和那时科技水平差、电灯开关容易坏的情况，全幽默地表现出来。

还有，当他谈到教书先生打麻将的时候，就更幽默得“精简”了——

“黑板里来，白板里去。”

短短八个字，把教师辛辛苦苦在黑板粉笔灰间赚钱，又两三下从“红中”“白板”里输掉，表现得既生动又讽刺。

“晨更鸡”与“夜猫子”

梁实秋写文章幽默，平常讲话也如此。

他跟韩菁清结婚之后，两个人生活习惯完全不同，二人分房睡。梁实秋每天清晨四点起床，五点写作，晚上八点就睡了。韩菁清恰恰相反，不过中午不起，夜里总要到两三点才睡。

“这样也好，”梁实秋对我说，“她早上不起，正好给我安静，专心写作。我晚上睡得早，正好她得到自由，可以跟她那群夜猫子朋友去吃消夜。”

“如果她的朋友要请您一块儿去吃消夜，怎么办？”有一天，我开玩笑地问他。

“那简单！”梁实秋一笑，“他们请我吃夜宵，我就请他们吃早点。”

爱与不爱

又有一回，一群人聊天，谈到一个朋友最近失恋了，因为她的男朋友移情别恋。

“她失去了一个她爱的男人，她的男人找到一个真爱的女人，她真可怜！”有人说。

“不！”梁实秋手一挥，“应该说，她失去的是一个不爱她的男人，那男人失去了一个真爱他的女人。”

笑点子

逆转式的幽默

梁实秋先生所用的这些幽默，就是“逆转式”的。

逆转式的幽默，需要逆向思考。如同“孩子是未来世界的主人翁”，你逆向思考，先否定了那个句子，再转回来，说“孩子在做现在的主人翁”。

“开灯怕费电”，你立刻逆转为“关灯怕费开关”。

“朋友请你吃消夜怎么办？”你不要正面作答，立刻反过来想，那些夜猫子早上都得睡觉，我就报复他们，请他们吃早点。

至于谈失恋，就更是逆转式思考的典范了，因为明明原来是个负面的想法：

那女人既失去她爱的男人，相反那个男人反而找到个他爱的女人，真是太亏，太不公平了。

经过逆转式的思考，却成为：

那女人失去的只是一个不爱她的男人，那男人失去的却是一个深爱他的女人。真正损失的是那个男人哪！

信手拈来的幽默

逆转式的思考，常能表现大智慧，带来大启发，所以这种幽默常是高格调的。又因为它是根据原来的正向思考，改为逆向思考，所以也比较容易引导出来，显得顺理成章。

最高级的幽默，必然是顺理成章，好像信手拈来，却能引人会心一笑的。但是因为它非常难，往往要有特殊的机智，又经过长久训练，才能发挥，所以如果你是初学，最好由最简单的“逆转式的句子”开始，且最好把以下这些现成句子都背下来，马上就能派上用场。

笑例子

一、今之女德

有人说：“女子无才便是德。”

你说：“不对！今天应该讲‘女子无德便是财’。”

二、女人可爱

有人说：“美丽的女人都可爱。”

你说：“不对！应该是可爱的女人都美丽。”

三、为谁服务

你丈夫参加选举，输了。

胜选者的老婆出来谢票："谢谢大家使我丈夫当选，让他为大家服务。"

你也出来谢票："谢谢大家使我丈夫落选，让他为我服务。"

四、天使与魔鬼

某人问："听说那女生是'天使面孔，魔鬼身材'。"

你笑笑说："差不多，只差一点点，是'天使身材，魔鬼面孔'。"

五、直销的口号

某人对你吹嘘他的直销商品：

"我不是要你买，是好东西与好朋友分享。"

你故意重复他的句子，但是改动一点：

"我知道！我知道！是好朋友与好东西分享。"

六、醉翁之意

一群朋友饮酒，有人笑你："只怕你是醉翁之意不在酒，是对旁边的小姐感兴趣。"

那小姐则说："你们别想歪了，我可是'醉酒之意不在翁'。"

你则回道："随便你们怎么说，我是'醉酒之翁不在意'。"

七、人无远虑

有人感叹地说："真是'人无远虑，必有近忧'啊！看看！最近有这么多烦心的事。"

你则安慰他："哎呀！应该讲是'人无近忧，必有远虑'，你看，你太太好，孩子好，家好，自己身体也棒，身边没什么好操心，反而往远处想太多了。"

张冠可以李戴

自从爱因斯坦提出相对论，
世界就没有了上下与快慢。

笑引子

我女儿小时候很刁钻，总要充当我和妻子的“电灯泡”。

有一天，我带着八十五岁的老母、太太和女儿去看电影。

将近客满了，虽然买到四张票，却是两两分开的。

我想跟妻子坐，就在进场的时候唬小丫头：

“你陪我妈妈坐，我陪你妈妈坐。这样才公平，对不对？”接着把小丫头和奶奶安排在一起，并和妻子走到电影院另一边的两个位子坐。

小丫头一副很不愿意的样子，可是才四岁多，她歪着脑袋想，发觉我说得没错，只好跟奶奶乖乖坐着。

电影开演了，正演到精彩处，突然旁边挤过来一个小黑影，大声对我喊：

“你去陪你妈妈坐，我来陪我妈妈坐！”

灌水的账单

有一年去意大利，在罗马的一家餐馆吃晚餐。

酒足饭饱，账单递过来，我正掏信用卡，太太把账单拿过去瞄一眼：“怎么这么贵？我们没吃这么多啊！”

问题是，我接过来算了算、加了加，没错。只是再多看一眼，有了发现——餐馆居然把 1997 年也当作 1997 里拉加了进去。

“哇啦！”当我指给侍者看时，他摸着额头大叫一声，立刻跑回去改。

可是后来好几个旅行团的朋友都说这是“饮酒税”——意大利餐馆常用来对付喝了酒而糊里糊涂的观光客的“灌水法”。

同性恋的由来

“我以前不懂，为什么世界上有同性恋。直到昨天晚上，在床上，才搞懂。”一个朋友对我说。

“有什么奇遇吗？”我吓一跳。

“没有奇遇，”他笑道，“昨天晚上，我拉着老婆的手说‘下辈子我还希望跟你做夫妻’。我老婆就说她也愿意，但是跟着，她又讲要换成她做男人，我做女人，因为做女人吃亏。我就说我还是要做男人，她就跟我不高兴了，说我不公平，这辈子不公平，下辈子还要不公平。最后，”他看看我问，“你猜怎么样？”

我摇摇头。

“我们终于和好了，我们决定两个人都做男人，我们做男同性恋。”

笑点子

相反式的幽默

前面说了三个故事，你知道我要谈哪一种幽默吗？

我要谈的是“相反式”的幽默。

乍看，“相反式”跟“逆转式”没什么差异，它们同样有两段，后一段突然来个一百八十度改变。但“相反式”通常主体没有变。就好像前面故事里“陪妈妈”“1997 年”“再做夫妻”，那些东西一点没变，只是换了一个角度想，或被张冠李戴了。

对！“相反式”也可以说是“张冠李戴式”，那帽子没变，只是戴在了别人的头上。举几个有名的相反式的例子给你听。

笑例子

一、人都有犯错的时候

法国大文豪伏尔泰，有一天在酒会中公开赞扬另一位作家的作品。

“你不知道吗？那个人不久之前才骂你的作品一文不值呢！”有个人提醒伏尔泰。

“真的吗？”伏尔泰一怔，接着笑了，“好像我们双方都错了。”

二、问题在哪里？

一个作家在演讲之后答复观众提问。

问题是写在小纸条上的，交给司仪，由司仪念出来，再由作家回答。

“这个字条上只写了三个字。”司仪拿到一个字条，脸都红了，吞吞吐吐地问，“是不是可以略过？”

“不要略过！”作家说，“念出来，我们不能忽略任何问题。”

嗫嗫嚅嚅半天，禁不住作家坚持，司仪大声念：“王八蛋。”

场子一下子僵住了。却见作家一笑：

“真可惜！这个朋友为什么只签了名，却忘记写问题了呢？”

三、贵妇与母狗

某人因为在公开场合骂一位贵妇“母狗”，而被贵妇告上法庭。

“你太粗鲁了，”法官对某人说，“你必须在庭上公开向这位夫人道歉，否则就把你关起来。”

“我可以道歉，但是请问法官，”某人说，“我不能称这位夫人母狗，但是改天我遇上真的母狗，能不能称它为夫人呢？”

法官想了想，笑了：“你要发神经是你的事，那当然可以。”

“好极了！”某人立刻向贵妇一鞠躬，“对不起！夫人！”

四、犹太星象家的预言

希特勒抓到一个著名的犹太星象家。

“听说你算得很准。”希特勒冷笑道，“你能知道我什么时候死吗？”

“知道！”犹太星象家说，“死在一个犹太人的节日。”

“你怎么能确定？”希特勒吼道。

“当然确定，”犹太人说，“我能保证你死的那天，会是犹太人庆祝的节日。”

五、瘾君子的祈祷

告解室里。

“我的烟瘾太大了，一根连着一根，请问神父，我祈祷的时候能不能抽烟？”教友颤抖地问。

“当然不行。”神父在小窗子那边斩钉截铁地说。

“那么，我抽烟的时候能不能祈祷呢？”教友又问。

“那还可以！你可以祈求上帝宽恕。”神父欣然说。

啪！打火机亮了：“我祈求宽恕。”

六、蠢蛋在哪里？

歌德在公园的窄桥上和一个敌对的批评家相遇。

“对不起！请让一让！”歌德礼貌地说。

“笑话！我才不愿让路给蠢蛋呢！”批评家继续走。

“我倒是愿意。就由我来让吧！”歌德说。

笑点子

张冠李戴，是这种笑话的特色。它们最高明的地方，是“山不转，路转”，好比打太极拳，借力使力，一句“我们双方都错了”“怎么只有签名”“就由我来让吧”就四两拨千斤地做了强力的反击。

但是“四两拨千斤”还有一种更高明的方法，就是用“答非所问”的方式，回避难解的问题。

请看下一章——“金蝉脱壳”的技巧。

狗肉、猫肉、牛肉

打仗时与其正面交锋不如转进，
谈话时与其当面戳破不如幽默。

笑引子

梁实秋的太极拳

谈到幽默，真不能不再想到梁实秋。

一九七七年，梁教授丧偶没多久，就跟韩菁清热恋。当时梁实秋返美，安排回台湾地区久居的事，和韩小姐每天鱼雁往返，还录了首诗送给韩菁清，“文章信美知何用，谩赢得天涯羁旅”，表示已经厌倦海外漂泊的日子。

梁、韩都是名人，这新闻被炒得沸沸扬扬，甚至有电视上辩论，谈这段忘年之恋应该不应该。一些梁教授的老学生还说要组织护师会，被梁教授训了一句：“我又不是小孩子，由你们当保姆！”才没组成。

那年某日，梁实秋终于回台了。因为我跟梁、韩二人都是旧识，当时得个独家新闻，早早带着摄影记者跑到机场等候，而且梁才出来，就拿着麦克风访问：“梁教授，据说韩菁清小姐已经把家里重新装修好，一切俱备，您能不能透露，婚礼定在哪天啊？”

就见梁实秋不慌不忙，抬起头，看看天，笑说：

“这，总得等天亮再说吧！”

乐透彩宠儿的“撇步”

台湾的乐透彩现在真是疯狂，使我想起二十年前，纽约刚有乐透时，也成为新闻的焦点。

令我印象最深刻的是有一个大奖的得主曝了光，一群记者拥到他家访问他的画面。

“你一下子得到这么多钱，打算怎么花？”记者问。

我当时心想，他一定会像别的得奖人一样，说些“辞掉工作、买栋豪宅、买辆新车、还清贷款、环游世界”之类的话。

没想到那个人答得很妙，他只说了三个字：

“好好花！”

连战的幽默

前几年，台湾地区“大选”，陈水扁跟连战竞争激烈。当国民党主席李登辉自比为带领犹太人出埃及的摩西时，陈水扁居然“捞过界”说他才是约书亚，继承李登辉。

话才出口，就有人去访问连战：

“陈水扁自比为约书亚，您觉得怎么样？”

连战居然没有多做评论，只笑笑，简短地说：“国民党欢迎大家来参加。”

妈妈的闪躲

有个朋友，夫妻都忙，却又觉得应该趁孩子小，在暑假带孩子到美国喝喝洋水。

问题是家里的事业忙，夫妻都走不开，只好请小姨子带孩子出去。

离岛之前，那六七岁的孩子兴奋得睡不着觉，但是临出门，发现他妈妈居然不跟着去，可就急得哭了，好不容易被推上车子，还在车里边哭边喊：

“妈妈为什么不去？”

就见那妈妈过去，对着车里的孩子说：“你放心！妈妈会照顾自己。”

那孩子怔了一下，觉得好像得到答案，又似乎不是答案，这么一糊涂，居然不哭了。

笑点子

答非所问的脱身法

说了这么多故事，我今天要讲的正是“好像得到答案，又似乎不是答案”的说话方法。

回头想想，梁实秋说：“等天亮再说吧！”得奖人说：“好好花！”连战说：“欢迎大家来参加。”妈妈说：“妈妈会照顾自己。”

以上这些人，他们都答了别人的问题，但不也等于没答吗？

这正是“似是而非”“答非所问”的金蝉脱壳法。

四两拨千斤

当别人问你问题时，你不正面答，答得似是而非，实在说，是很不礼貌的。问题是，这种答话的方法，却常常是你为了回避交锋、避免尴尬不得不用的手段。你更可以用这种“四两拨千斤”的技巧，暗示对方你不愿意答，却又为了顾全双方的面子而作答，尤其当你碰上莽撞的问题时。举个例子——

有人听说你找到新工作，冷不防地问你一句：“一个月多少钱哪？”

在西方社会，这是很不礼貌的。只是他问了，你不好不答，也不好骂他，于是你可以回说：“不如彼得·詹宁斯（美国著名新闻主播）多。”

在中国社会，倒是常有人会这么问，不过中国人也自然有不痛不痒的答法，可以只用三个字：

“过得去！”

再不然更简单：“还行！”

当对方听你这么说，不是自然知道你是不愿意说，而把话题岔开吗？

这种四两拨千斤的方法，因为绕了弯子，所以自然还带点幽默的感觉。举几个餐馆跑堂的例子，他们就常用这种技巧。

笑例子

一、不烫！

侍者端了一大碗汤上来，不知是因为汤太重，还是不小心，他的大拇指也伸进了汤里。

“你的手指伸进汤里了。”客人不高兴地提醒他。

他一笑：“谢谢您！不烫！”

二、太鲜！

侍者端上一条清蒸石斑鱼，客人一下筷子，发现居然没蒸透，下面鱼肉还是生的呢，于是把侍者喊住：

“喂！你这鱼没蒸好。”

他居然一咧嘴：“哟！新鲜过了头！”

三、狗肉还是猫肉

你去吃铁板烧，不知是炒得过火，还是肉不好，那牛肉咬不动。

你不高兴了，损炒锅师傅一句：“这是什么肉啊？狗肉还是猫肉？”

他马上回你一个笑脸：“您别捧我了，我们哪里买得起狗肉、猫肉，那太贵了！”

四、恭喜中奖！

上馆子吃饭，东西端上来，你刚要吃，吓一跳，发现菜里有只苍蝇。

“这是什么？”你把堂倌叫来，给他留点面子，指着苍蝇，“你瞧！”

他也机警，立刻拍拍你的背，小声说：

“恭喜您，中大奖了，再来一客奖！”

连宗教大师都用的方法

这些跑堂的“似是而非”的答法，不是很幽默地解除了严重的尴尬吗？

当你不能争辩，又不适于当面认错的时候，这种“金蝉脱壳”的幽默就有大用了。

甚至连教皇和佛教界的大师都用这种方法作答。

当有人问教皇若望二十三世“梵蒂冈有多少人工作”的时候，教宗回答：

“有一半人。”

当有人问某佛教大师，为什么要做许多公益活动、济助可怜人的时候，他没有说一大堆道理，只讲五个字：

“因为我看到。”

这五个字虽没有正面作答，却表现了“当下即是”和“喜舍”的最高境界，你能不说他答得高妙吗？

耍嘴皮子

当然也有许多人用这种技巧“耍嘴皮子”。

举几个例子。

一、老太太过河

某人问：“有位老太太提着一块肉，要过独木桥，才过一半，前面来了头狼，后头又追来一条恶犬，你说，她怎么过去？”

你想了半天，拿肉喂狼狗、把肉扔下河，甚至老太太跳下河去，全想到了，他却连连摇头，最后告诉你答案：

“老太太怎么过去？老太太晕过去！”

二、还没决定耶！

你遇到个娘娘腔的男人，不好正面问他。等那人走了，就问认识他的朋友：

“那个人是不是同性恋？”

朋友不说是，也不说不是，笑答：

“好像还没决定！”

三、凉拌！

有朋友去看电影，你好奇地问：

“你去看什么电影啊？”

“恐怖电影。”他答。

你又问他从哪儿来。

“从前头过来。”他答。

更坏的是，他答你：“从我妈肚子里来。”

你很正式地问他：“事情怎么办？”

他答你：“凉拌！”

笑点子

看了这些例子，你大概会说太耍嘴皮子了，真惹人气。

对！当你用这种“答非所问”的方式耍幽默的时候，最容易给人油嘴滑舌的感觉，所以对长辈绝不能这样答话；平常“耍幽默”，也要拿捏得恰到好处，否则很可能弄巧成拙。

你为什么偷看她洗澡？

最后，我要举个很特殊的例子——

有位著名作家，在下乡的时候，被一个女同事告他偷看她洗澡。

“你为什么偷看她洗澡？”干部把作家找来问。

“我奇怪她为什么长了尾巴。”作家答。

“她长尾巴了吗？”干部说，“不可能啊！”

“是不可能啊！”作家说，“我也不可能偷看她洗澡啊！”

这是用了“诡辩”的金蝉脱壳法。

诡辩的幽默法很多，最有意思的是“连锁式”，请看下一章。

我跟那金发美女回家了

幽幽地下毒饵，
默默地占便宜。

笑引子

幽默像写小说

写小说，有所谓“伏笔”“暗示”“冲突”。“伏笔”是早先埋好的情节，“暗示”是渐渐往那个情节引带，“冲突”则是高潮，等到各种“暗示”足够了，因缘际会地爆发开来。

每个好的笑话，都能算是个精彩的“极短篇小说”，里面自然也有伏笔、暗示和冲突，只是为了能引发爆笑，常常不先暗示，直接就进入冲突。

举两个中国古典笑话为例。

周公要我转话

有个私塾先生在课堂上打瞌睡，被学生发现了，问先生一直点头是做什么。

“我是在聆听周公的教诲，”私塾先生说，“我刚才去见了周公。”

隔天，学生也在堂上打瞌睡，被私塾先生一巴掌打醒：“你在干什么？”

“我也去拜见周公了，周公说昨天他跟您说的话还没说完，要我转告。”

“转告什么？”私塾先生又一巴掌。

“周公正要说，我就被您打醒了。”

“吹牛”这个词的由来

两个人比吹牛。

“我家乡有个牛皮大鼓，敲起来方圆两百里都听得到。”一人吹。

“我家乡有头大牛，站在江南的岸上，可以伸着脖子吃江北的草。”另一人吹。

“得了吧！天下哪有这么大的牛？”前面那人笑道。

“问题是，没那么大的牛，怎么有那么大的牛皮，蒙你那么大的鼓呢？”

埋伏一个笑引子

前面这两个笑话的结构都很简单，前面是伏笔，后面是冲突。

你或许说，这不就是一般“两段式”的笑话吗?

没错！特殊的是，这种笑话的“冲突”一定要由“伏笔”来引发，妙就妙在怎么安排那个“伏笔”。编笑话的人得先设定“结果”，再往前插入“伏笔”。

举几个比较复杂的例子，你就会了解了。

笑例子

一、死马挡路

军营收假，到外面小镇冶游的一个兵迟到。

“你为什么迟到？”长官站在门口把他拦住。

“对不起！长官！我因为车子坏了，只好跟农家借了一辆马车，偏偏马跑一半，犯心脏病，倒在路上死了，我只好走路回来。”

“好！姑且信你的胡说八道。”长官笑着放那兵进去了。

接着又一个兵迟到。

“你又为什么迟到？你总不会也是车子坏了吧！”长官吼道。

“报告长官！车子没坏，可是开到一半，看到一辆马车挡在路中间，我搬不动那匹死马，只好走路回来。”

二、把死人说成活人

军事演习。

一个裁判教官的车子打滑，陷在泥坑里，随身两个副手怎么使劲，也没办法把车弄出来。

教官抬头一看，不远处，三个士兵正坐在那儿袖手旁观，就派副手过去叫他们来帮忙。

副手一个人回来了："他们说前面的裁判官已经判定他们阵亡了。要待在那儿，不准动。"

"只要他们来抬一下车子，没关系！"教官说。

副手去了，又回来："他们还是不来，说他们已经死了，死人不能帮忙。"

"好！说得好！"教官对两个副手喊，"你们瞧！那边有三具尸体，把他们抬过来，垫在轮子底下……"

话没说完，那三个人就跑步过来帮忙了。

三、斑马变白马

有个公司招考推销员，以下是题目和标准答案——

问："怎样把一头大象放进一台洗衣机？"

答："把洗衣机的盖子打开，把大象放进去，再把盖子盖上。"

问："怎样把一匹斑马放进洗衣机？"

答："把洗衣机的盖子打开，把大象拉出来，再把斑马摆进去，把洗衣机的盖子盖上。"

问："狮子大王这时举行大会，所有的动物都得参加，只有谁不能参加？"

答："斑马！"

"错了！是白马！"

"为什么？"

"因为斑马已经洗成了白马。"

又问："这时你一个人要通过鳄鱼出没的一条河，河上没有桥又没有船，你怎么过去？”

答：“游泳过去，因为鳄鱼都去参加狮子大王的大会了。”

四、四缺一的麻将

银行里的保险箱被人偷走了。

四个小偷很快就被抓到，而且人赃俱获。

“我没有偷保险箱，”一个小偷举起右手说，“我愿对阿拉发誓。”

“好！我相信你发的誓。”警察放走了那个人。

“我也对阿拉发誓，我没偷保险箱。”第二个人也举起右手。

“成！我也信你，你走！”

“我不只向阿拉，还能向佛祖和圣母发誓，”第三个小偷跪在地上，双手合十地喊道，“我没有偷保险箱。”

“姑且信你。”警察把第三个小偷也放走了，接着转头对第四个小偷说，“你向谁发誓都没用了，一定就是你偷的。”

小偷双手一摊：“我不必发誓，可是有谁相信，我一个人能把这么重的保险箱抬出来呢？”

五、什么鸟事？

警察在山头抓到一个“捕鸟人”。

“你非法捕捉保护动物，无法抵赖了。”警察指着笼子里的两只鸟说。

“您抓错了！抓错了！”那人喊道，“我是养鸟的，不是抓鸟的，这些都是我的宠物，我只是带它们来玩。”说着举起鸟笼，“您看，它们都认识我。不信的话，我表演给您看，我放它们出去，一吹哨子，它们就会飞回来。”

“好！你表演！”警察笑道，等着看好戏。

那人接着打开笼门，把鸟放了，又转头问警察：“您刚才说什么？”

六、讽刺主人的幽默

某人去做客，到了吃饭时间，主人居然把他留在客厅，自己进去吃饭。

某人看主人吃完饭出来，就指着屋梁说：

“你有没有发现，这屋梁被白蚁蛀了，而且很严重呢！”

主人大惊：“怎么可能？看不出来啊！”

某人一笑：“它偷偷在里面吃，你怎么可能知道？”

笑点子

先埋下伏笔

现在回头想想前面的例子——

军营的长官如果不接受前一个迟到的解释，演习的裁判官如果不是顺势就认定“那几个兵已经死了”，如果你不认定“所有的动物都去参加了狮子大王的大会”，如果警察不放那三个小偷和两只鸟走，还有，如果主人不随着客人说梁里的白蚁，不是就引不出下面的情节了吗？

所以我们称这种十分诡谲，好像电影《碟中谍》（Mission：Impossible）里的情节一样，先经过许多安排，再加以引爆的笑话为“诡辩式”的笑话。

诡辩的幽默与诡诈的人生

“诡辩式”可以作为笑话，也可以用在日常生活之中。许多会要诈的人，都如同前面笑话中，他先出“虚招”，使你觉得好笑，放他过关，岂知那“虚招”接着变成了“实招”，借着前面过关的东西，使他“打蛇随棍上”，达到了目的。

所以当你的职员总是把支出“16”元，不小心写成“10”元，然后在不能对账时自己掏腰包补贴的时候，你千万别笑他笨，笑他粗心。

当他有一天把收入160万，写成100万，然后60万进他口袋的时候，你还笑得出来吗？

“诡辩式”的笑话实在反映诡诈的人生啊！

造反有理，坦白无罪

最后，让我再说个从美国《读者文摘》上读到的笑话，请你深思。

有个男人进酒吧喝酒，遇上个美艳风骚的年轻女人，就跟着那女人到她的住处。

云雨一番后，已是深夜。这男人临别问女人："你有没有爽身粉？"

女人拿来爽身粉，这男人就撒了些在手上，回家了。

进家门时，已是夜里一点多，男人的老婆正杀气腾腾地坐在客厅等。

"你死哪里去了？你给我从实招来！"

男人犹豫了一下说："我先去酒吧喝酒，遇上个金发美女，就糊里糊涂地跟她回去，搞到现在。"

"伸出你的手！"那太太大吼一声，接着摸一摸、闻一闻，打了一下，"少吹了！我就猜到你又去打保龄球了！"

这就是"虚中有实""实中有虚"的诡辩式的笑话。

她会闭上眼睛吗?

不是我去摸她屁股,
是我的手不小心被她的屁股碰到。

笑引子

哮喘病已经困扰我三十多年，但我唯一一次因哮喘急诊住院，却是被一个高中的老同学害的。

那一天，我正作画，他就坐在桌边跟我聊天。

“我去屈尺游泳了。”他说。

“是台北近郊的屈尺吗？”

“对！那里有一条溪，水干净极了。”

“跟谁去游泳？”

“我一个人，所以游得过瘾，”他说，“你知道吗，我是裸泳。”

“哇！真够大胆。”

“真是过瘾极了，而且美极了，”他好像自言自语地回忆，“那天大太阳，我看没人，就脱光衣服下去，四周是青山，水清澈见底，我游的是蛙式，很轻松地拨着水，每拨一下，就看见阳光从我激起的水花当中洒下来。那一点一点的阳光，照在河床上，是金色的，映着我的影子，影子是紫色的。渐渐地，我觉得好像悬在空中，一点都不用使力，就漂着游着，我觉得我真像是，真像是一只大乌龟。”

我猛抬头问他：“你说你像什么？”

“像是一只大乌龟啊！”他表情十分认真地看着我。

我立刻把手上的毛笔扔下，笑了起来。

问题是，我愈笑，他愈露出无辜的表情，我愈看他的表情，想到他说的大乌龟，就愈止不住地笑。

当天半夜，我就进了医院。

冷面笑匠

这笑话你大概不会觉得有那么“严重的好笑”。如果今天由我说出来，你也不会觉得。

真正令我乐不可支的，是因为说笑话的人没有存心说笑话，他是说一句平常话，只是听在我的耳里，成了笑话。所以这种笑话称为“无辜式”的笑话。

我们常说某人是“冷面笑匠”，“冷面笑匠”比“笑面笑匠”的境界更高一层。为什么？因为他说笑话的时候，不给你预期。他面无表情，好像平常说话一样“冷冷道来”，却冷不防地抓住你的“笑点”。即使到这时候，他还是不笑，给人一副“奇怪了，你们为什么要笑”的表情，这表情就愈令人不得不笑了。

“无辜式”的笑话，通常都是在自然的情况下产生，说者无心，听者有意。举几个我亲耳听到的例子。

笑例子

一、毒害什么人？

有一天跟朋友去台中地区的乡间旅游，看见路边烟田里大大的烟叶，就谈到美国的香烟，一年不知赚多少钱，最近却被民众告了，判赔了天文数字。所幸美国烟在海外大作宣传，国内的收入减少了，国外吸美国烟的人口却增加了。

这时有个朋友就说了：

“美国人最浑蛋，他们把香烟卖到全世界，毒害全世界的人民。”话锋一转，

“还是我们这儿最好，他只卖香烟给自己人，毒害自己的同胞。”

此话一出，差点翻车，因为他的话损极了，也毒极了。尤其好笑的，是他说话时无辜的表情。

二、五十步笑百步

有一天，我在桃园机场等着登机，电视正好播午间新闻，其中一条是这样播的：

“西班牙某团体引述联合国的资料说，台湾地区是亚洲第三大‘性交易市场’，有十万雏妓。台湾地区的某某基金会就此提出驳斥，表示台湾地区的雏妓人口只有六万人。”

偌大的候机室，数百位等着上飞机的人，突然爆出一片笑声。

三、警察叔叔真伟大

也是电视新闻——

六月十五日，警察节，记者访问了一个姨丈是警察的小朋友：“做警察好不好？”

“好极了！”小朋友说，“我坐姨丈的车出去，一路上好顺啊！连闯十几个红绿灯都没被抓。”

四、当女秘书躺下去的时候

到一个纽约的朋友家去，吃饭时，朋友说：

“我办公室新来一个女秘书，金发碧眼，长得好像洋娃娃。”

朋友的女儿很天真地抬头问：

“爸爸！你的女秘书躺下去，眼睛会不会闭起来？”

可想而知，那餐桌上的酒杯都倒掉了。

五、小地方

学校里的中国教授们聚会，有人问一个新来的教授：“府上哪儿？”

“小地方山东。”那人答。

“山东是大地方，哪是小地方啊？”有人笑。

“不！山东是小地方。山东没什么山，（停一下）就个泰山；山东也没什么河，（停一下）就条黄河；山东也没出什么人物，就有个孔子。”

这位教授正话反说，真是幽默极了，更妙的是他说的时候没什么表情，表面看是严肃作答，细细听，才发现那“话中有话”。

笑点子

杀人不见血的幽默

如我之前所说，说笑话先要营造气氛，使大家有喜感，有必要时，甚至可以先对大家宣布“让我说个笑话给大家听”。

所以，这里提到的“无辜式”的笑话，就难上加难了。它没有事先的铺陈，没有多段式的“阶升”，更没有“伏笔”“暗示”和“冲突”，它可能只是好像无意间的一句话，却能引起听众完全相反的联想，把“好话”听成“笑话”。

这种笑话的境界，以文学来说是“平淡入妙”，用句俗话来讲，是“杀人不见血”。当然也就有人利用这种特质，编造一些笑话，譬如下面这些。

冷面笑匠赵琦彬

名导演赵琦彬先生是个标准的“冷面笑匠”。

有一天，他对朋友说：

“我那老婆啊，每天上床之前，就会跪下来，撅起她的屁股，要我跟她……”

说到这儿，他停两秒，才继续：

“一起祈祷。”

“爱国”观众闹场了

四十年前，还没电视，大家都听收音机的篮球转播。

甲乙两队大战，战况激烈，球到了甲队的手上。

“一号传三号，三号传五号，五号上篮了，啪！吃了一记盖帽儿，五号和乙队的四号都摔倒在地上。裁判的哨声响了，场外突然冲进两个人，手上还拿着家伙……”

转播员说到这儿，突然不说了，接着上广告。

收音机旁，大家急得直跺脚：八成又有“爱国”观众冲进去，非闹乱子不可。也有人猜已经打起来，所以播一半就上广告。

广告总算完了。

体育转播员继续拉着嗓子喊：

“刚才场外冲进两个人，手上都拿着拖把，原来球员跌倒，地上有汗水，怕滑，他们是来拖地的。”

这两个笑话你看懂了吗？

它们的特质是：说的人好像没有言外之意，但是听的人却能想歪。它们是用无辜的样子，造成你的误会。

“误会式”的笑话更有意思，不信，请看下一章。

你妈生了吗?

“我先拖，你再上，好不好？”

女清洁工对急着上厕所的男士说。

笑引子

从小我就很注意幽默故事，有几个趣事隔几十年，我都还记得很清楚。

何容的幽默

四十多年前，著名的语言学者何容有一天接受电台访问。主持人谈到有不少人写文章公开批评何容，而且用词很毒，然后问何容为什么不骂回去。

何容立刻说：

“妈他 × 哟！”

主持人一惊：“哇！您骂得真粗。”

何容一怔：“我没有骂啊！我只是说‘骂他不必要’。”

张大千的幽默

二十多年前，张大千回台湾地区，暂住在仁爱路的云河大厦。

有一天，高朋满座，谈到台北的狗受宠过人，真是“好狗命”。张大千就说：

“当年为了一条狗，我差点送了命。”

大家都吓一跳，追问怎么回事。

“我早听说一个大军阀家养了一只名犬，想看，没机会。有一天总算军阀请客，让我见到了。”张大千用他的四川腔说，“我一见军阀的面，就说‘我今天来，就是为了看你这只狗’。”张大千摸摸胸口，“才说完，就知道闯了祸，要知道，在那时候，军阀一不高兴，我可就没命了。”

裸体赴宴

十几年前，在美国的报上，看到一幅有趣的漫画——

漫画画着一个全身光溜溜，还直滴水的性感女生，正在接电话：

“你说什么？你说我什么都不必穿，就过去？”

误会式的幽默

好！故事说完了，你猜，我要谈的是什么？

我要谈的是“误会式”的幽默。

如同前面那些例子，误会式的幽默种类很多，有些是由于发音，使别人“听拧”了；有些是文法错误，或太简化，使人“会错意”；又有些是阴差阳错，把事情弄混了。

它们都很有意思，现在就让我举几个因为没听对，而“听拧”了的例子，博大家一笑吧！

笑例子

一、老师不敢抱

课堂上。

“老师报！老师报！”一群女学生对男老师喊。

“你们说话要小心，老师怎能抱？”老师笑道，“要说老师报分数。不过你们分数太烂了，我不敢报。”

二、正题歪猜

谜题：有一种事，男人站着做，女人可以坐着做，狗儿举起一条腿做。

谜底：握手。

三、你妈生了吗？

溽暑傍晚，两个老男人碰面。

“你抹身了吗？”（“抹”这个字，许多地方是念“妈”的。）

“去你的！你妈才生了呢！”

四、另一次跟谁？

一个姓胡和一个姓焦的台商带着老婆去大陆。

海关人员接过台胞证，抬头问：

“你姓胡？”

“对！幸福美满！”姓胡的台商说。

“才不幸福美满呢！”胡太太补了一句。

海关人员拿起另一本台胞证，又问另一位台商：

“你姓焦？”

“一个礼拜两次！”姓焦的台商说。

“是吗？”焦太太瞪着丈夫，“另一次是跟谁？你从实招来！”

五、是我的！

下班时分，下起倾盆大雨，一群人在骑楼下等着叫计程车。

突然一辆空车从巷子里转出来。丁小姐眼明腿快，立刻冲进雨里拦车。

却见一左一右，也有两个小姐冲过来，一个拉前门，一个拉后门。

所幸丁小姐反应快，先钻进车子，并对着外面喊：

“是我的！”

拉开后门的小姐立刻知难而退了。

但是拉开前门的小姐居然也坐了进去，还回头对丁小姐一笑：“是我的！”又指指司机，“老公。”

六、你拉了吗?

这是我家经常有的对白——“妹妹！你拉了吗？没拉早点拉，别一拉拉到十二点。”

我女儿学小提琴。

七、到哪里?

“计程车行吗？我要叫车。”

“你人在哪里？”

“在二马路和七大道的交叉口。”

“你穿什么？”

“红裙子。”

“到哪里？”

“到膝盖。”

笑点子

前面举的例子，多半都是“听拧”的！

其实“听拧”的，常因为“同音异义”，使对方想歪了。至于因为文法错误而造成对方“想拧”的，就更有意思了，请看下一章。

牛头不对马嘴

“虾”不等于“瞎”，
“表”不等于“婊”。

笑引子

有一年，我跟太太参加去意大利的旅行团。

但是我们不一起出发，我先飞到威尼斯，独自在那儿写生一个礼拜，太太再由美国参加旅行团，到威尼斯跟我会合。

当太太的旅行团到达时，由于我已经把威尼斯的大街小巷全摸熟了，所以团员都向我打听好玩的地方。

“我去了一个医院，就在一栋古老的建筑当中，石柱排列的长廊、高高的拱门穹顶，还有幽深的庭院和华丽的‘马赛克’，比那些观光景点更自然、更美。”我指着地图介绍，“不过，我虽然照地图找，还是找不到，后来进一家杂货店，店员又不懂英文，幸亏我机灵。”我做出一个医生挂听诊器又手执听筒的样子，“我用这个动作，那杂货店的小姐就懂了，告诉我怎么走。”

表错情

当天晚上，旅行团的团员们聚集，有位男士迟到，说他因为照我讲的，去找那医院，结果被抓进了警察局。

大家都一惊，问为什么。

“我也找不到，也走进一个商店问路。”那男士说，“里面有个女店员，也听不懂英文，我就想起刘先生说的，做出看病的样子。都怪我，我只想起刘先生说医生听诊，就想到病人的动作，于是我把上衣往上一拉，这时候那小姐就尖叫了起来。”

担心你的肉

再说个故事——

有一天，我去看牙，我太太说她顺便买菜，买完菜就开车到牙医诊所接我。

没想到，原本以为半个小时就搞定的牙齿，居然因为不得不做“抽神经”的手术，而搞了两个小时。

知道太太在门口等，大热天，车上又放一堆鱼肉，我一边张嘴躺着，一边着急。

好不容易弄完了，我匆匆忙忙冲出诊所，穿过马路，才跳进车里就对太太说：

“我急死了！担心你的肉。”

太太居然一笑：“有什么好担心？我把车躲在阴影里，不会晒黑的。”

鸡同鸭讲的幽默

有句俗话——“鸡同鸭讲”。这一章要谈的就是这种“牛头不对马嘴”“鸡同鸭讲”会错意的笑话。

这种笑话跟前一章举的例子不同。

回头想想，前一章的故事里——

把“老师报”误为“老师抱”。

把“抹身了吗？”误为“妈生了吗？”

把“姓胡”误为“幸福”，“姓焦”误为“性交”。

它们不都是同音而异义吗？

这一章谈的则是不见得同音，却因为文法不对、表错情，或前后文联想，造成的笑话。

举几个例子。

笑例子

一、我妈最清楚

有位著名的演员，因为他太有名，他的儿子又跟他长得太像，所以常有人问他儿子，他的爸爸是不是某某演员。

被问多了，小男孩实在不堪其扰，有一天就跟妈妈抱怨。

“这简单嘛！”妈妈说，“以后人家再问，你就说某人不是我爸爸。”

隔天，小男孩在路上又被人拦下来问：

“某某演员是不是你爸爸啊？”

小男孩立刻回答：

“我也以为是，可是我妈说不是。”

二、我爸没了

某人有个傻儿子，从来不知如何应对。

有一天，老子要出远门，就先写个字条，叮嘱傻儿子：“如果有人问我在不在，你就照这字条上写的说‘家父出远门，不在家’就成了！”

傻儿子把纸条供在桌上，一有客人问，就照答，倒也应付得十分得体。偏偏有一天，晚上来客，傻儿子举在油灯下念，字条被火点着了。所幸客人及时帮忙弄灭，把灰烬扫到院子的猪圈里。

隔天，又有客人来。

“爸爸没了！”傻儿子说。

“什么时候没的？”客人大惊。

“昨儿晚上。”

“现在在哪儿？”

“烧了！”

“葬在何处？”

“猪圈！”

三、你先生真棒

有个“医生娘”，丈夫是著名的妇产科医生。

这一天，她去买菜，突然有个年轻女人在人群里跟她打招呼，一边走向她，一边喊：

“你先生真是太棒了！别人都不行，你先生才两次，我就怀孕了。”

四、性学教授不性

有个教授，在大学开了一门新课——“性”。

但是他回家，不敢跟太太实说，就骗老婆，是开了“电影欣赏”的课。

某日学校里办派对，太太也去了。

“你先生的课，真是太精彩了！”有学生对那太太赞美。

“是吗？”教授夫人笑笑，“他光会说，其实并不喜欢，每次都是我三催四请，到了门口还不愿意进去，才进去就睡着了。”

五、这家完蛋了

一对夫妇，十分热心公益，丈夫每到周末都去监狱教犯人读书，太太则去附近修道院帮忙打扫。

有一天，两夫妻申请新的信用卡，发卡银行打电话调查信用。

两夫妻不在家，是小朋友接的电话：

“我爸我妈都不在，我爸去了监狱，我妈去了修道院。”

六、杂交？

有个在保险套公司做业务的年轻小姐，带了满皮包各式各样的保险套样品，要去参加一个同业展示大会。

到机场迟了，小姐在登机长廊里飞奔，不小心，摔了一跤，皮包里的保险套撒了一地。

小姐一边急着捡地上的保险套，一边不好意思地对四周好奇围观的人说：

“对不起！我正要赶去参加一个大会。”

七、小心老色鬼

某人全家出门旅行，只留一只老狗在家，拜托岳母每天来喂狗和遛狗。

计程车来接一家人去机场。为了怕外人知道家里没有人，不安全，临出门，某人的太太故意对着门里喊“再见”，又对司机一笑：“由我爸爸看家。”

接着，某人气喘吁吁地锁好门，跳进计程车，对太太说：

“好不容易才搞定老家伙，真怕它到处撒尿，还有往你妈身上扑。”

八、穿睡衣上班

有一天近中午了，门铃响。我匆匆忙忙穿着睡衣出去。

是邮差。

“真不好意思，”我对邮差说，“我穿着睡衣。”接着幽默一句，“你知道吗，这世上有两种人可以穿着睡衣上班，一种是作家，一种是妓女。”

邮差大概因为整理挂号信的单子，没听清楚我的话，这时居然大声笑道：“我太太就是。”

九、见者有份

有一天，我受人之托，为人写了一副挽联，写完正摊在地上看，突然一位老朋友来访。我打开门，他一眼看见地上的挽联，立刻大声喊：

“好极了！这地上的字非我莫属。”

笑点子

牛头要对马嘴

“鸡同鸭讲”的笑话，可能因为上文和下文相接，造成错误的联想；可能因为时间没有同步，造成“对不上”；可能因为相似的发音，造成误解。而在说话的技巧中，最好的方法，就是利用这种似乎是“无心之误”又是“有心之误”来逗笑。就让我举两个高明的实例，作为本章的结尾吧！

女人与旧车

有一天，举行同学会。许久未见，大家都年逾五十了，女生们正谈到怎样美容抗老，突然有个男生，不知道为什么居然把话题扯到车子上。

“我有辆车子，当年是一等一的，可是开上十年，就麻烦了，怎么打蜡、保养，它看起来就是老。椅子坐起来没弹性，吐出来的气有怪味，而且费油，新车一加仑跑十几公里，这老车不但跑不快，还更费，一加仑跑不到七公里。”老男生笑笑，“更糟糕的是，老车钣金都松了，特吵！里头吵，外头也吵，活像交响乐团。最要命的是，有时候你急它不急，硬是不能发动。”

这时有个女同学，杏眼圆睁，厉声问道：

“你，是不是话中有话，讽刺我们老女人？”

那老男生马上猛挥双手：

“我对天发誓，绝没半点讽刺的意思。车老了，是不容易发动啊！”

不准摸乳房

有个老朋友，夫妻吵架吵到我家。

“他讽刺我！”太太没好气地说。

“我不是讽刺她，而是疼爱她。”先生一副无辜的样子，“我很有情调地摸她，她居然不解风情。”

“谁让他摸我咪咪！他又不是不知道我没咪咪，自卑。”太太说。

“我没摸你咪咪啊！”丈夫摊摊手。

“你就摸了！”太太喊。

“可是我没摸到啊！”

“你听！他是不是讽刺我？”太太叫了起来。

这两则真实笑话，都很含蓄，也都有“言外之意”，请细细回味。

乌龙大餐

“感性”不等于“性感”，
“刘公子”不等于“子公刘”。

“八点了，小管怎么还没到？”金主任看看表，“舒小姐，麻烦你打个电话过去，搞不好他忘了！”

舒小姐赶紧跑到旁边茶几拨电话。“喂！”对面传来个孩子的声音。

“是小宝吗？你爸爸出来了吗？什么？还没出来，在厕所。那么你妈妈在不在？什么？你妈在灌肠？你妈怎么啦？”舒小姐瞪大眼睛抬起头，对一屋子人说，“挂了！”

“不得了啦！小管的太太死了！”小陈叫了起来。

“不要胡说！”金主任沉声骂，又问舒小姐，“我刚才听你在电话里说管太太在灌肠？”

“是啊！小管在厕所，大概是帮他太太灌肠，我正要问是什么病，他孩子就把电话挂了。”

“大概你听错了。小陈，你再拨个电话过去，要是真有事，大家就立刻去帮忙。”

电话又拨通了，居然是管太太接的。

“咦！管太太您没死，真好！”小陈高兴地说，“刚才舒小姐打电话去，小宝说您在灌肠。哦！原来是灌香肠，我能不能跟小管说话？”握着话筒对大家说，“小管还在厕所，他太太把电话拿进去。”接着转脸对着话筒喊，“小管！你没事吧？什么，你肚子疼？没关系。不是啦！我不是说你肚子疼没关系，是说你晚点来没关系，我们先吃。”

“我们就先开始吧！”金主任叫大家入座，突然抬头看舒小姐，“酒点了吗？”

“八点二十，还没九点。”舒小姐看看表。

“我是说酒，点了没有？”

“啊！”舒小姐触电似的跳起来，叫服务生。

服务生立刻送来酒单。

金主任看了看，抬头：“‘五加皮’酒吧！”

服务生出去了。金主任又一拍手：“对了！点些下酒的小菜。舒小姐，劳驾你出去看看，他们那个卤鸡屁股怎么卖。”

就见舒小姐冲出门去，在走廊里对着前台喊：“小姐！小姐！你的鸡屁股怎么卖？”

“一盘两百！”

鸡屁股立刻端上了，却不见酒来。

等了半天，才见老板气喘吁吁地抬来两箱啤酒，后面还跟了三个小姐，各放下一箱。

“谁点的啤酒？”金主任问。

“不是您点的吗？”老板看看单子，“小姐写着‘五箱啤酒’。”

“错了！”金主任吼过去，“是五加皮酒！”

老板连连抱歉地出去换酒了。突然电话响，大家彼此张望了一下：“说不定小管不来了。”

小陈过去接，是个女的。

“姓焦？”小陈说，“没人姓焦。”

挂上电话，小陈耸耸肩：“找姓焦的。”

正说呢，电话又响，小陈再接起来：

“小姐，你打错了，我们这儿没人姓焦。是啊，我是在三二一，但是没有姓焦的，您要找姓焦的，恐怕得去宾馆。”

一屋子的人全笑了。

就在这时候，小管苍白着脸出现了。

“怎么啦？肚子疼？”大家问。

“哎呀！也不是什么大病，但是不早，治不好，治又麻烦。”

“什么？”老金急着问，“不早点治，治不好。怎么治又麻烦呢？是癌吗？怕扩散吗？”

“不不不！”小管挥挥手，“是胆结石啦，不早治不好治，又麻烦。所以我最近决定动手术。”

晚宴结束了，服务生送来账单：“对不起，谁管付账？”

“舒姬英管！”老金指指舒小姐。

服务生怔了一下，问：“输精管？”

正好电话响，小陈接起来，又是那位找错的小姐。

“小姐，我们不姓焦！”小陈对着话筒喊，“我们有姓舒的、姓金的、姓管的，就是没有姓焦的！有舒金管，但是不姓焦！”

有话好说

这不是“乌龙大餐”是什么？从头到尾都是“鸡同鸭讲”。

为什么？因为“同音异义字”，因为“不完整句”，因为“搭错线”，以及因为“文法上的错误”，这也正是本章要讨论的主题。

一、小心“牡牛”变“母牛”

有一天我在台北坐计程车，司机先生正在收听宗教节目。

圣乐悠扬，在音乐中有人朗诵赞美诗：

“耶稣啊！我来救你！我来救你！”

“主啊！我来救你！”

那司机突然笑起来，看着后视镜对我说：

“奇怪不奇怪？明明是耶稣，是救世主，应该他救人，为什么这个人反而说他要去救耶稣呢？”

“大概因为他在念稿子吧！”我说，“稿子写得太文，那个‘救你’是将就的‘就’，‘就你’，不是去救耶稣，是去‘接近’耶稣。”

“接近就好了！何必说得那么莫名其妙？”司机笑道，“要不是你说，我还真以为耶稣被钉十字架，要他去救了。”

因为把文学上的词句，用在日常交谈当中，造成误会，是常有的事。

譬如医生对病人说：“你得的是滤过性病毒，病毒侵入肠胃，你要禁食。”

病人心想，医生大概怕我最近没胃口，吃得少，抵抗力不够，所以要我“进食”，意思是多吃一点。

结果他回家大吃大喝，吃了就泻，泻了又吃，病不但没好，还愈来愈严重。他岂知道医生的意思是“禁食”——别吃东西？

譬如你告诉别人：

“今天有个大消息，王部长视事了。”

谁知道王部长是“逝世”，还是“视事”？你何不说得白话一点：“王部长今天上任了！”

譬如，你要人给你送头公牛来。

古文里，公的是“牡”（mǔ），母的是“牝”（pìn），你明明可以说“请送头公牛来”，偏偏要表现有学问，说“请送头牡牛来”。

你能怪人家送来一头“母牛”吗？

譬如孩子们参加音乐比赛，你去评审，最后讲评：

“今天参加比赛的小朋友，技巧都很纯熟，只是诠释不同，有些人的诠释实在太差。”

结果小朋友回家报告父母：

“我输了，评判老师说因为咱们家的权势不如人。”

第二天他家长找到学校，骂你把政治带到比赛里，评审不公平。你能怪那孩子传话传错了吗？

孩子不懂什么是“诠释”，你何不简单一点说“对乐曲的解释和感觉不同”呢？

除了比较深的文辞，甚至在用“白话”的时候，因为情况不同，我们也得考虑对方会不会听错。

举个例子——

“由于王先生阻挡，没有人敢组党。”

“由于王先生组党，没有人敢组党。”

“由于王先生阻挡，没有人敢阻挡。”

三个句子听起来一样，谁知道是“组党”还是“阻挡”？

所以在说这种句子时，你最好多解释一下。

二、小心“鸡农”变成“鸡”

刚才谈的是当我们用文言文的时候，最好能把它翻译成白话，免得别人听错。但是你知道吗，许多人在这“翻译”的过程里，反而闹了大笑话。

譬如记者播新闻，播到：

“今天上午十点钟，两百多位鸡农，去美国领事馆抗议，他们带了三百多只鸡去，扔在领事馆的门外。”

那记者眼睛很快，当他播到“两百多”的时候，眼睛已经瞄到下面有个“鸡”字，心想鸡怎能称作“位”呢？于是他改了：

“今天上午十点钟，两百多只鸡农，去美国领事馆抗议，他们带了三百多……”

这时候他已经发现前面错了，怕下面再错，所以又把“只”改为“位”。于是成了“他们带了三百多位鸡去，扔在领事馆的门外”。

还有一位电视记者，播报到：“今天松山机场，因为空中交通拥挤，许多班机都应塔台要求，在空中盘旋几周之后，再降落。”

那记者也很优秀，心想应该把“周”说成大家听得懂的白话，于是播成：

“许多班机都应塔台要求，在空中盘旋几星期……”

以上都是真实笑话，但是也都告诉我们一件事——

要别人懂之前，你自己要先搞懂。

自己早懂了的事，总要假设别人不懂，你才能多解释一下，让对方真听懂。

三、别把“王国”变“亡国”

“小心喝咖啡”是我以前在电视公司新闻部时主播们常彼此警告的一句话，意思是“小心播错，被有关单位叫去喝免费的咖啡”。

有位主播播到——

“台湾每年七、八月，经常有台风。”

他把标点放错了，成为——

“台湾每年七、八，月经常有台风。”

结果被大家笑了好一阵。

又有一位也喝了咖啡。

他把“敌军若敢来犯我，必遭击溃”播成“敌军若敢来犯，我必遭击溃”。

结果原来鼓舞士气的话，只因为标点的错误，反而成了“我们自己会被敌人击溃”。

前面故事里，小管说“不早治不好治，又麻烦”。

不也是因为“顿挫不对”，而成为“不早，治不好，治又麻烦”吗？

“停顿”，在说话的时候，有一定的好处。

譬如你说“我一生做事，坚持的只有一个字”，你停顿一下，再继续说，“也就是‘诚’！”

这比你一口气说完，更吸引人，因为当你停顿的时候，大家都会静一下子，等着听下面那个字。这一静，就产生了力量。

但是由刚才的那些“喝咖啡”的例子也要知道，停顿错了，麻烦就大了。你尤其要注意在说人名、头衔或国名的时候不可停顿。

否则你很可能把“张小燕窝在家里”，说成“张小，燕窝在家里”。

更可能把“沙特阿拉伯王国”说成“沙特阿拉伯，王国”。

人家没搞懂，只怕得问你：“沙特阿拉伯怎么亡国的？”

四、名字不能顺口溜

说到人名，除了不能“断位”之外，也不适于讲得太快，这就好比你写信，信里龙飞凤舞没关系，碰上人名，则得一笔一画地写。

为什么？

因为那表示你对人的尊重——小心工整地写对方的大名。

那也表示你慎重，怕因为那是人名，对方不一定能“串起来猜”。尤其当你横着写的时候，那种分成两边的字更不可马虎。否则有个人叫“梅月坡”小姐，别人很可能念成“梅肚皮”小姐。“张日胜”先生，人家很可能读成“张明生”先生。

小心许成徐

说话的时候，遇到专有名词也一定要放慢，尤其要小心两个三声（“上”声字）的字连在一起。

譬如你介绍“许小姐”“李小姐”。

慢慢说，大家听得清楚她姓“许”，她姓“李”。

说得快，就变成了“徐”小姐和“黎”小姐。

这是因为两个三声字连在一起，第一个字自然会说成二声。

好比“洗手”。

你一定会说成“习”手。就因为“洗”和“手”都是三声音，所以把“洗”说成“习”。

小心取名字

知道了这一点，你的姓如果是三声，改天给孩子取名字，第二个字就最好避免用三声的字。

否则“李美静”，一定被人叫成“黎美静”。

“柳小婵”一定被人叫成“刘小婵”。

再进一步谈，把人名说得太快，也会造成某些特殊的人名，完全变样。

如同故事里的“舒姬英”，读起来成了“输精”。是因为“姬”和“英”，一说快，就拼在一起，成了“jīng”。

又譬如“吴晚兰”，说快了，成为“晚兰”。“黎衍长”，说快了，成为“脸长”。是因为姓和名，“吴”和“晚”、“黎”和“衍”的音拼在了一起。

五、小心使用“倒装句”

我母亲在世的时候，一听到她的老朋友生病，就会说：

“某某人又病了，我真感谢上帝，我比她大十岁，还健健康康的。”

每次听她说前两句，大家都会吓一跳，心想，她怎能这么幸灾乐祸呢？直到后两句出来，才搞懂她的意思。

毛病出在哪儿？

出在她用了“倒装句”。

前面故事里，金主任问：“酒点了没有？”大家听成：“九点了没有？”也是一样的道理。

换句话说，他如果问：“点酒了没有？”谁会听错呢？

倒装句最容易惹麻烦的就是当别人只听一半，或是当你上广播电视节目，经过剪接，剪掉你后半段话的时候，容易造成误会。

六、勿把“姓焦”变“性交”

如果你碰到像前面故事中的情况，有人冷不防地问你：

“小姐，你姓焦吗？”

你说，你能不误会，能不冒火？只怕一记耳光都过去了。

但是如果对方懂得用“重音”，他慢慢说：

“小姐，你姓‘焦’吗？”

他把那“焦”字特别拉高音阶、加大力量，你一定就听懂了。

“重音”妙用无穷

“重音”能够加强语气，能够表现抑扬顿挫，更能使你传达更清楚的意思，也可以说——

重音位置不同，同一句话意思可以完全不一样。

举个例子。

同样“我请你吃饭”这句话，就有不同的讲法。

当你女朋友以为是别人请客，而不愿参加你的聚会，说：“我跟他们又没交情，为什么要他们请？”

你可以说：“又不是他们请，是‘我’请你吃饭。”

当她要小姐脾气说：“我不去！就是不去！”

你说：“拜托！拜托！我‘请’你吃饭！”

她还是不去，说：“我去，可以，但是要带我妈一起去。”

你急了，说：“我请‘你’吃饭，不是请你妈吃饭！”

她还作怪，说：“我累了，没力气。”

你更急了，说：“我请你‘吃’饭，又不是请你做饭。”

“我就是不爱吃面食，你每次都勉强我。”她发小姐脾气了。

“我不请你吃面好了吧？我请你吃‘饭’！”你也发了少爷脾气。

你看！妙不妙？同样一句话，因为你强调的字不一样，味道可以完全不同。

所以，不要认为“重音”不重要。如果你想把话说清楚，就得非常注意“重音”。

“你要饭吗？”

“你姓阚（kàn）吗？”

来！试试看！这两句话，该怎么说？

狗屎的滋味

讽而刺，是“讽刺”，

讽而不刺，是“幽默”。

笑引子

今晚下雨吗？

二十多年前，我在“中视”新闻部当主播。有一天播报晚上七点的新闻，播报完毕，才进办公室，就接到观众电话：

“请问，今天晚上台北会不会下雨？”是位老先生问。

我虽然才播过，但已经记不清，就请老先生等一下，由我去找稿子。偏偏稿子忘在了影棚，看老先生已经等了半天，不好意思说不知道，灵机一动，我跑去打开窗子，看看天又伸伸手，居然有小雨滴，就回去对老先生说：

“对不起，让您久等了，今天晚上下雨。”

第二天一早，我才进办公室，就有同事说有位老先生打电话来赞美我们。

“老先生讲，昨晚上他跟朋友聚会，大家都听信气象局的预报，没带伞，只有他听我们的，带了伞，结果下大雨。”同事笑问，“可是我查了，我们也照气象局的稿子，播不下雨，到底怎么回事啊？”

小猫尿了吗？

我读研究所的时候，有个同学，刚到美国就养了一只猫。

有一天，猫生病了，她不得不带猫去看兽医。

“它有没有喝水？”医生问。

大概那医生的英文有点怪，也可能女同学听力太差，没听懂。

医生就拿起桌子上的杯子，喝了一口。

“噢！”女同学懂了，点点头，“它喝了。”

“它有没有吃东西？”医生又问。

女同学又不懂。

医生就把手放进嘴里，做成吃东西的样子。

女同学懂了，说：“没吃。”

医生又问：“它有没有大小便？”

女同学又没听懂。

这时候就见医生双手一摊，再转头对护士说：“你想办法带她去，让她懂吧！”

大机器与小机器

也是我在“中视”时的真实笑话——

公司新购进了一部日本产的电子摄像机。

“这一架机器可贵得不得了！”新闻部经理对摄影记者千叮万嘱，“出去千万小心，护着机器！别弄坏了，否则你们赔不起。”

某日，一位姓林的摄影记者扛着机器出去，坐在车上，唯恐机器被震动，就夹在两腿之间，双手抱着。

好死不死，砰！出了车祸。所幸撞得不太厉害，没挂彩。

打电话回去，经理劈头就问：“机器还好吗？”

摄影记者说：“大机器一点没事，可是报告经理，我的小机器撞坏了。”

他为此进医院，住了两个多礼拜。

笑点子

讽刺的笑话

如果你读过《诗经》，一定知道什么是“诡文而谲谏”。那意思是绕着弯子写文章，很技巧地劝谏人。

就算你对《诗经》不熟，也一定知道“鹬蚌相争，渔翁得利”和“螳螂捕蝉，黄雀在后”的故事。那些寓言故事，就是“诡文而谲谏”。

想想前面那几个真实故事，当我说出来的时候，它讽刺了什么？

讽刺了气象局预测还不如自己看天。

讽刺了留学生的英文烂得连最普通的句子都听不懂。

讽刺了早年电视公司“重机器、轻人命”的悲哀。

现在再让我们分类，一项一项，透过笑话来讽刺人生。

笑例子

一、讽刺国会议员

名作家马克·吐温在一次公开场合，对记者大骂许多国会议员是后娘养的。

国会议员群起而攻之，马克·吐温受不了，只好登报道歉：

“本人为日前不当言论向国会议员大人们道歉，并修正为‘据本人所知，许多国会议员不是后娘养的’。”

二、讽刺没有礼貌的小姐

我上中学的时候，有一天跟同学坐公共汽车，上来一位时髦的小姐，穿着三寸高跟鞋。

车子紧急刹车，小姐没站稳，一脚就踩在我同学的脚上。

那是三寸高跟鞋耶！踩在前面软软的球鞋上，我同学痛得大叫了一声“哎哟”。

那小姐居然装作没事，不知道歉。

就见我这同学，对那小姐一鞠躬：

“小姐！您还好吗？您不痛吧？”

三、讽刺不饮酒的人

一群人聚餐，有个人低头猛吃肉，不喝酒。大家怎么劝，他就是半口也不喝。

“我来讲个笑话，”有人说，“主仆二人带着酒肉去上坟，发现旁边有野狗，主人就对仆人说：‘快收东西，小心野狗偷吃。’

“仆人赶紧将酒瓶收起来，但是就在这时，野狗一溜烟把肉叼跑了。

“‘你真笨哪！’主人打仆人一耳光，‘你不知道狗只知吃肉，不会喝酒吗？’”

四、讽刺航空公司乱运行李

“我有三件行李。”旅客在机场柜台对里面小姐说，“一件要去纽约，一件要送东京，一件要送巴厘岛。”

“先生！你到底要飞哪里？”小姐不高兴地问。

“我要飞纽约。”

“那你的行李只能挂纽约，”小姐说，“不可能送去别的地方。”

“那么为什么我上次去纽约，你们把我两件行李送去东京和巴厘岛呢？”客人问。

五、讽刺某航空公司事故率高

机场柜台，一群旅客等着办理手续。

“把条子填好，挂在你们自己的箱子上。”柜台人员递出一摞空白的行李识别条，“要记得写名字和地址、电话。”

大家纷纷趴在箱子上填好、挂好。

“还剩这么多空白的条子耶！”有人举着剩下的条子喊，“还要挂哪里？”

就听人群中有人说：“挂身上，掉海里容易认。”

六、讽刺餐馆

五星大饭店的西餐厅中。

“麻烦您过来一下。”客人对服务生喊。

服务生过去了。

“这是牛肉汤吗？”客人舀起一匙汤，“怎么连半片牛肉也没有呢？”

“这是牛肉清汤。”服务生说。

“可是，可是连牛肉的味道也没有啊！”

服务生歪歪脑袋，耸耸肩：“这汤的名字就叫‘牛肉清汤’！”

“我懂了！”客人一笑，“这是带有牛肉记忆的汤（This is a soup with beef's memory）。”

七、讽刺日本人

纽约的地铁里。

一群中国留学生又笑又闹。更糟糕的是有人从唐人街买了韭菜，闷在地铁车厢里，令车上的白人很受不了。不过大家都忍着，没有发作，也没指出。

那群学生要下车了，纷纷拿起大大小小的手提袋。

“你们不是美国人吧？”有个美国老先生，装出笑容问，“你们是从哪里来啊？”

一群中国留学生先怔了一下，接着一起对老先生一鞠躬：

“日本！”

八、讽刺教授

新人选课，去请教“老鸟”：

“某教授的作品听说相当多，我是不是应该先选他的？”

“你听说的一点没错！据说他是发表论文最多的教授，你知道他有多厉害吗？”老鸟说，“他不只是著作等身哟！如果你把他写的书，一页页连起来，可以从台北排到高雄；你把他写的书一行一行字连起来，可以从地球排到月球；你如果把他写的每一笔连起来，可以从这里连到黑洞。”老鸟说，“空洞洞，什么也没有！”

九、讽刺和尚

苏东坡和佛印一起饮酒。

“奇怪耶！”苏东坡说，“不知为什么古诗里总是用‘鸟’来与‘僧’相对。

譬如‘鸟宿池边树，僧敲月下门’，‘时闻啄木鸟，疑有叩门僧’。请问，和尚跟鸟关系特别密切吗？”

佛印一笑：“您讲得好像不错，只是，今天老僧我，却跟您相对。难道您是鸟吗？”

十、讽刺德国人

德国名诗人海涅（Heinrich Heine）因为是犹太裔，常被德裔的同侪奚落。

有一天，海涅跟一个德裔的作家一起到海岛上游玩。

“嘿！这个岛真不简单。”德裔作家存心损损海涅，“居然没有犹太人和驴子。”

海涅笑笑：“好极了！现在都有了。”

笑点子

自损式的幽默

讽刺式的笑话，也可以称为“自虐式”或“损人式”。

当有人笑你掉头发，已经“聪明透顶”的时候，你可以用自虐的方式回他：“何止‘聪明透顶’，已经快要‘聪明绝顶’了。”

这时你用自虐式的幽默，化解了尴尬。

损人式的幽默

更高明的是由“自虐”到“损人”。

名作家同时也是名嘴的李敖，就最善于此道，譬如他演讲：

“我在坐牢的时候，他们什么书都不准我看。我就问：‘我看《蒋介石全集》总可以了吧？’他们想想说：‘这可以！’就搬了整套给我。所以，我大概是这世界上唯一一字不漏，读完《蒋介石全集》的人。”接着，李敖问台下的听众，“你们看过吗？当然没有！就好像你们没吃过狗屎一样。”

想想，李敖这段话，多幽默也多损人，而且损得多高明啊！最重要的，是他由自虐、自损，到损人，所以圆融而不见刀痕。

由自损到损人的幽默

我看过的另一个精彩的由“自虐”到“损人”的例子，是有一次李艳秋上张小燕的节目。

刚开场，李艳秋就笑道：

“今天我终于看到一个比我更老更矮的人了。”

这幽默也多高明啊！她棋走险着，知道如果对一般人这么说，对方可能会生气，但是对张小燕而言，因为张小燕已经有公认的成就，如今老而弥坚，反足以自豪。加上李艳秋先自虐，再损人，就更只见幽默，不见伤害了。

幽默出手，点到为止

现在再让我们回头看看前面十个例子（其中五个是我亲身经历）。

马克·吐温利用语法上的技巧，易守为攻。

我那同学用道歉的方式，凸显对方的失礼。

劝酒人借着笑话，暗讽了只吃肉不喝酒的朋友。

旅客借着行李，狠狠修理了爱丢行李又多空难的航空公司。

外国客人用一句幽默的英文，做了讽刺也找了台阶下。

留学生用既诡诈又狠毒的方式嫁祸于日本人。

老鸟没评论教授一句，却用个笑话讽刺了教授论文的空洞。

佛印和尚借力使力，对苏东坡做了幽默的“反击”。

海涅顺水推舟，把德裔作家讽刺为驴子。

讽刺式的笑话就是这么变化多端，只是你在使用时，先得认清对方有没有承受的雅量。你更要讲究出手的轻重，点到为止，让对方听来是笑话，却能深入人心。

这就是“诡文而谲谏”的道理啊！

要不要送上床?

熊猫有个梦想，
就是拍张彩色照片。

笑引子

要奶吗?

英国著名喜剧演员班尼·希尔的喜剧系列，不知你看过没有。

班尼·希尔能唱能跳，还擅长“饶舌歌”，加上带一点“性暗示”的幽默，不知获得全球多少观众的笑声。

刚到美国那几年，我常看他的节目。其中印象最深刻的画面是——

班尼到一个露天咖啡座，过来一个“豪乳”的女侍。

“你要点什么？”女侍问。

“茶！”

女侍立刻从两乳之间，掏出一只杯子，放在班尼面前:“什么茶？”

“红茶。”

女侍又立刻由两乳之间掏出一个茶袋，放进杯子:

“要不要加糖？”

“要！”

女侍再由两乳之间掏出一包糖，为班尼加下去，接着问:“要不要奶？”

班尼抬头看看那女侍，举起两只手，不断地摇:

“不要！不要！”

要送上床吗?

我之所以特别记得班尼·希尔这一段，最因为它“会意式”的幽默。

会意式的幽默常常极简单，要由你去体会“言外之意”。也正因为它们比较“隐”，所以常不易被了解；而当你了解之后，则特别耐人寻味。

讲个真实故事——

有一天我去某饭店看个海外来的朋友。

上计程车，司机问我去哪里，我就拿出朋友在电话里告诉我的地址念：

“台北市某某路某段某号某饭店 1088 房。”

这时就见司机一笑：“沙发上？”

这位司机多幽默啊！

他的意思是我只要告诉他饭店名称和地址就够了，何必把房间号也念出来，好像要他把车开上十楼的样子。于是他顺势问：“是不是还要送到沙发上？”

有钱娶我吗?

这也使我想起大学时，一个同学对我说的趣事——

我这同学很花，为了找漂亮妞，他甚至会跑到他家附近的大学，旁听夜间部的课。

在师大夜间部的班上，他看上了一个女生，每次都想尽办法坐到女生旁边。

这一天，他终于鼓起勇气，递了个小纸条给那漂亮女生。纸条上写：“小姐，你有没有看过现在正上演的欧洲片《想你、爱你、恨你》？”

女生看完纸条一直没吭气，直到打下课钟，女生起身，突然塞了个小纸条在我这同学的手里。

纸条上只写了四个字——“聘金、礼饼”。

这幽默你看懂了吗？如我所说，它很高级，但是很不直接，必须你细细品味，自己去会意。

如果你还不懂，就看看下面这些“笑例子”吧！

笑例子

一、换妻双人组

餐馆外，一个男人弯着腰，往外躲，差点撞倒一个往里走的客人。

“你在躲什么啊？”那客人问。

“我太太和情妇居然坐在一起喝茶，”往外躲的男人说，“我快躲为妙！”

这新进来的客人笑笑，往里看，发现偌大的餐馆里只有一桌客人，坐了两个女士。但是再细看，也大吃一惊：

“糟了！我太太和我的情妇也在里面。”

二、好个生日礼

我的儿子早上总起不来床，我就从台湾带了一个铁皮做的大闹钟给他，说：

“来！儿子，送你一个生日礼物。”

儿子笑着接过，说：

“爸爸！你过生日的时候，我送你一把老虎钳。”

三、熊猫的梦想

熊猫有个梦想：

“希望有生之日，能拍一张彩色照片。”

四、小费

“爸爸！你好粗心哟。”八岁的儿子把一张钞票交到爸爸手上，“这是你刚才忘在餐馆桌上的钱，幸亏我看到了。”

五、学外语

黑夜里，老鼠爸爸带着老鼠儿子逛街，遇上几只老鼠强盗。

老鼠爸爸急中生智，学了一声猫叫，因为装得太像，把老鼠强盗吓得鼠窜而去。

“看吧！”鼠爸敲敲鼠子的头，“早告诉你，要学外语，你看看，管用吧？”

六、没什么可看了

某人回家，没赶上足球大赛的现场转播，只好等深夜看重播，儿子居然也陪着看。

“你先看过了，但是千万不要告诉我结果，”某人叮嘱儿子说，“好让我当作是现场直播。”

“好！”儿子说。

开赛十分钟，一队进球了。

儿子突然起身：“我不看了，没什么可看了。”

七、然后呢?

某国际影展颁奖典礼，特别请了两位老牌男女演员上台颁奖。

“等会儿散会之后，我请你吃消夜如何？”老男演员问老女演员。

“然后呢？”女演员一笑。

“请你看秀！”

“然后呢？”

“请你喝酒！”

“然后呢？”

“请你去五星级饭店。”

“然后呢？”老太太笑道。

八、拜码头

有一阵子台湾流行“抓娃娃机”，一个个玻璃柜子里堆满玩偶，只要投币，就能控制“钓爪”抓玩偶。

有一天，我也去抓，可是花了两百多块钱，一直抓不起来，总是才抓住，就溜掉了。

“小姐！为什么这么难抓啊？”我对店员小姐抱怨。

“一点也不难抓！怪你技术不好。”小姐手一指，“你瞧！刚进来的这个先生，他就是高手，你可以拜他为师。”

果然正走进一位先生，我就过去请他帮忙。

那老兄倒也爽快，立刻下手帮我抓娃娃，只是又投下去一堆硬币，他也抓不起来，还急得满头大汗。

“我也不行。”那老兄摊摊手，对店员小姐大声喊，“还是你来吧！”

就见小姐一笑，一扭一扭走出来，用钥匙把玻璃柜子打开，拿起一个娃娃，往最上面一放。接着，我很容易就抓了起来。

“看吧！拜我没用。”那老兄拍拍我，“抓娃娃不如抓小姐。”

笑点子

心领神会就够了

好！“会意式”的笑话说完了。

你有没有发现，这种笑话最大的特色是点到为止。它不像一般笑话，有个引你爆笑的“结局”或“冲突”，只是平铺直叙地讲一段话，甚至看来不完整，好像有头无尾。

会意式的笑话，妙就妙在这里，它全要你用联想去领会。

笑话留三分

相反，如果你一次把话说完——

如果你在第一例中说：“你的老婆正是我的情妇。”

如果你在第二例中加一句：“你送我不像生日礼物的礼物，我也回送。”

如果你在第三例里提醒大家：“熊猫本来就是黑白的，何必拍彩色？”

如果你在第四例中说：“这是爸爸留在桌上的小费。”

如果你在第五例中说：“猫语是老鼠的外语。”

如果你在第六例中加一句：“原来这场球赛，两队只踢进了一球。”

如果你在第七例中加一句:“就算上了床，我们都九十岁了，还能怎么样？”

如果你在第八例里直接“挑明了”店员能够放水。

那些笑话就会因为太直接，而没意思了。

含蓄的幽默

会意式的笑话因为“点到为止”，甚至“点都没点到，就停了”，所以是笑话里最幽默也最含蓄的。只是有一点，你得小心——

那些非要大荤大辣才过瘾的人，常听不懂这类的笑话，使你不得不再加解说。

所以说这种笑话，常因为大家反应的快慢不一，获得前前后后好几阵的笑声。

太太真伟大

“你这辈子杀猪，下辈子就变猪。”

“那么，我这辈子杀人，下辈子就还能做人喽？”

笑引子

我的母亲很幽默，不但表达在言语里，也表现在行动中。

举两个例子。

有来有往

有一天吃晚饭的时候，太太跟我开玩笑，隔着饭桌，用筷子在我头上敲了一下（我居然没闪开，被她敲中）。接着就听见啪的一声，我的儿子胳臂上被奶奶狠狠打了一巴掌。

“奶奶！你为什么打我？”儿子吃惊地问。

八十岁的奶奶一笑：“你妈打我儿子，我就打她儿子。”

我儿子强

又有一天，我和儿子比“立定跳远”，奶奶在一边观战。

起先都是我赢，突然儿子大发神威，跳了一个比我更远的。

“还是我孙子行！”奶奶得意地说。

她正说呢，我一使劲，跳出一个更远的。

“还是我儿子比你儿子行。”奶奶又得意地说。跟着一边转身往屋里走，一边喃喃自语："哪有儿子赢老子的？你是爹，他是儿子，他当然赢不了你。"

我立刻跑过去，把她拉住：

"说得好极了！来！你是娘，我是儿子，咱们来比比。"

你娘比较棒

我有个朋友，小时候家里穷，虽然喜欢音乐，却没能学。大概为了补偿，生了女儿之后，就又买钢琴又买小提琴，一天到晚带着孩子四处拜师。

女儿实在累得受不了，怨妈妈："你小时候过得多好！一天到晚在外面玩躲猫猫，外婆也没逼你学这个学那个。"

那妈妈一瞪眼：

"这有什么办法，怪我命不好啊！我的妈妈不如你妈妈有闲，我爸爸又不如你爸爸有钱。"

逻辑的幽默

在幽默的语言当中，最常见的就是利用人际关系，在这关系中推理，或是通过逻辑，把人带向那些好笑的结局。这类幽默都可以称为逻辑式的幽默。

举几个最简单也最"逗"的例子：

笑例子

一、好朋友

某人生个儿子，开始牙牙学语，最先叫出的居然是"阿妈"。

没想到隔天阿妈就死了。

又过几天，那娃娃说出第二句话："阿公。"

隔天阿公也死了。

又过几天，娃娃开始叫妈妈。

真惨哪！隔天妈妈也死了。

某人吓到了，知道自己也会不久于人世，于是拜托好朋友老王，如果哪天自己死了，请老王照顾自己的儿子。

“一句话！”老王说。

果然才过一天，那娃娃就开口喊“爸爸”。

某人自知在劫难逃，等着死神降临。

没想到第二天过去了，居然没事。某人兴奋地打电话向老王报告。

老王太太接的电话，在那头哭：

“老王昨天死了。”

二、乱剪一通

老曹去理发。

理发师乱剪一通，把老曹耳朵都剪破了。

老曹居然额外赏了不少小费。

过些时候，老曹又去理发。

一进门，理发师就认出是“贵客”，又倒茶又奉烟，细细为老曹打理。理完了，十分意外，老曹只付了一般的理发费。

“您上次可赏了不少呢！”理发师提醒老曹。

“对！”老曹一笑，“上次你发神经乱剪，我也发神经乱给；这次你好好剪，我也好好给。”

三、太太真伟大

医院里，不但对孕妇开办训练班，教她们怎样在阵痛时呼吸，还附带开了个训练“准爸爸”的课，要男人们知道太太的辛苦，并且要那些“准妈妈”参观。

老李也去参加了，在肚子上绑了一个又大又重的沙包。

“站起来！坐下去！走过来！走过去！”护士喊，“你们这些臭男人就会知道腆着大肚子有多辛苦了！”

“不怎么重嘛！”老李走了几趟，笑道。

“好！”护士也一笑，接着把手里的铅笔丢在地上，对老李说，“你把铅笔捡起来看看，就知道你太太的感觉了。”

“你要我学我太太？”老李问。

“对！”护士一瞪眼，“现在假装你是你太太，你太太是你。”

“那容易！”老李一笑，转身对太太喊，“亲爱的！我的铅笔掉了，快帮我捡起来。”

四、去你的！感谢上帝！

老王参加马术训练班。

教练为老王介绍马：

“这马懂人话，但是马话跟人话不太一样。你对它说‘感谢上帝’，它就跑；你骂它一句‘去你的’，它就停。”

接着教练对老王的马小声说了一句“感谢上帝”。

话刚说完，那匹马就带着老王飞奔。

“停！停！”老王喊，马不停。

“慢一点！慢一点！”老王又喊，马还是不停。

老王终于想起教练的话，大喊一声：“去你的！”

马立刻停了下来，而且正好停在悬崖的边缘。

老王摸摸胸口说：

“感谢上帝！”

五、尸体多少钱？

大水把上游富翁给淹死了，而且冲到下游，让下游的村民捞到。

“你发了！这是上头村子富翁的尸体。”有人对那村民说，“他儿子非找你不可，只有你有，别人没有。你硬不给，好好敲他们一笔。”

那富翁的儿子听说，大叫：“完了！完了！”

四周的亲戚却笑道：“有什么完了呢？你老子的尸体，只有你要，没别人要，你硬不去领，看他能卖给谁！”

六、杀人有理

有个和尚专爱用因果报应吓唬人。

看见有人打蚊子，他说：“小心下辈子变蚊子。”

看见有人杀鸡，他说：“小心下辈子变鸡。”

看见有人杀猪，他说：“小心下辈子变猪。”

这一天，他又去拦阻人杀羊，而且说他那套道理。

那人听了之后笑道：

“照您这么说，我下辈子不想当畜生，还想做人，就得去杀人喽？”

七、秃头有理

“爸爸的头发为什么那么少？”孩子指着爸爸的秃头问妈妈。

“因为爸爸太聪明，太用脑筋了。”妈妈说。

“那妈妈的头发为什么那么多？”孩子又问。

八、持械伤人

“我要告你持有武器。”警察拦检，在小王的车子里发现一把兰博刀，立刻低头开罚单。

“我同意！”小王双手一摊，“可是我也要告你预谋强暴女人。”

“为什么？”警察吼道。

“因为你也持有强暴用的武器。”

九、游天堂

“我昨夜做梦，梦见我去了天堂。”小珍说。

“我昨夜也做梦，梦见我去了天堂。”小宝说。

“我不信！”小珍喊，“我看见了天使，你看见了吗？”

“我没看见天使。”小宝说。

“看吧！你吹牛。”小珍得意地笑道。

“可是我在天堂看见了你。”小宝指指小珍。

笑点子

亲属关系的幽默

逻辑式的幽默常跟“亲属关系”有关，这是因为亲属关系是最容易推算也最容易发挥的。

所以当你把你的小女儿抱在膝头时，你可以幽默地对朋友说：“瞧！把别人的老婆抱在腿上，多棒！”

当人家都说你女儿长得比你漂亮时，你可以说：“因为她妈长得比我妈漂亮。”

当你老同学骂她女儿总是用头发盖着脸写作业的时候，你可以幽默地解围：“看那画面，就好像以前你在学校里一样。”

数学的幽默

数学是逻辑，所以数字式的幽默也很容易发挥。譬如——

“这次大家都考得很精彩。”老师拿着成绩单说，“考九十分的跟考八十分的一样多。”

学生兴奋地鼓掌。

“考八十分的跟考七十分的一样多。”

学生又鼓掌。

“考七十分的跟考六十分的一样多。”

学生再鼓掌。

“考不及格的跟全班人数一样多。”

推理的幽默

除此之外，逻辑式的幽默就在“推理”了，你的笑话愈简单，愈容易“推”，也愈逗。

举个许多人都知道的例子——

某人去面店，叫了碗三鲜面，但是跟着说："把三鲜面改成牛肉面吧！"

吃完牛肉面，老板来收钱，某人不付，说：

"我的牛肉面是三鲜面换的。"

老板说："那你付我三鲜面的钱。"

"问题是，三鲜面我没吃啊！"某人拍拍屁股走了。

这个通俗笑话就属于"逻辑式"的诡辩。

矛盾的幽默

同样的，你可以利用这种方法对朋友幽默地说：

"台北人说话从来都不可信。"

朋友一定都瞪大眼睛看你，尤其台北人。

这时你就接下去说："我是台北人。"

好！现在请你想想，按照这个逻辑，你是台北人，你刚才说的"台北人说话不可信"不是就不可信了吗？你用后一句否定了前一句，当那些台北人不高兴的时候，你可以辩说："我的话不可信，你何必当真呢？"

你还打老婆吗？

在法律上也有这样的技巧，譬如你在庭上问对方：

"你还打你老婆吗？"

他答"还有"，表示他现在打老婆。

他答"没有"，表示他过去打老婆。

这种问句在法庭上是禁止的，但是幽默的人却能加以发挥。

我是陈阿忠

前面这两个都嫌深了，最后让我讲一个台湾地区旅行团的真实笑话吧！它比较复杂，但属于逻辑式的幽默，而且不难推理——

老陈是乡下的老农民，年岁大了，看开了，把田产交给了儿子，带着老婆一起参加去美国的旅行团。

到美国的第一天，大概因为时差，老陈早早就醒了，一个人走到旅馆大厅，看见一个美国老女人正在擦地。

“Good morning！”老女人对老陈说。

老陈怔住了，不知怎么答，结结巴巴地说:“我是陈阿忠。”

回到房间，老陈觉得太丢人了，那么简单的英文都答不出，就跟导游学怎么用英语讲“早安”，总算学会了。

第二天一早，老陈又到了旅馆大厅，正巧那美国老女人又来擦地。

“Good morning！”老陈对老女人说。

老女人一笑，对老陈说:“我是陈阿忠！”

据说这是台湾地区旅行团在美国发生的真事，它那么平实，那么真切，那么温馨，而且虽然复杂却易于推理，使人会心一笑。

论笑话，这真是精彩之作啊！

你不可不知的
沟通技巧

从“喂”谈起

喂!

一个“喂”送出的信号

明明你丑得可以做门神，
他却从你柔美的音色，猜你是天仙。
明明你瘦得跟黑猩猩差不多，
他却从你丹田之气猜你有一丈二。
明明你只是厕所所长，
他却猜你是研究所所长。

大家都知道第一印象很重要，事情办得成办不成，对一个人感觉的好与坏，第一印象常能决定一半。

问题是“第一次接触”不一定是见面，也可能是打电话，那打电话说的第一个字，就成为第一印象了。

第一个字——喂！

对！只有“喂”这么一个字，就可能影响第一印象，由于你一辈子不知说几十万次“喂”，天天都要说“喂”，这“喂”的好与坏，就可能影响你的一生。

他是不是正在“炒饭”？

请不要说我危言耸听，认为“喂”不过一个字、一个音，连一秒钟都不用，怎么可能给人印象？

那你就错了！

想想，你会不会在打电话的时候，对方只说了一声“喂”，你就问：“您是不是在等什么人的电话？”

你这么问，是因为你拨过去，才响半声，他就把话筒拿起来了。

想想，你会不会听对方一声“喂”，就问：“您是不是正在忙？我可以等会儿再打过去。”

这是因为对方接电话的语气很急，好像正忙得喘不过气的样子。

再想想，你会不会只听对方说一声“喂”，就问：“您是不是不舒服？”

只因为他那声“喂”，“喂”得有气无力。

当然，你更能由那一声“喂”，就去猜想：他是不是正跟人发火？他是不是正在睡觉？

重新“喂”起

反过来想，你接电话的气盛、气衰、气长、气短，当然也能向“那一头的人”送出信号。而且，因为他看不到你，只能凭你的语气，猜你的神色，那信号没送好，印象一定差。如果送得好，明明你丑得可以做门神，他却从你柔美的音色，猜你是天仙。明明你瘦得跟黑猩猩差不多，他却从你丹田之气猜你有一丈二。明明你只是厕所所长，他却猜你是研究所所长。

请问，这“喂”，你能不小心说吗？也请你反省一下，会不会以前你因为没“喂”对，已经错失了许多好机会？

那么，事不宜迟，从今天就重新开始“喂”吧！

别让“妓女”“继续进行”

中文很简单，也很麻烦。简单，是因为中文一字一音，而且以象形字做基础。譬如“字典”，顾名思义是专门记录文字的典。“字”“典”两个音就成了，但是换作英文 dictionary 却要五个音。“国际”，一看就知道是国之际，英文 international 也要五个音。

又譬如“通奸”，两个音，是私通奸情，甚至连“通”都不用说，只讲个“奸”，就让人十足感觉“奸”了。偏偏换作英文 adultery，四个音，足足比中文多用了一倍的时间。

更妙的是中文说“妓女”，多清楚！不过两个音。而且只要说一个“妓”，甚至说“鸡”，大家就一挤眼，心里有数了。

但是换作英文，多麻烦！ prostitute，天哪！六个音，搞不好，没听清楚，还听成“继续进行”（prosecute）呢！

“摸西摸西！”“要吧死哟！”

话说回头，这“喂”也一样。

美国人接电话:“Hello！”两个音。

日本人接电话:“摸西摸西！”四个音。

韩国人接电话:“要吧死哟！”也是四个音。

比起来，中文真省力，比别人省了四分之三的力。但是就像笔画少的字不容易写得好看，要在这一个“喂”里给人好印象，学问可就大多了。请容我下一节细细道来。

是“吾爱”还是“勿哀”？

用声音给人最好的第一印象

接线生只答了一个“喂”，
你就觉得好柔软、好亲切，
觉得她好有教养。
有时候打电话查号的感觉好，
甚至想约那小姐出来。

“喂！”

你以为大家“喂”得都一样吗？

错了！虽然注音是 wèi，可是有一堆人不这么 wèi。不信你注意听，有人把它拉得很长，他甚至分成三截去“喂”，成了“五阿姨”！

你念念看，“五阿姨”，如果说得慢，是不是可以用上两秒钟?

“五阿姨”！“五姨”在吗?

相对地，有些人为了省力，他干脆说成“五姨”（wǔ yí），如果那“姨”再说得短促一点，半秒钟都不用就 wǔ yí 完了。

还有一种人，他不说“喂”，而改成了“外”，说得慢一点是“吾爱”，挺浪漫。如果说得快，就令人见外，好像上级下令，有颐指气使的味道了。

现在回想一下，请你在心里念念，你是说“外”，“五姨”，“吾爱”，还是“五阿姨”？抑或是你发音很标准，“喂”就是“喂”？

假设你“喂”得很标准，别以为标准就没问题了，这标准当中还大有变化呢！

真想揍他两拳

首先，我问你，你有没有这样的经验，打电话去个公司，接线生只答了一个“喂”，你就觉得好柔软、好亲切，觉得她好有教养。有时候打电话查号的感觉好，甚至想约那小姐出来。

相反，也可能对方才一声“喂”，你已经想揍人了。

你以为那好感与恶感全因为他的音色吗?

错了！那八成是因为他的语气。

“语气”这个词真棒！说话除了“语”，更有“气”，那气可以拉得长，也可以放得短。

你注意，当一个人接电话把那“喂”拉得比较长的时候，自然会觉得比较柔，最起码，感觉比较从容。

为什么？因为他如果不从容、不好整以暇，怎么可能把一个“喂”用两秒钟去说?

相反，如果他家失火了，电话线还没被烧断，好死不死，你打去，他能好整以暇地慢慢“喂”吗?

那“喂”自然变得短促。

还有，如果他正在运动或者一边擦汗一边炒菜，甚至一边擦汗一边“炒饭”，因为喘，因为忙，“喂”自然也急促。

他正在躲卡债

对了！还有一种状况，是当他很畏惧的时候，譬如欠了两百万卡债，唯恐讨债公司的恶煞来电，那“喂”也一定短促，一副怯懦不敢接的样子。我有个朋友就有这毛病，他明明很有钱，但是“喂”得奇短，每次都给我个感觉，猜他是做了什么亏心事。

了解了这一点，想想，如果你平常接电话都“喂”得太短，就试着拉长吧！你可以试着说成“吾爱”或“勿哀”，但是，记住！要连着说哟！说成“喂”，可别真对着电话筒喊“吾爱”“勿哀”！碰上人家的另一半，或正在办喜事，那是会惹麻烦的！

高人一等与矮人一截

刚才谈到“语气”。这“气”除了“气长”“气短”，还有“气足”与“气虚”的差异。

举个例子，如果你是经理，打电话给公司职员，你那一声“喂”，八成气会比较实。但是才放下电话，再打给总经理，那“喂”，不用人教，必定就变得虚了。你自然会把语气放慢、声音放小，对不对？

这当中的差异就是“气”。

用气的学问很大，下一节继续谈吧！

从“英雄气短”到“儿女情长”

发挥感性的声音

至于用一口完整的气，

只说出一个字，

或两个字，

则是“儿女情长”的“情长”。

你有没有觉得日本女人说话很温柔，日本男人说话却很霸道。

原因很简单：日本女人用“气声”多，日本男人则用“实声”。

“气声”是用的气多，出来的声音少。比较感性或比较性感的时候，都会多用气声。譬如你叹口气：“唉！”才一个字，却足足用了你一口气。

又像是你的情人问你爱不爱他，你说：“爱！”是不是也用了一整口气？

好好利用一口气

于是，你要知道，用的气多，出来的字少或声音小，特别感性，因为在那简简单单的一两个字里，有了更多的情绪。

同样的道理，如果你接电话，用一口气只讲一个“喂”字，又不讲得很大声，给人的感觉就好得多。相反，如果你提足了一口丹田之气，用最初的十分之一说“喂”，接下来十分之九的气，继续说下面的话：“你是哪一个？”“你找谁？”“王科长过来一下！”那感觉必定硬。

好！现在你试试，当你接电话，说“喂”之后，那一口气是不是用完了？如果你接着要说别的话，是不是得重新吸口气？如果是，你这“喂”会比较有感性。相反，如果你“喂”完了，还可以说一堆话，除非你是大老板、领导，随时准备开“机关枪”训人，否则你最好研究改进。

但是，记住！一口气只说一个字，是讲吸足了一口气，用那一口气的头开始说，说完“喂”，气也用完。你可千万不能吸一口气，前面全吐掉，不出声，等到那口气只剩一点点了，才说“喂”，那“喂”保证感觉很差，好像你怕债主催讨或十分怯懦的样子。

不信，你现在试试，先吸口气，吐掉，剩下十分之一口，再说一声“喂”，那“喂”是不是既“短”又“虚”？很简单，那就是“英雄气短”的“气短”。至于用一口完整的气，只说出一个字，或两个字，则是“儿女情长”的“情长”。也可以说那带有“咏叹”的感觉。“咏叹调”，怎可能不美呢？

播音员的感性

同样的道理，你回想一下，当你坐“华航”戴耳机听音乐，里面有个女声说“相逢自是有缘，‘华航’以客为尊”的时候，是不是觉得她的声音很柔美？

那位小姐就是用较多的“气”，说较少而且较柔的声音。许多好的播音员或接线生都懂得这种方式。不信，你也试试，说：“嗨！摸西摸西！”

用一大口气，但是小声说，说完正好用完一整口气，是不是就像日本女人婉转的语气了？

你再换个方式，吸一大口气，只用前面三分之一的气，就说完“嗨！摸西摸西！”那感觉是不是又硬得多？如果你再把音量放大一点，是不是就十足有日本大男人的霸气了？

当你要训人之前

或许你要问，为什么会有这种不同？

很简单！当你游泳要潜水之前，是不是会先吸足一口气，还唯恐吸得不够多？

然后你潜入水中，你会一入水，就把那口气吐光吗？

当然不会。因为你要好好利用那口气，继续潜水好长一段。

说话的道理也一样。如果你是上级，又是那种很神气的上级，当你打电话给部属，要交代事情或骂人之前，你也会吸足了气，而且在“喂”了之后继续说，甚至不等对方答话，就“劈头骂过去”。你那口气是有备而吸，那“喂”只是个开头，下面还有一堆话，你当然不可能一个“喂”字就把整口气用光。这种方式说出来的“喂”感觉能柔软吗？

问题是，有许多人可能天生，也可能受家庭和环境的影响，无论什么电话，都只用一口气的前面一点点或后面一点点说“喂”。于是说了半辈子，那“喂”都“喂”得硬，也可能说一辈子，都在那第一声“喂”，就给对方霸道急躁或怯懦的坏印象。

从现在试试，换口气，换个语气吧！

抱歉！“喂”还没谈完，下面还有学问呢！

“干”与“贱”的学问

掌握二声与四声的特质

为什么台湾省“选举”的时候，
大家不爱用普通话喊“当选”？
管他本省人、外省人都喜欢以方言喊：“冻蒜！”
同样的道理，普通话的“给他死”，
绝对比不上方言的“hǒu yī xì”。

如果你在字典里查“喂”这个字，只能在 wèi（第四声）里查到。换作二声，是查不到的。

这要怪字典不对，因为“喂”发二声与发四声，说成“维”与说成“卫”，感觉大不同。

中文讲究四声，凡是意思比较强的字，多半发第四声。不信你想想：

干！

贱！

屁！

×！（文雅一点，我不写出这个字。）

是不是都发第四声？如果你把“干”发成“甘”或“敢”，能有“干”的力量吗？

如果你骂人“贱”，改成说“简”或“尖”，能有“贱”来得狠吗？

想想，为什么台湾省“选举”的时候，大家不爱用普通话喊“当选”？管他本省人、外省人都喜欢以方言喊：

“冻蒜！”

天哪！当选“dāng xuǎn”，太文了吧？第一声加上第三声，哪有冻蒜

“dòng suàn”两个第四声来得够力?

同样的道理，普通话的“给他死”，绝对比不上方言的“hǒu yī xì”，因为“死”发第三声，远不如发第四声来得狠。

“wéi”不是“wèi”

现在回头想想“喂”这个字，念“wéi”与念“wèi”的差异，你就很容易了解了。

当你说“wéi”的时候，那是比较客气地问对方:“wéi！你是哪一位？”“wéi！是你找我吗？”

你想想，如果你说成“wèi！你是哪一位？”和“wèi！是你找我吗？”感觉是不是硬得多，也比较不友善?

再反过来想想:

如果有陌生人在你门口鬼鬼祟祟，你会对他说“wèi！你在干什么？有什么事？”还是会问“wéi！你在干什么？有什么事？”

你当然说“wèi”，对不对?

所以，“wèi”这个“喂”，不但是“问”，而且有“质问”或提醒对方注意——“喂！我在叫你”的意思。

只称“喂”（wèi），不叫他名字，当然比较不礼貌，也当然感觉硬。

还有一点，因为当你说“wèi”的时候，就像前面举的例子，它是第四声，比较有力量，也传得比较远，所以适合用来叫远处的人，不适合称身边的人或在电话里叫对方。

除非，信号不好，他听不见，你把“wéi”换成“wèi”使得力量加强:“wèi！你听到我说话了吗？我是你爸爸！”

不要“喂”成病人

或许你要问，就算发第四声“wèi”，如果多用气，一口气只讲一个“喂”，不是就柔和了吗?

说得没错!

但你试试看，吸口气，只讲一个“wèi”！把那“喂”拉得长长的，那八成听起来像病人或八十岁的老人家，对不对?

原因是，既然你发第四声“wèi”，就是要加强力量，让对方听到，这时候，你却把音量放小，当然显得气不足，像病人或老人。

还有一点，因为“喂”说成第二声“wéi”而且说慢一点，感觉起来有个转动，好像先说“wěi”，再说“wéi”，既然有“三声”到“二声”的变化，当然感觉比较婉转。

相反的，“wèi”，就算分成两个音“wù”和“èi”，因为全是四声，没了转动，自然比较硬。

喂！你找死啊?

现在，请想想，你过去接电话是怎么说“喂”的? 是说“wéi”还是“wèi”，是“维”还是“畏”？

我没有叫你把“wèi”都改成“wéi”，因为有时候还是必须说第四声的“wèi”。

想想——“喂！你找死啊？”你怎能说成:“wéi！你找死啊？”

请原谅我，单单一个“喂”字，就写了六千多字。但这都不是废话，因为“喂”很重要，却有太多人没注意。

提到说废话，下一章就谈谈“废话”吧!

废话少说

你为什么说废话?

了解人们说废话的原因

里根总统虽然是演说家，
但常常在答问的时候，先说“Well”。
有些已经在社会上混得不错的人，
说话动不动就加个“我靠”。
至于军阀大帅，最够劲的口头语是：
“他奶奶的！”

医学界统计，我们的脑力有十分之九没被使用。

管理学家统计，我们的时间有五分之三毫无效率。

那么我要说，据我统计，一个人说的话，最少有一半是废话。

不信，你摆个录音机，把大家的对话录下来试试，里面除去嗯嗯啊啊，犹豫的、迟疑的、没意义的口头语和啰唆的、唠叨的，剩下真正言之有物、有点意思的话，绝对不到一半，搞不好能听的不过五分之一。

说废话的原因

人为什么说废话？这是有道理的，因为废话表面上虽然空洞，但说出来却有特别的好处。

举个例子，很多老人喜欢重复，是因为健忘，他才说过就忘记自己说了，于是再说一次。还有时候，同一个句子，他要说两遍，甚至别人说的，他也要复述一遍，甚至两遍。

譬如你对他说："人老了就要放慢一点。"

他听了，一边点头，一边复述你的话："人老了就要放慢一点。"一遍不够，再重复后半句，"放慢一点……"说到这儿，他突然抬头，眼睛一瞪，吼过来，"胡说！我就不要慢！"

你说，他这重复是为什么？

是因为他反应慢了，你简简单单一句话，他却一下子无法会意，所以那重复是为了想，一边重复一边想。终于想通了、听懂了，于是"翻脸"。

说废话的毛病

问题是，有些三四十岁的人，说话时也会重复自己的句子。

这是因为他们的反应不够快，他不能很快地往下说，再不然则因为他长期睡眠不足、吃太多抗焦虑的药或有精神不能集中的毛病。只是当一个人说话喜欢重复的时候，无论他真实年岁是不是年轻，自然就会显得老。

现在想想，你是不是有重复说话的毛病？进一步想想，如果你不再重复，会不会接不上话？会不会反而变得结结巴巴？

如果会，你得立刻改。而且好好检讨，自己是从什么时候开始犯这毛病的。是不是受到别人的影响，或受到老人家的影响？抑或有一阵子精神不济，开始重复，结果成了难改的习惯？

废话变成坏话

另一种废话就更普遍了，连反应应该最好的记者都常犯这毛病。

我看电视新闻，有个记者播报：

> 某人就到一个火车站，去做了一个买票的动作。

天哪！"某人到火车站买票"，不过八个字可以说清楚的事，那位记者居然多花了一倍多的时间，足足用了十九个字去说。电视新闻的时间多宝贵啊！他怎能讲废话呢？

更严重的是，说废话的毛病一养成，就难改了。

于是当“动作”成为废话的时候——

“两人去了汽车旅馆”要说成“两人做了一个到汽车旅馆的动作”。

如果再加上“一个”成为废话的时候——

明明“他父亲和母亲都被检调单位约谈”这么简单一句话，可以被说成“他的一个父亲和一个母亲都被一个检调单位做了一个约谈的动作”。

天哪！他有几个爹几个娘啊？这么说不是侮辱他吗？

Well，他奶奶的！

说话有这种毛病的人真是太多了。

有些人动不动就在句子前面加“换言之”或“事实上”。

有些人总要在句子结尾加“的样子”或“的话”。

有些人只要开口，先说“那么”或“就是说”。

里根总统虽然是演说家，但常常在答问的时候，先说“Well”。

有些已经在社会上混得不错的人，说话动不动就加个“我靠”。

至于军阀大帅，最够劲的口头语是：

“他奶奶的！”

请不要觉得好笑，或猜想我在影射谁。要知道，如我前面所说，那些废话是有道理的。许多人不得不说，说才顺，不说就不顺。所以如果你突然叫他把那废话拿掉，不再说“他奶奶的”“我靠”“事实上”“的话”“的样子”和“Well”“换言之”，只怕他就一下子不会说话了。为什么？请看下面。

骂一句，想一想

改掉说废话的毛病

当你说“好”，跟你说“好啦”

“好嘛”或“好吧”相比，
哪一个更诚恳、更确定、更好？
当然是只说一个“好”！

法国人有则很幽默的谚语：

演讲时没话说了吗？不妨咳嗽两声。
谈情时没话说了吗？不妨拥抱接吻。

但是不可能一咳不止、一吻不止吧？咳完、吻完，还得说话啊！

所以，那“咳”与“吻”真正的目的，是填补空白、减少尴尬和最重要的——利用那时间构想下面要说的话。

请让我骂一句，想一想

同样的道理，一个人说废话，常因为突然不知下面怎么说了。只要多半秒钟就能想起来，于是加上“一个”“动作”“的样子”“的话”这类的废话，拖延那么一点点时间，来想下面要说的东西。

所以，当有人问里根总统问题，里根总统在答话一开始，先说“Well”的时候，那“好”当中有个意思，就是：“好，让我这么答复你。”

当一个人在句子结尾说“的话”，那“的话”的意思，很可能是：“照这样的情况，让我想想该怎么讲。”

当某人说话时动不动就加个“我靠”的时候，那都可能带有借时间想下面句子的效果。只是如果你分析给他听，他八成不承认，搞不好还回你一句：

“我靠！你他妈的胡说！”

掠掠头发，笑一笑

而当记者硬是在没有必要的地方加“一个”“做……动作”这些没有必要

的词语的时候，一方面可能受别人影响，成为习惯，更重要的原因，是他必须利用这几个字延长时间，想下面的句子。也可以说，这显示了他的思维速度不够快、口才不够好。

如果你是这样的人，要改掉那些废话，其实很简单！

你可以放慢说话的速度，使自己的思维能跟得上。你也可以到了那个“原来要说废话”的地方，就停一下。为了不太显眼，你还可以清清喉咙、掠掠头发，或歪歪头、笑一笑。很可能不但因此改掉废话，而且给人从容优雅的感觉。

让废话有点变化

还有一个方法是：你并不把废话删除，但让那些废话有变化。譬如你原来说：“照今天开会结果的样子，我们应该立刻进入战备的样子，但是我看大家都没动作的样子，只好由我带头的样子。”

如果你不能把重复“的样子”的毛病改掉，成为“照今天开会结果，我们应该立刻进入战备，但是我看大家都没动作，只好由我带头”，最起码你可以变一变，成为：

“照今天开会结果的样子，我们应该立刻进入战备的状况，但是我看大家都没动作的样子，只好由我带头的状况。”

虽然还是一堆废话，但说两个重复的，总比说四次同样的句子有变化，感觉也好些。而且，当你开始注意换个词的时候，自然能渐渐改掉那些不必要的东西。

吗！呢！哇！哪！我不耐烦啦！

谈到废话，还有一种很没有必要，却被许多人使用的废话，就是在一句的结尾加上的感叹词。

你注意听，小孩讲话总在结尾加上“啦”“啊”“呢”“吧”。

为什么？

因为小孩还不太会说话，他们的句子很简单，上一句和下一句的连接不是很好。当他加个语气助词，就表示一句话完了。如同小孩说“牛牛”“猫猫”“狗狗”“猪猪”，都是因为他们语言不成熟，还在学。

问题是许多人一直到大还改不了，在每个句子后面，非加个“吗”“啦”“哪”“呢”“哇”之类的字不可。加得少还可以，甚至有加强语气的效果，但是如果加得多就不妥当了。

现在，请想一想，你说话有没有这样的毛病？

如果有，尽量改！因为许多这样的语气助词，会给人不诚恳、不耐烦和不信任的感觉。

想想，你说“好”，跟你说“好啦”“好嘛”或“好吧”相比，哪一个更诚恳、更确定、更好？

当然是只说一个“好”！

以上谈的都是要改掉的废话，但也有例外，请看下一节。

干！你听我说啊！

抓住听众的注意力

许多人是不是都爱讲“事实上”？
他难道常说谎吗，还是大家都爱说谎？
否则他为什么左一句“事实上”，
右一句“事实上”？

看到电视节目里一位名主持人说笑话。笑话是娓娓道来的——某人独自坐电梯，放了个臭屁，好死不死，电梯停了，进来一位小姐。某人赶快对小姐说：“刚才有人放了个屁……”正说呢，又放了一记响屁，赶紧解说，“这才是我放的！不信你闻闻，味道不一样。”

主持人说到这儿，观众都笑歪了。但是主持人不笑，脸一正，对大家说：“别急！下面还有呢！”看观众止住笑，继续说——某人跟那小姐在电梯里正臭呢，电梯又停了，门打开，外面一群人要进来。某人突然往外冲出去，一边冲一边说："里面有人放屁，好臭啊！"

全场都笑翻了！

下面还有呢！

那位主持人以说笑话闻名，他说这个笑话，除了内容精彩，还成功在他很能抓住时间与节奏，在该说的时候说，该停的时候停。

想想！如果他说完第一段笑话，在大家都笑弯腰的时候，不等人笑完，就接着说第二段，是不是可能因为四周的笑声，盖过他第二段更精彩的内容？

所以他等，等场子上的"条件成熟"了，才继续说，而且怕大家不知道，特别先强调："下面还有呢！"

这"下面还有呢"是一种"发语词"，也可以说是为了下面继续说而要大家注意的"提示句"（在这儿我简称为"发语词"）。

制造说话的时机

"发语词"在讲话时非常有必要。

为什么？

因为除非你一个人演讲，否则当大家你一言我一语闲聊的时候，如果你贸然地开始说话，一下子不容易引起众人的注意。

于是你前面几句话可能被大家忽略，说话的效果也因此打折扣。

怎样让大家集中注意力听你说呢？

就是用发语词！

甚至连一个人演讲，都可能要用发语词，可以是很强烈地对全场喊："请各位安静！"可以是像洋人派对里的用茶匙敲酒杯，要全场注意。也可以用比较含蓄的方式，咳嗽一声、清一下喉咙，或敲一敲、吹一吹麦克风。

还有人会站在台上板着脸，不动也不说话，等到大家意识到，彼此做个"嘘"的手势，安静下来，才开口。

无论用什么方式开头，目的都是制造自己说话的时机。

记者为什么总说“那么”？

“废话”式的发语词就这样产生了。

你注意，记者访问，常常在每一句的开头都说“那么”。譬如记者先问：“那天你到哪里去了？”

对方答：“我早上起来，先浇了浇花，再骑脚踏车去附近找朋友聊天，中午在外面吃饭……”才说到这儿，记者就打断他的话说：“那么，为什么有目击者说早上在加油站看到你加油呢？”

对方答：“我不可能加油，因为我才加的……”记者又打断他的话，问：“那么，您是不是能证明什么时候在什么地方加的油，有收据吗？”

记者为什么在每个句子的开头都说“那么”？那是他的口头禅，还是改不掉的坏习惯？抑或是如我前一节说的“记者的反应差，口才不够好，需要靠这几个字来想”？

答案应该是：那属于必要的废话，“那么”算是发语词，用来打断对方的话，也用来作为自己要发言的“提示”。

你听我说啊！

同样的道理，你注意！许多人是不是都爱讲“事实上”？

他难道常说谎吗，还是大家都爱说谎？否则他为什么左一句“事实上”，右一句“事实上”？

那“事实上”如果用在一群人交谈，或上谈话节目的时候，最重要的效果，就是作为发语词，意思是：“请听我说！”

当然有些人更干脆，他直接用“你听我说”“你知道吗”来做发语词。比较凶悍的甚至加上挥手，甚至拍打别人：“喂！喂！喂！你听我说！”“屁屁屁！你知道吗？”

好了！到此为止

上一节提到的里根总统常爱用的“Well”，也可以是发语词。尤其是地位高的人，譬如你是董事长、总经理，开会时你最大，经过一番讨论，大家还在争呢，你突然大声说："Well（好了）！"

是不是大家全静下来听你说了？于是你可以讲："今天到此为止，我已经有了决定……"

相反，如果你不加这么一个"好了"或"Well"，很可能造成你开头的几个字被大家忽略，影响你的权威感。

碰到"那么""事实上""你听我说""你知道吗""Well"，或有些很粗鲁的人，简简单单一个字——"干！"

我们都可以说那是为了"提示众人"而用的发语词。那些重复的字，不能算废话。

但是，也如我前面谈过的，为了避免给人你左一句"事实上"，右一句"事实上"，好像口才不顺的印象，你可以把那些发语词交换着用。譬如你每次都先说"那么"，你可以中间加几个"但是""好""您认为""我以为"之类的词句，或像前面讲笑话的主持人那样，说："下面还有呢！"

你照样达到了"提示"的效果，感觉却顺畅多了。

看人说话

热脸不贴冷屁股

让大家的情绪一同起飞

差的推销员是上门背书给你听。
打电话推销的，
常让你觉得那是一架会呼吸的机器，
听了就有气。

我们是诗的民族

有人说诗朗诵是国粹，有人说是十足的肉麻。

如果请我评论，我要说："两个都对。"请别说我是两边都不得罪的乡愿，先听我细细分析：

诗朗诵当然是国粹。想想王羲之的《兰亭序》是怎么来的，那是在"诗会"中，大家饮酒作诗时写的。古人拿作诗当游戏，以前甚至有"击鼓催诗"——诗题公布，非但限时完成，而且打鼓催你写，时间愈紧迫、你愈紧张，他鼓打得愈急，结果原先有灵感的，都被急得满头冒汗，写不出来了。

诗作出来之后怎么办？只是张贴出来或大家传阅吗？错了！你还得朗诵。拉着调子吟唱，摇头晃脑地吟咏，等着下面喝彩或"喝倒彩"。

我们是诗的民族，只是除了少数传统诗社，现在的人已经很少听诗朗诵了。所以那些听不惯的人，是真正不习惯。好比看地方戏曲，觉得索然无味，一句也听不下去的人，常因为看不懂。

好肉麻的朗诵

至于觉得肉麻，也有理。

连我这个以前专教诗朗诵的人都曾经觉得肉麻。

有一回，我把学生朗诵的录音带拿回家听，录音机一开，冒出一句尖而高亢的“冉冉而起东升的朝阳”。

天哪！我的鸡皮疙瘩从头顶一直冒到脚心。暗想，不得了！怪不得有人骂诗朗诵造作，居然连我自己都有这样肉麻的感觉。

可是当我把录音带倒回，由第一句开始听，再听到那句“冉冉而起东升的朝阳”，却又怎么听都觉得对了。

为什么我听第一遍会觉得肉麻?

因为我忘记倒带，变成由录音带的结尾开始听。朗诵的人的情绪好像飞机起飞，先滑行好长一段距离，等到动力够了才起飞，当我由结尾开始听，好比没经过滑行，就一下子爬升，当然会摔下来。

也可以说，我的情绪没有经过前面的酝酿，以我的“平静心态”，一下子听到那“激动情怀”，当然会起鸡皮疙瘩。

让大家的情绪起飞

我今天提这件事，是要告诉大家，想说话感人，非常重要的一点就是要让听众的情绪能跟得上。

有必要时，就算心里急，也得忍着。你要娓娓道来，慢慢营造气氛，就像让听众搭飞机，先好好滑行一段，再跟着你一飞冲天。愈是煽动性的言语，愈是要鼓动情绪、带领风潮的演讲，你愈得把大家慢慢带起来，千万不能急。

“炒豆”与“画符”

“急”有几种——

一种是我前一节提过的，当条件不成熟、大家注意力不集中的时候，如果你急着说，前面几句大家没听清楚，后面也就失去兴趣或减少了力量。

是急！

还有一种急，是你说得太急躁，或讲得太简单，结果大家前面的东西都没搞懂，更不用说后面的了。

相信你一定有这样的经验：你上餐馆，问有什么菜，侍者一路报出菜名，像炒豆似的快，你却一样也没听懂。

又像是你收到朋友的信，要回，但是信封上的地址写得龙飞凤舞，得用猜的。搞不好，就因为那地址不确定，不回了！

为什么餐馆的侍者会“炒豆”，信封上的地址会“画符”？

因为他太熟了，他已经“报过”“写过”千百次了。

别做一架会呼吸的机器

同样的道理，有些导游为你介绍风景名胜，说得活灵活现、精彩极了！又有些导游，讲同样的东西，却让你觉得像背书，而且流里流气，只有声音，没有情绪。

他当然没情绪！因为他放下这批客人，接上那批客人，说的是同样的史实，讲的是同样的笑话，除非他敬业，而且有功力，否则当然容易流露出照本宣科、虚应故事的感觉。更糟的人甚至会表现出不耐烦。

推销员不也一样吗？差的推销员是上门背书给你听。打电话推销的，常让你觉得那是一架会呼吸的机器，听了就有气。

这当中学问还挺大的，请看下一节，听我说个故事吧！

做个冷面笑匠

用对方最能了解的方式表达

说着说着，发现四周的人已经各自另找主题，
聊别的东西了。
不想这么尴尬，就识相一点，
别碰这类“你有感觉，别人没感觉”的东西。

说个真实的故事给你听。

二十年前，我带一个女学生去美国。

飞机起飞不久，开始送餐，用完餐，机舱的灯光渐渐灭了，好让越洋飞行的乘客睡觉。

黑暗中，女学生突然推我："老师！老师！这飞机上有没有厕所？"

我差点大笑出来，但我忍着，硬是不笑，冷冷地对她说："没有！你得憋着！"才说完，四周好像已经睡着的乘客，居然不约而同地笑起来。

制造出人意料的"笑果"

我后来常忆起这一幕，心想，为什么大家在听到她问"有没有厕所"时不笑，却在我答了之后，一齐忍不住地笑起来？

我也猜，如果我当时答她"少闹笑话了！飞机上当然有厕所"，或是我先笑，恐怕四周观众就算笑，也不会这么爆笑。

笑话常常要冷讲。所谓"冷面笑匠"，真正说笑话的高手，自己反而要"冷面"不笑。因为只有这样才能让人猜不透，而有出人意料的"笑果"。

问题是，许多人讲笑话，还没讲自己先笑，或许刚讲一半，已经笑得说不下去了。

这时候就算他终于忍下来，重新清清楚楚讲一遍，因为他先把"笑意"用掉了，效果也一定会大打折扣。

你的情绪不是别人的情绪

我说这个，是要告诉你，千万不能以自己的"了解"，去想别人的"了解"；用自己的"情绪"，去想别人的"情绪"。

举例来说，当你看完电影，很感动，要说给别人听的时候，你必须先把自己的那份感动压着，慢慢把故事的原委说清楚。

因为戏里的张三李四，你都看过了，有了印象。说的时候，脑海甚至会浮现剧中的影像。可是当你口沫横飞讲得十分激动时，听的人却可能连张三和李四的关系都没搞清楚。

所以我们经常会见到听的人直摇手：

“等一下！等一下！那个张三是什么人哪？还有，李四是怎么跑出来的啊？”

他当然可能搞不清，因为你花两小时看的戏，却想在两分钟说出来，怎么可能清楚？

你家猫狗干我屁事？

还有一种情况，听众的情绪是很难“跟你一同起飞”的。就算你慢慢说，他也跟不上。

那就是当你说“对你有特殊意义，却与他不相干的事”的时候。

你在报纸上一定常会看到《家园版》里的小笑话。那多半是读者投稿，形容小孩有趣的童言童语。问题是，你可能横看竖看都不好笑。

因为那不是你的小孩，你不容易产生共鸣。

同样的道理，你觉得你家的宠物是神猫神狗，说给别人听，也不容易讨好。除非把你与那小动物“结缘”的点点滴滴，一五一十地细细道来，使听众好像跟你一样与那小动物生活多年，他才可能动情。

只是，有谁那么有闲，听你“细说从头”呢？

所以，在许多人交谈的场合，最好少讲这种话题，否则你很可能说着说着，发现四周的人已经各自另找主题，聊别的东西了。

不想这么尴尬，就识相一点，别碰这类“你有感觉，别人没感觉”的东西。

少用别人不懂的词汇

想要别人有感觉，语言也非常重要。语言可以是普通话、台湾方言、粤语、英语、法语，或你的词汇用语。

我发现有件很妙的事，就是只要注意一个人用的词汇，就往往可以猜出他大约什么年岁。

这并不是因为年岁大用的词汇就深，而是由于以前台湾地区都用统一的课本，那课文每几年会换一次，有些文章，像《岳阳楼记》《桃花源记》虽然年年都会编入，但又有些文章，像《滕王阁序》《爱莲说》则可能上一版有，这一版没有。

所以，很可能那些读过《爱莲说》的人，动不动就讲“可远观而不可亵玩”；背过《滕王阁序》的人，突然会冒出一句“时运不济，命途多舛”；念过《与吴质书》的人，喜欢用“动见观瞻”；中学默写过《岳阳楼记》的人，爱说“政通人和”。

那都是多文的词句啊！他为什么能用得十分习惯？

因为那是他在课本上学的，太熟了。

问题是他习惯，别人不一定习惯。同样的道理，你以为“命途多舛”这个从《滕王阁序》里学到的词很简单，那些没念过《滕王阁序》的人都能听懂吗？只怕他们听了，却误以为“命途多舛（chuǎn）”是一辈子气喘。

了解了这个道理，除非你确定听众的程度跟你接近、与你“同行”或跟你“同一届”，否则最好避免不通俗的词汇，有时候你甚至得把自己最习惯的“专有名词”改成一般人听得懂的东西；如果非用“外文”不可，也得记得加个翻译。

否则，别人“有听没有懂”，怎么可能“心动”？

“老虎”面前说话

见人说人话、见鬼说鬼话的道理

“螳螂捕蝉，黄雀在后”，

“鹬蚌相争，渔翁得利”……

这些故事都是怎么来的？

都是那些会在“老虎”面前说话的聪明人编的啊！

有位美国牧师对我说，他每个礼拜天都累死了，因为不但早上讲一场道，下午还得赶到另一个教会再讲一场。

我问他，不是讲一样的东西吗？

他说，没错！可是因为两个地区的人不一样，同样的题目得用不同的讲法，搞混就麻烦了。譬如有一回，他早上在贫民区的教会讲到他的小孩跟他说“人是猴子变的，不是上帝造的”，他就对儿子说：“好哇！以后你可以找猴子去要零花钱。”下面的教友立刻笑了，觉得他真会说话。可是当他下午到另一个教区，讲同样的东西，散会之后却有好多教友过去说他比喻得不妥当、太幼稚，应该谈“上帝设计论”，才有道理，也才能服人。

有位政治家（也称得上政客）对我也做过同样的抱怨，说他怎么说话都有人不满意。同样一段即兴的演讲，电视播出来，有人赞美他真机智、真聪明，居然能有那样幽默的反应；另外一批人却把他骂死，说他是引喻失义、口不择言、幼稚可笑，丢尽了大家的脸。

《读者文摘》为什么能畅销全球？

有个出版社的主编对我说：

“一本书的畅销与否很难说，可能靠宣传，也可能靠运气。但是有一种书，翻两页就知道不会畅销，就是那些用复杂的文法和艰深词句的作品。”他强调，“学问好的读者毕竟是少数，多半的读者是普通大众。你去看看美国的《读者文摘》，为什么在全世界都畅销？很简单，他们摘取长篇大论的文章，让它变得好读，而且不信你算算《读者文摘》用的字，一共才多少？他们都用人人能懂的字，加上内容精彩，当然容易引起大家的共鸣，也当然容易畅销。”

马屁不要拍在马腿上

我也有个亲历的惨痛经验。

我在电视台当记者的时候，有一天赴某纪念馆馆长的邀宴。那纪念馆原来已经破旧不堪，自从新馆长上任，大力整顿，居然全面改观。

我在席间特别为此捧了馆长一下，一边敬酒一边说：“你来了 ×× 馆，真是‘生死人而肉白骨’。”

这句话是我在小学课本里学的，意思是起死回生，“使死人能活过来，白骨重新长出肉”。

哪晓得事后馆长居然对别的记者抱怨我，为什么把他形容得那么不堪！

我问那记者朋友有没有帮我解说“生死人而肉白骨”的意思。

记者朋友笑道：“我不好意思说，因为馆长连那么简单的东西都听不懂，说了，只怕他无地自容。”

选择最好的陈述方法

我举以上这些例子，就是要再一次强调：希望说话动人，先得看看听众是谁，他的教育水平如何，甚至他的政治立场怎样。你不能对知识程度差的听众讲说言宏论，也不宜对高知识分子举太庸俗的例子。你在不确定对方听得懂的情况下，甚至不能使用太少见的成语和形容词。

所以，一个说话人或演说者，最好先私下了解到场听众的背景，再决定说话的方式。

碰上各类人都有的大场面或现场有转播的情况，应该学《读者文摘》，把最精彩的用最简单的方式说出来。

你要透过听众懂的东西去推销他们不懂的东西，不能用他们不懂的东西去推销，否则他们更不懂。

碰到一些有敌意的听众，你不能直说，而要旁敲侧击，譬如说个故事，用那个故事来暗示。看对方似乎接受了，再进一步说服他。

你数数！历史上许多名臣、名士、名嘴、策士，管他老子、庄子、孔子、孟子、列子、韩非子，不是个个都懂得怎么在“老虎”面前说道理吗？

你想想！“螳螂捕蝉，黄雀在后”，“鹬蚌相争，渔翁得利”……这些故事都是怎么来的？

都是那些会在“老虎”面前说话的聪明人编的啊！

你咬什么耳朵？

怎样避免别人疑心？

你没选对地方，

她原来要嫁给你，也可能不点头了，
再不然会一皱眉：
“干什么嘛，为什么现在问我这个问题？”

许多对夫妻聚餐，因为人多，为了说话喝酒方便，都是男人一桌、女人一桌，两桌各谈各的，互不干涉。但是女人们一边聊天，却可能一边竖着耳朵，彼此小声猜道：“瞧！隔壁那桌臭男生，不知谈什么歪事、出什么坏点子了！”

你会在大排档吃饭的时候求婚吗？

你知道我为什么说这个吗？

因为我发现许多人不但像前一节讲的，说话忘了注意对象，而且说话不选场合，有时候甚至因此惹麻烦。

道理很简单：

想想，如果你今天要跟朋友商量一件重要的事，这事得花时间细细讨论，你会选吃饭的时候说吗？

抑或你会先吃饭，吃完再找个安静的地方聊？

就算你非在吃饭的时候说不可，你会在大家一起吃饭的时候“咬耳朵”，还是私下约个地方边吃边谈？

还有，如果你恋爱长跑了很久，终于要求婚了，你会找个大排档、高朋满座的餐馆，还是选个有柔柔音乐、温温烛光的西餐厅？

就算到了那个餐厅，你会选靠近门口的位子，还是特别找个比较不容易被打扰的角落？

告诉你，场合太重要了！你没选对地方，她原来要嫁给你，也可能不点头了，再不然会一皱眉：“干什么嘛，为什么现在问我这个问题？”

不识时务当然自讨没趣

说话的场合跟说话的效果有绝对的关系。

你经常会看到，有人借喜宴、寿宴的机会请托事情，有时老远举着杯过来，扒着肩膀谈，甚至蹲在旁边咬耳朵。

才谈一半，新人来敬酒了！主婚人来敬酒了！朋友部属来敬酒了！

他拜托的人，八成有头有脸、有点身份，当然来敬酒的人多。

他的话能说得清楚吗？只怕才起个头，就被打断，继续说两句，又被打断。最后，对方一挥手：“听不清！改天再说吧！”

他不是自讨无趣，甚至自取其辱吗？

你咬耳朵他疑心

更麻烦的是，如同我在这篇文章一开头说的故事，当地方嘈杂的时候，非但说话的人彼此听不清楚，而且那些相关的人和爱疑心的人也听不清楚，事情就“大条”了！

举个真实的例子——

我有位研究所的老教授，年纪不轻，还神采奕奕、风度翩翩。

有一天，我们一起出席学校的餐会，我和老教授邻座，对面是师母和我太太。

餐会有乐队，还有跳舞，十分喧哗，隔着桌子没办法交谈，只能跟邻座大声说话。

我与老教授许久不见，那天聊了不少，十分尽兴。

散会时，我和太太陪教授夫妇走到门口，师母突然问我：“你们刚才聊些什么啊？好像挺高兴。”

我就开玩笑地说：“教授说他下个月要回台北，问我有什么好玩的，我说我正好要回去，可以带老师一起出去野一野。”

隔两个礼拜，我在校园里遇到老教授，问他什么时候动身。

老教授居然脸一沉：“都是你害的，我回不去了！”

我不懂。

“你师母不让我回去了，说我们两个会搞鬼，那天餐会我们都在商量怎么出去野。”

我说：“可是我们根本都在谈艺术收藏啊！”

老教授更气了:“我们是在谈收藏，可是你师母不这么认为啊！”

谈话时不可冷落别人

请回头想想，在很喧闹的餐桌上，你是不是也经历过这种情况——

只见对面的人咬耳朵，你好奇，却使尽力量也听不清，搞不好，咬耳朵的人还转头瞟你一眼，你就更疑心了。

还有，当你跟身旁的人有说有笑的时候，是不是有人会拉着嗓子问:“你们在说什么啊？”

记住！你成立“谈话小组”，就是把别人排拒在外。尤其是当一桌人成立两三组，另两组已经不再讲话，你这小组还叽叽喳喳说个不停的时候，就是不礼貌。

遇到这种情况，你应该将声音加大，把别人拉进谈话圈。再不然，你就应该立刻“解散小组”，转身“顾全大局”。

小心背黑锅

此外，当你发现地方吵，听不见你们说话的人好奇或可能多心的时候，你甚至应该主动拉大嗓门，或探身过去，提示一下，告诉他你们正在说什么，对方一定会因此觉得你这个人细腻体贴。

至于碰上真有“疑心病”的人或“醋坛子”，我奉劝你，除非句句话都让他听到，否则最好什么也别说，免得——背黑锅。

小心失控

从《全民开讲》到《真情指数》

说话的速度要看场合

如果你用《真情指数》的语气上《全民开讲》，
我奉劝你：
免了！免得别人说你是“软脚虾”……

大约十年前，我听到一场精彩极了的辩论赛。

经过初赛、复赛，进入决赛的两个大学代表队，真可以说是高手中的高手，不但词锋锐利、反应超快，而且说话的速度十分惊人。

从头到尾简直毫无冷场，甚至让听的人都有来不及喘气的感觉。

比赛结束，我猜甲队略胜一筹，可以胜出。然而成绩公布，居然乙队胜了。

不但甲队露出难以置信的表情，连乙队都喜出望外。

事后，乙队的学生对我说，他们确实认为输定了，因为论理，他们自知不如甲队，没想到居然能赢，真是有些意外。

我也很不解，于是打电话给其中一位评审。

评审一听我问，就叹了口气说：“你居然也来问我，已经有好多人打抱不平，骂我们这些评审了！可是你要知道，前面好几场评下来，决赛已经是下午四点半，我们几个老家伙都累死了。一累，反应就慢，谁让他们说得那么快？才听懂上一句，下一句已经错过了。所以说实话，是因为我们都没能听清楚他们论的道理，所以没打对分数。”

说话的速度要看对象

听完我说的故事，我请问你，这些辩论的学生，说得那么快，是对还是不对？

没错！就参加的两队而言，他们年轻、反应好、精神好，都把对手的话听得一清二楚，也都心知肚明谁辩得比较好。

但是评审不同，里面好几位都年过六十了，又累了一整天，学生说的，他们来不及“会意”。

结果，该赢的输了，该输的却赢了。你说，辩论输了的那一队有没有错？

说话的速度要衡量得失

好！把这问题先放下，再让我讲个自己的故事。

我大学毕业那年，“全民自强晚会”改由“救国团”负责，他们不再用往年“三台”各派两位主持人的方式，而决定交给我一个人主持全场。

晚会是在台北的“中华体育馆”举行，“救国团”的人已经事先查看了场地，又做了彩排，发现场子太大，音响又不好，加上有回音，于是对我千叮万嘱，要一个字一个字慢慢说，否则现场两万多观众会听不清。

但是到那一天，我完全不管他们的叮嘱，仍然用我平常说话的速度主持，相信确实如他们所说，现场的观众不能听得很清楚。

但是节目播出来，我居然称得上“一炮而红”，立刻被电视台请去主持益智节目，接着进入新闻部。

我敢说，如果我那天听了“救国团”朋友的话，我不会有今天。

为什么？

因为那是“三台”联播的晚会，如果我一个字一个字地说，现场两万多观众虽然听清楚了，电视机前上千万的观众却会觉得别别扭扭，只怕还要奇怪，我为什么说话那么慢，是不是有毛病或怯场呢？

也可以说，在一千万电视观众与两万现场观众之间，我选择了一千万。

换作你，你选哪一个？

股市与葬礼的差异

语言的魅力，跟你说话的速度有绝对的关系！

问题是，什么是最恰当的速度？

有人说，一分钟讲两百五十字是最好的，也有人说两百八十字才精彩。

他们都对，也都不对。因为速度要看对象、看现场，甚至看内容。

打开电视，这一台播报“股市行情”，那一台是赛马现场转播；再换一台，是某要员的葬礼实况。

请问，你能用一样的速度播报吗？

老掉牙的电影，老掉牙的观众

时代不同，说话的速度也不一样。

很简单！你找个三十年前的新闻节目录像带看看，那速度比今天慢得多。

你再找个四十年前的电影看看，很可能节奏慢得令你受不了。

四十年前的电影，如果演出“回溯过去”的情节，一方面要用慢速度，一方面要用“溶”的画面，模模糊糊地从“现在的画面”回到“过去的画面”。

搞不好，还得打上字幕：二十年前的某一日。

而今天的电影，根本不交代，一下子就跳到几十年前，又一下子跳回现在。

为什么有这么大的差异？

因为现在的生活节奏变快了，人们的反应也更快了。只有少数老人家，可能反应跟不上、看不懂，觉得新派电影没意思。

白天与晚上的心情不同

除了因为时代不同，造成说话速度不一样，就算在同一天，说话速度也可能有差异。

如果你上节目，即使是中午录音或录像，也最好先问一下：“请问这节目是几点钟播出？”更应该事先了解那节目的性质。

道理很简单——如果那节目只播出一次，而且是在深夜，你能用中午旺盛的精力和语气“高谈阔论”、拉着嗓门“大放厥词”吗？

要知道，同样的语气与速度，在吃饭时间播出、晚上黄金时段播出和深夜一点钟播出，给人的感觉会差得很远。

人们在黄金时段听见你拉着嗓子尖声批判，可能赞美你词锋锐利，但是换作深夜，却骂你刻薄，甚至对你有不好的印象。

白天要理性，夜里要感性

同样的道理，今天你上《全民开讲》（政论类谈话节目）和《真情指数》（名人访谈类节目），能用同样的速度和语气说话吗？

不信，你把上《全民开讲》的调子，用在《真情指数》里，只怕会有九成以上的听众关机或转台。相反，如果你用《真情指数》的语气上《全民开讲》，我奉劝你：免了！免得别人说你是“软脚虾”，有气无力。

说话的速度真是太难掌握了！怎样说得快而清楚，并且把不好说的东西表达得流畅？请看下一节。

小心“吃螺蛳”

怎样避免气息和速度失控？

讲话没有快慢变化，
每个字距离都一样的人，
非但句子不清楚，
还容易有催眠的效果，给人喋喋不休的感觉。

上一节我提到因为主持“全民自强晚会”反响不错，于是被请去主持一个益智节目《分秒必争》。

“分秒必争”，顾名思义，是个要掌握每分每秒的竞赛节目。先由参加者摁按钮，看那灯光落在“分”“秒”“必”“争”哪个箱子上。接着由主持人从箱子里取出题目，以飞快的速度说出来，并由摁按钮的那一队立刻作答，只要三秒钟内没答出来，就换边，由另一队抢答。

据说我念题目的速度是以前电视节目中少有的，大概也因为节目精彩，达到十三家广告满档的盛况。

说话快不等于气急

但是，当我转到新闻部当主播，就麻烦了！

才播不久，就有观众写信来骂，写的人显然挺有学问，所以用词典雅，说我播新闻太快，又是在晚上吃饭的时候，令他听了“有碍胃纳”。

为了这个，我做了不少“民意调查”，果然，连我太太都觉得我播得太快，给人“气急”的感觉。

但是，当我调出录像带，一遍一遍看，再试不同方法之后，我播报的速度一点也没变慢，大家却不再觉得气急，甚至感觉十分从容了。

口若悬河要约束

我居然是在登山时有了领悟——

相信你一定见过，在很陡的山坡上，如果有水沟，那沟不是直直一条由山顶直通山脚，而会每隔一段，就有个水槽或小池子，由那小池子另一边“开口”，再接上水沟，往山下去。如果山坡很长，中间可以有上百个小池子。

起初我看到那些小池子，猜想一定是给登山人取水用的，但取水何必花那么多钱，建那么多小池子？一条直直的，多快！多方便！

直到有一天，我看见一条直直的水沟，才恍然大悟。

那天我坐车，经过一处山路，十分湿滑。心想：别处都干干的，为什么这里特别湿，多危险！

细看，才发现因为山上有条沟，水直直沿着山路往下流。水很急，坡又陡，于是激起好多水花，变得有点像是小瀑布般。水沟已经约束不住，使急流溅到路上。

于是令我想起那些小水池。假使每隔一段，先让沟里的水进入水池，减缓水的冲力，再流向下一段山沟，就能控制了。

在快之间加一些慢

说话速度太快的时候会“吃螺蛳”、打结，不也一样吗？当你的嘴赶不上你的心时，就好像直直的水沟，管不住急流。

最简单的改进方法，是每隔一段，建个小水池，每隔一段“快的话”，就接几个“慢的字”！

在一整句话中，把某些字放慢，有许多好处：

第一，你本来就应该把专有名词，或听众不熟悉的字，譬如特殊的人名、地名、国名和制度名称说慢一点，使听的人能够有时间听清楚、搞懂。

而且，当你特别放慢的时候，能引起听众注意，就好像写文章的时候，使用引号，有加强的效果。

小心尼亚加拉大瀑布

第二，那些专有名词，既然是别人不熟悉的，也可能是你不习惯的，如果你念得太快，容易出错，放慢则能避免。

譬如“美国华盛顿的波托马克河”，你念得快，“波托马克”很可能“吃螺蛳”，这时你可以把大家熟悉的“美国华盛顿”念快一点，到了“波托马克河”，则念慢一点。

又譬如一些国名、城市名，像“危地马拉”“委内瑞拉”“布宜诺斯艾利斯”“美索不达米亚”，都有些拗口。尤其是美加交界处的“尼亚加拉大瀑布”，我不知听过多少人说到这儿就出问题。

但是，只要放慢一点点，就可以轻松过关。

碰上拗口的句子怎么办？

第三，有些句子，“天生”就不容易念。

譬如“回国参加这次国民大会开会的加拿大国大代表”，今天你是新闻主播，碰上记者写这种奇怪的句子，除了认倒霉，只好把速度放慢。

又譬如“前来访问的沙特阿拉伯王国国务大臣瓦拉希里”，这稿子写得一点都没错，因为“沙特”的全名确实是“沙特阿拉伯王国”，那“瓦拉希里”的官衔也确实是“国务大臣”。

遇上这句子，你只好一边以快速念“前来访问的”，一边早早在心里准备下面的“沙特阿拉伯王国”。

而且小心，你得一次念清楚！

如果你念完“沙特阿拉伯”，才发现下面还有“王国”两个字，再补上，就让人有“沙特阿拉伯亡国”的感觉了。

怎样“绕口令”？

还有一些句子，虽然不是“绕口令”，却说起来十足像绕口令。

譬如在我的《在生命中追寻的爱》演讲里，有一句：“虽然他们的爱没有玫瑰花瓣般芬芳……”

我有好几次都没讲好，直到特别放慢，才说得清楚。（你不妨也试试。）

疾得流利，徐得有力

第四，某些字放慢速度，因为显得你考虑到听众，会给人特别亲切的感觉；又因为那慢，使你能够喘口气，不致气急。

同时，如果你从从容容，慢慢讲，那“慢”就表现出从容不迫的神采。

记住！讲话如果没有快慢变化，非但句子不清楚，还容易有催眠的效果，给人喋喋不休的感觉。相反，当你有疾有徐，而且疾得流利，徐得有力，在不重要的地方轻松带过，在重要的地方又能特别强调，则能给人顿挫分明、思路清晰的权威感。

现在就试试吧！

随便找一段文章，或抓份报纸，念念看！说不定才练习几次，你以后做业务报告，或上课被老师叫起来读书时，就能令人刮目相看了。

一鼓作气

什么叫铁口直断?

“气实”与“气虚”对说话的影响

“气虚倒霉”的“善男女”,
原本不会出事,只怕听铁口一说有血光之灾……
反而出门就被车撞……

神算的失算

《庄子·应帝王》里有个很玄的故事:

郑国有位巫师,叫季咸,算命准极了,甚至能预测一个人在哪年哪月哪天死,简直跟神仙差不多。郑国人看到季咸,唯恐他说出什么不吉利的话,都老远就躲开。

列子遇到季咸,佩服得五体投地,回去对他的老师壶子说有这么一个比老师还神的人。

壶子笑道:“带他来给我看看。”

列子把季咸带到壶子面前。才离开壶子家,季咸就对列子说:“惨哪!你老师不出十天就会死了!”

列子哭着把“噩耗”告诉壶子。壶子又一笑,说:“你再把他带来瞧瞧。”

季咸又去了,并且在出来之后高兴地对列子说:“你老师走运,好像又有生机,不会死了。”

壶子听说之后,又叫列子把季咸带去。

季咸看了壶子之后，出来对列子抱怨：“你老师变化不定，我没办法给他看相，等他气定了再说。”

壶子听列子转述，又笑笑：“再把他带来。”

等季咸再见到壶子，却吓得一溜烟跑了！

列子追了半天，追不到季咸，回去问壶子怎么回事。

壶子说：“我起初把阳气收起来，阴气比阳气强，所以他说我将死；接着，我把阳气露出来，他就说我能活了；再下来，我把阴阳气调和，成为不可捉摸的太冲之气，使他抓不住；至于最后，我给他看变化无穷的气，因为太强大，所以把他吓跑了！”

人靠一口气

我现在要谈的就是这“气”！

你知道为什么同样的歌唱才能，有人可以成为巨星，有人又怎么努力都出不了头吗？

因为有人气强，有人气弱！气强的有群众魅力，人气足，能感染听众，所以能红！

你知道为什么同样的口才，有人在台下能说，上了台却罩不住场子吗？

因为他气不够强，平常聊聊天还成，上了台，面对一群观众，那股力量就不够用了。

气壮与气虚的推销员

你知道为什么有的推销员能创造亿万业绩，有的却总吃闭门羹吗？因为那些超级推销员说出来的话，硬是教人信；那蹩脚推销员，却才开口，已经惹人厌。

那超级推销员因为气壮，即使说的是假话，也令人觉得真。

那蹩脚推销员，则因为气虚，让你觉得连他自己都不信他说出来的话，他自己都不会用他推销的产品。

铁口断病的名医

同样的道理，你知道为什么都是医学院毕业，有些医生能变成超级大牌的名医，有些却只能守在自己的小诊所吗?

不见得那大牌真有多棒，但是最起码，他说出来的话能让你相信。因为病人有信心，他医疗的效果特别好。相反，那差的医生可能特别慎重，他不敢立刻下结论，猜猜是这病，又猜是那病，化验再化验，把你搞得七上八下，非但觉得他无能，只怕还要猜他在骗医疗费。

铁口直断的魔力

什么叫“铁口直断”?

这世上真能有铁口吗? 连季咸不是也砸了招牌吗?

能“铁口直断”的算命先生，常常只是气强，于是由“铁齿”而“铁口”。“气虚倒霉”的“善男女”，原本不会出事，只怕听铁口一说有血光之灾，心里因为七上八下，反而出门就被车撞，再不然进厨房就切到手指。

这下子，他四处宣传那相士灵验! 相士就更加门庭若市，自信满满，愈能“铁口直断”了。

不论你从事什么工作，是演说家、歌唱家、大老板、小职员、小学生、大医师，或搞直销的家庭主妇，要想使你说出的话有魅力，都得先注意自己的“气”。

这气虽然抽象，但是并不难抓，请看下一节。

学学传教士的本领

直销公司的集体催眠

瞧! 台下上来一群人，

有人甚至扶老携幼，带了全家，

哭着说当年怎么走投无路、三餐不继……

相信你在小说或电影里一定看过这样莫明其妙的情节：

两个人有冲突，各执一词，酋长或巫师不就事论事，却很简单——比武决定！赢的人一定是对的。

天哪！这是“力量即真理”吗？怎能不问是非曲直，全以比武来决定呢？那力量小的，就算有理，不是也非输不可吗？

问题是，我相信如果真能就事论事，那比武赢了的，多半“理直”。

为什么？

因为古时候迷信，理直的人相信老天会站在他这边，于是“气足”；理亏的一方心里虚，气就弱，比较容易有闪失。

先要理直，才能气壮

谈气，先要谈“理”，所谓“理直气壮”，一个亏心的人很难气壮。

所以就算你亏心，也得在精神上建立自己，把那“亏”的变成“赚”的，才能气足。就算你推销的是烂东西，甚至是可能害人的东西，你都得“自我催眠”，相信那是天下无双的好东西。

直销布道大会的神奇

不要认为不可能！只要你去参加个直销大会就知道了。

那是何等场面啊！下面密密麻麻几千人，有些大会，能达到几万人。每个人都用那产品，都靠那产品过日子，甚至发财。

台上的领导人，是真正的成功者。瞧！他多意气风发，他的财产以数十亿计，他满面红光、活力充沛，他是活生生的见证！

他是吃这产品才如此生龙活虎！

他是卖这产品才如此富可敌国！

不！他不是卖！怎能说他在卖呢？那是什么话?！

要这样说：他不自私，当他自己有感觉、有感动、受益匪浅之后，把那产品公之于世，让大家能一起享用。

不！那怎能称为“产品”呢？那是“福音”啊！

瞧！台下上来一群人，有人甚至扶老携幼，带了全家，哭着说当年怎么走投无路、三餐不继，自从参加了“我们”，现在已经住透天厝（独立式住宅）、开奔驰车了！

瞧！有人歇斯底里地喊，他原来多么消沉，几度走到楼顶就要跳下，但及时有朋友告诉他这个福音，从此改变了他的一生！

“那是真正的福音哪！我们不是卖产品、赚别人钱，而是把大好的消息传送给万民，普天之下没有比这个更好的了！”

集体催眠的效果

你听听！那是直销大会吗？还是像宗教的布道大会？

那满场成千上万的人，只是从事直销行业的人吗？抑或他们成了善男信女？

他们在推销，不！应该说“介绍好东西与好朋友一起分享”。之前，他们已经亲眼见到许多“得救的人”，他们已经亲耳听到许多活生生的见证。

于是，他们经过这样一个又一个大会，就仿佛受到一次又一次集体催眠，百分之百、千分之千地相信他推销的东西。

也正因为如此，那些参加直销，向你介绍产品的人，非但能说得口沫横飞，而且理直气壮，好像你不参加、不购买，就是白痴。他不让你“上船”，则是他的罪过！

这是拯救你，他以宗教的情怀，传达给你大好的消息，他已经不再是推销员，而成为传教士。

这时候，你见到的绝对是一个“理直气壮”的人。

当他变成泄气的皮球

但是，改天那产品出了问题，那制度有了缺陷，那集团里产生了内讧……

没过多久，你再遇到那位“推销传教士”，他怎么样了？

他不提了！好像云淡风轻、船过水无痕，他叹气：“俱往矣！”

这时候，他的“气壮”又成了“气虚”。

对不起！我很戏谑地举了这些例子。真正的目的是要讲，如果你希望“言语有力”，先得相信自己说的话。你甚至可以像直销大会一样，自己给自己醍醐灌顶。

最起码，你在说之前，先得相信自己说的事。这有技巧，请看下一节！

排山倒海的气势

把握先天的爆发力

他不只是打对手的鼻子，

而是想把对手的鼻子打进脑壳。

他要用对手的血洗澡，

要把对手的心挖出来……

“气”有先天，也有后天的。

拳王的先天气势

先天的气好比人的声音，有的天生浑厚，有的天生单薄。最好的例子是美国拳王泰森（Michael Tyson）。

如果你想不起他是谁，只要我提一件事，你就知道了。

泰森，就是比赛时一口咬掉对手半个耳朵的那个黑人拳击手。

天哪！当着成千上万现场观众和亿万电视观众的面，这小子居然能（预谋）先吐掉护齿，再上去一口咬掉对手耳朵，他不是成野兽了吗？

没错！他就是野兽。当他被学校开除后，他的经纪人就把他当野兽养。经纪人说得好：就因为他有野兽的特质，所以能成为拳王。

果然，泰森二十二岁，用了不过九十一秒，就把当时的世界拳王斯平克斯（Michael Spinks）打趴在台子上。

接着，他又赢了许多比赛，打趴一堆顶尖高手。有的好手后来形容，碰上泰森简直生不如死，那无比的威力一下子轰过来，完全无法招架。

可不是嘛，泰森自己说，他不只是打对手的鼻子，而是想把对手的鼻子打进脑壳。他要用对手的血洗澡，要把对手的心挖出来……

天生的野性与爆发力

我说这么多，不是要你学泰森做野兽，而是说有一种人天生带有强大的气，那可能是阳刚之气，也可能是像野兽一样的爆发力。

泰森除了靠天生粗壮（他并不高）和技巧好，更重要的是那股气，使他的力量能像排山倒海般发挥。也因为如此，当他强暴黑人选美皇后，被关监牢三年出来后，失去了那股气，没多久，就一败涂地了。

所以，如果你天生有强大的爆发力，初生之犊不畏虎，就该好好把握，把那股气发挥出来。甚至可以说，因为你没有盛名的包袱，反而更能发挥，许多新手都这样把老手打倒。

尤其作为一个演说家，你必须有那股气，因为演讲不像辩论那样你讲一段、对方说一段。演讲全是你讲，就算观众心有不服，也不能当场开口。所以你更要有“今天老子说话，你们就乖乖听着”的气势，才能压住场子，也才能更有煽动力。

“失气”造成“失败”

你甚至不能谦虚。我曾经看过一个比赛总拿冠军的演讲选手，有一回参加个大比赛。初赛时，他气势强极了。可是当他看到另一位选手新风格的演讲时大吃一惊，发现遇上了强劲的对手。

他开始研究对手的演讲技巧，并在隔周决赛时改变自己原先的风格。

结果初赛他第一，决赛，那个对手赢了他，他成了第二。

很讽刺的是，当他参加初赛时，连他自己学校的老师都觉得他太骄傲，好像自觉冠军非他莫属的样子；参加决赛时，他变得谦虚，对人彬彬有礼。

结果，他反而输了。

最后检讨，他输在失去了原有的那股气，他失去了“他自己”。

什么是群众魅力?

如同我在前一节说的，无论你是算命先生、医师还是推销员，如果你连自己说的话、介绍的产品都不能相信，你又怎么去说服别人?

作为一个演出者，不论你是歌星、演员或演说家，你都必须把“自己”发挥出来，那种自信就是“气”。

如果你有机会躲到后台，看天王级的歌星或演说家出场，就会发现——

他们在出场前必定不跟人多说话，以免分心。他可能一个人坐在休息室，或只是站在舞台布幔后面，一言不发。他好像缩小了，怎么看都不像“天王”。

但是，当主持人 cue（暗示）他出场时——

他头一扬，突然又变了个人，好像核弹链式反应，由“极小”一下子变得“极大”。你只看他由后台走到台中间，即使不说半句话，也能感受到他的气势。

于是台下掌声如雷，甚至有人尖叫。

那就是他的群众魅力，也就是他能成天王、天后的主要原因。

当他嗨起来的时候

当然，那股气如果控制不好，也可能出问题。像泰森咬人、齐达内顶人，或明星打记者，都可能因为那股气。

如果你不懂，请想想，当一位天王巨星上台，面对下面几万观众的时候，他是不是先得嗨起来? 他不先嗨，怎能有力量带动下面的人嗨?

一个政治人物或演说家，要煽动台下千万群众时，他需要多大的“气势”去把情绪带动? 那就好比将军率兵打仗，他能斯斯文文吗?

当他正要上台，或刚下台，正要上战场，或才下战场，那股强大的气还在他体内，这时候如果你去挑动他，当然他容易爆。

你不能怪他爆，不能怪他脾气坏，因为他不爆、他斯文，他就不再是他，他就可能失去那股可以震撼群众的“气”。

了解了这一点，如果你天生“体气”强，有群众魅力，就好好发挥吧！如果你身边的人有这条件，却桀骜不驯，就谅解吧！

因为只有这样，一个天王巨星才能诞生。

经过淬炼的宝剑

培养后天的爆发力

那些吃过苦、挨过饿、上过街头拼斗，
绝过食、翻过墙、坐过牢的，
当他们上了台，
那积压在体内的“气”，就一股脑地迸发出来……

我儿子刘轩是纽约朱丽叶音乐学院先修班毕业的。

记得他十五岁，刚跟着钢琴大师艾斯纳学琴的时候，艾斯纳问他有没有谈过恋爱，刘轩答：“好像有。”

艾斯纳又问：“有没有失恋过？”

刘轩摇头。

艾斯纳就笑了，说：“你连失恋都没经历过，怎么可能弹得好琴？”

艾斯纳这话一点都没错。因为十年后，刘轩有一次重弹以前学过的曲子，虽然许久没练，我却听得出那琴音中的情感丰富多了。

丰富的是岁月，是沧桑，是爱的激情与感伤。那是装不出来的，必须有阅历，经过时光的淘洗，才能产生。

失恋的前与后

我说这些，是要讲：除了少数人天生就“体气”特别强，多半的“气”来自后天的遭遇与培养。

首先谈“遭遇”。

你可以想想：

当你上个月热恋，下个月却心碎时，你前后写出的文章、说出的话、演奏出的乐曲，感觉会一样吗?

当然不同!

同样的道理，一个人经历丧亲之痛，表现出的“气”会不一样; 在鬼门关前走一遭回来，也会有所不同。

你再想想，一个衔金汤匙出生的和一个从贫民窟奋斗出头的，一个太平盛世长大的和一个经历战火洗礼的，是不是也会表现不一样的“气”?

愈经过困顿、压抑、伤恸、艰险的人，愈在心底积存一种特殊的“气”。那可能是仇恨，也可能是“不信自己不能出头”的愤懑。

这种仇恨与愤懑，往往能造就伟大的“气度”，在他演出或演讲时爆发出来，产生震慑力。

秀才造反，三年不成

正因为如此，你会发现许多世家子，可能有最好的学历和外形，但是当他们演讲时，喊口号就算不过几个字，那股“气”也硬是上不去。不是他们身体不强、肺活量不足，但是口号喊出来，却还没到“高点”，已经开始“往下降”。

没错，他们很斯文、很有学养，也很冷静。在太平时代，他们可以做明主，把国家治理得很好，在外宾面前也十分体面; 但是他们不能搞革命，因为缺了革命家的“拼气”。

马背上的领导者

相反，那些吃过苦、挨过饿、上过街头拼斗，绝过食、翻过墙、坐过牢的，当他们上了台，那积压在体内的“气”，就一股脑地迸发出来，使他们很容易成为煽动者、领导者、革命家。

缺点是，能在马背上得天下的人，往往不能坐到办公桌后面治天下，除非他们知道再自修、再自省。

思想、信仰、力量

说到自修与自省，就要谈“培养”了。

你遇到困扰、想不通，不得不潜心钻研、虚心求教，经过很长时间，终于搞懂之后，如果有人问你那方面的问题，你会表现得如何?

当然是自信。就算你只讲几句话，给人的感觉也一定不同。

假使这时候你碰到个假学者，搬出一套歪理来，你又会表现得如何?

你当然会毫不客气、一针见血地把那假学者的“面具”扯下来。

这力量就来自思想的“气”。

偏向虎山行

所以，许多怯场的人除了因为经验不足，也往往因为没下苦功。

如果你每次上台演讲或做报告，都表现失常，除了怪自己怯场，更得好好检讨一下，你是不是也心虚?

于是你可以从准备工作下手。当你狠狠下过一番苦功，自认融会贯通、谁都问不倒你的时候，那恐惧就可能消失。因为努力的学习、思想，使你产生信仰，相信自己的道理；又因为那信仰，使你有信心、有勇气，甚至有气度。

如果你出身富贵家庭，“坐电梯”一路上来，十分平顺，当你要与天生革命家竞争的时候，你除了需要思想、信仰、力量，还得走入群众、深入基层，甚至跟自己过不去，“明知山有虎，偏向虎山行”，使自己的“细皮嫩肉”经过烈日与石砾的磨炼。

自我催眠

你还可以自我催眠，不断告诉自己，你是最棒的，你一定能出头，在上台之前，把台下的场面在脑海里默想一遍又一遍，想象那如雷的掌声，想象你鞠躬行礼，想象你侃侃而谈。

即使你是一位新手，出场之前，也要自己告诉自己：“今天这是我的场子，任何人都没资格批评，我说了算！”

当你把这些“气”一点一点积蓄起来，又经过一番勤苦的演练，达到“艺高人胆大”的时候，你不必开口，就已经有了浑厚的气势。

记住！

如我前面说过的，你的才艺是一回事，你的“气”是另一回事。只有才艺、胆识加上气度，才能成为群众魅力，也才能创造超级的领导者、表演者和演说家。

嗨到最高点

利用辅助力把气氛带起来

哪一个选举造势大会，
不是请那声音浑厚嘹亮的当主持人？
不但在前面好好鼓动情绪，
还在候选人说到重点时，在旁边“帮腔”……

如果你是大牌歌星，今天有人请你在晚会里演出，要你挑第一个出场或最后一个出场，你会挑哪个？

你当然会希望压轴。

为什么？

因为压轴显示你最有分量、最令大家期待，更因为前面已经有许多演出者“热场子”，观众的情绪最热烈。

先把场子“炒热”

但是如果有另一个大牌跟你争，他比你还大牌，使你不得不退而求其次，第一个出场，你要怎么办？

答案是：

你必须要求有个非常好的节目主持人，在你出场之前好好地“热场子”。

热场子的好与坏，常能决定一场演出的成功与否。

连义卖会都得热场子。

想想，如果完全没有热场子，看观众坐满，时间也到了，义卖的主持人就出场，开始举起东西，要大家出价，那效果能好吗？

当然不好！因为大家还没有心理准备，甚至有人还弄不清义卖的收入要捐给什么地方，那些地方的人有多么需要帮助。

这时候，主持人冷不防地上台，就要他掏钱，他当然会犹豫。就算有人出了价，恐怕也不容易“大家竞价”，飙到很高。

相对地，如果义卖之前，先由主持人或来宾上台讲一段感性的话，请残障或受灾的朋友上去谈谈悲惨的遭遇，或是放一段纪录片，配上感性的音乐。当影片放完，灯光重新亮起时，许多人还在擦眼泪。

这时候，你开始义卖，情况是不是会大不同？

嗨到最高点

选举有时也是如此。

你看！哪一个选举造势大会，不是请那声音浑厚嘹亮的当主持人？不但在前面好好鼓动情绪，还在候选人说到重点时，在旁边“帮腔”，甚至加上击鼓、电子管风琴演奏和鸣笛吹哨子的配合。

说来说去，都是为了热场子、造势，希望嗨到最高点，产生煽动的作用。

天生气弱怎么办？

我在前面说过，无论演讲、演出、开会或推销，“气”都非常重要。

问题是，有些人天生气壮，有些人却天生文弱，怎么都提不起气，甚至连声嘶力竭喊口号，那“尾音”都“往下坠”。

难道这种先天“气弱”的人，就算有才能、有才艺，也出不了头吗？

错了！他照样能出头，只是他必须了解自己的弱点，在他出来演讲或演出之前先找个高明的主持人帮他把场子炒热。

再不然，他可以找一票气比较足、名气也够大的朋友，在旁边衬托，前呼后拥地陪他出场。

这衬托是非常有用的，因为群众的情绪像海浪，一波接着一波，当后浪推前浪，推到最高点的时候，他再出场，就算他气弱，也能产生高潮。

起立鼓掌多风光

举个常见的例子。

如果你看歌剧或话剧，戏结束，落幕之后，幕是不是会再升起来？

做什么？

谢幕啊！

谁先出来谢幕？是主角吗？

绝对不可能，最先出来的一定是跑龙套的，然后是配角，直到最后主角才出现，而且双手一张，带着所有的演员一起鞠躬。

那谢幕的场面多感人哪！

掌声一次比一次热烈，当主角最后出现时，大家不但鼓掌，而且可能起立鼓掌。

这起立鼓掌就是那“一波接着一波，一浪推着一浪”的最高潮。

慎选主持人

了解了这一点，如果你是老板，要在员工大会里说话，或者如果你是证婚人或主婚人，要在婚礼中致辞，为了效果好，一定得好好选主持人或司仪。

如果你是主持人或司仪，则要懂得看场上的情况，把大家分散的注意力集中，把主讲人的背景介绍清楚。就算那是你老板，大家已经熟识了，你也得用高亢的声音把他吹捧一下，使他在最热的情况下出场。

当你把节目主持好，使老板很风光，那老板一定从此对你刮目相看。

相对地，如果你是老板，开员工大会，花了大把银子，请了一堆明星，当你致辞时，台下却像有千万只蜜蜂在飞，让你很不自在，你一方面要怪自己没有群众魅力和口才，一方面得好好检讨——

你是不是没找对主持人，因而场子不能被炒热，从一开始，你就已经输了？

收放自如

一声还是四声?

怎样选择响亮的声调

你不见在那“立法院”中,
有几位女“立委”,
吵起架来像开机关枪,
男士都招架不住吗?

你有没有在武侠小说里读到过一种超高的武学——传音入密?就是武林高手聚集真气,对着特定的人说话,旁边的人完全听不到。

我不知道世间是不是真有这种功夫,只知道在喧哗的场合,那种音调尖锐、音色浑厚和嗓门特大的人,声音传得特别远。

你不见在那“立法院”中,有几位女“立委”,吵起架来像开机关枪,男士都招架不住吗?

你不见在竞选台子上,有几位中气特别浑厚的,拉长了声音,特别具有震撼力吗?

你不见在广播电视节目中,有几位广播出身的名嘴,声音特别有共鸣、有磁性吗?

前面说的这些,都包含在声音的四大要素之中,也就是——

音高、音势、音长和音质。“音高”是指声音的高低;“音势”是讲音量的强弱;“音长”是说声音的长短;“音质”是指声音的品质(也就是

“音色”)。

声音可以塑造

你不要以为声音全是天生的，改不了；也不要以为会讲话、能成演说家的人一定要说普通话。其实，那多半可以后天塑造。

很简单！如果你参加过合唱团（尤其是业余的）就知道，团里分成女高音、女中音、男高音、男低音。但是往往其中一个声部的人不够，指挥就在一个个试音的时候对其中几位说：“没错，你可以唱高音，但是中音的人太少了，拜托拜托！你就唱中音吧！”至于男团员，如果声音不高不低，低音部又缺人，指挥也可能要那男生把声音放低沉一点，成为低音。

还有，你看那模仿秀，原来中性声音的人，一下子把声音压扁，一下子把声音放低，又一下子拉高拉长。

连唱歌都如此，蔡琴的声音多厚啊！邓丽君的歌喉多柔啊！有几位歌星原来声音不那样，却能装得惟妙惟肖，甚至让你觉得：他既然有那么好的声音，何不永远装下去，做个“分身”算了！

找出你弹性的“音域”

所以，如果你觉得自己的声音不够好，你可以练！

首先，你可以试着把同一句话，譬如“风调雨顺”，用不一样的声音说一遍。先沉下来，用低音，再一次一次渐渐拉高。

你也可以先用粗浊的音色说，再改成尖细的调子。

于是，你找出了自己的“音域”，也就是“你有多大发挥的空间和多大的可塑性”。

“四声”的四种特质

其次，你知道我为什么举“风调雨顺”做例子吗？

因为那四个字，是由一声、二声、三声和四声构成的。

汉语的音很妙，它分为四声，第一声（平）最高，第二声（扬）其次，第三声（转）又其次，第四声（下）最沉。所以，“风调雨顺”，你一路念下来，一定会像溜滑梯似的，由高而低。

看到这儿，你或许会怨：“刘老师，我没有要学语音学，你写得太深了。”

别急啊！你要知道这四声跟你生活有非常大的关系，最起码你给小孩起名字，或为自己改名，都得用上。

你知道古代的“燕国”，那“燕”是读“yàn”，还是“yān”吗？

你知道姓“共”的人，那“共”要读“gòng”还是“gōng”吗？

告诉你，那多半时间都念第四声的“燕、共”，在这儿都得念第一声。至于“应”“曲”“查”“莞”，用在姓的时候，也都得念第一声。因为第一声比较响亮。同样的道理，“正月”因为是一年的第一个月，所以“正”不念“zhèng”，而念“zhēng”。

好！现在你再看看以下这些你熟悉的对联：

天增岁月人增寿
春满乾坤福满门

松竹梅岁寒三友
桃李杏春风一家

生意兴隆通四海
财源茂盛达三江

如果你把那两句互换成为：

春满乾坤福满门
天增岁月人增寿

桃李杏春风一家

松竹梅岁寒三友

财源茂盛达三江
生意兴隆通四海

前后比一比，哪个好？为什么原先觉得很完整、很有力、很有味的句子，一反过来就弱多了，而且给人没结束的感觉？

你再找一本《唐诗三百首》来看，注意一下“五言律诗”和“七言律诗”。是不是几乎每一首，最后一个字都是一声或二声的“平声”？

跟前面对联的道理一样——因为平声比较响亮，作为结尾，显得更完整，而且有“余韵”。

你或许要问我为什么谈这个，答案是：因为它跟你取名字、讲题，甚至说话时对节奏的掌握都有关。

举个例子——

如果你应邀演讲，有《活出闪亮的一辈子》与《活出闪亮的人生》这两个题目，你希望那题目说出来响亮而有精神，你会选哪一个？

当然是《活出闪亮的人生》。因为“一辈子”是“往下”的，“人生”是“往上”的。你用同样的气力与音色，无论怎么讲，“人生”必定比“一辈子”来得响亮。

优美的感伤

再举个例子——

“听说这件事，我有点伤感”，“听说这件事，我有点感伤”。

乍看两句一样，但是，“伤感”的感是第三声，而“感伤”的伤是第一声。“伤感”给人的感觉是受到了伤害，“感伤”的感觉则是有了很多感触。而且当你说的时候，“伤感”有“叹”的感觉，“感伤”有“咏”的感觉。

不信你现在自己试试看，两句各念一遍，是不是感觉不一样，而且音调高低也不同？甚至可以说，“感伤”比“伤感”来得美。

请别怪我吹毛求疵，要知道，偷偷说到心深处，常常赢在小地方，而且古人早就有这些讲究。

不信？请想——

“发愤图强”和“奋发向上”，“发愤”和“奋发”不是一样吗？为什么要用不一样的“愤”与“奋”？

因为“发愤”常有愤懑，“奋发”表示“奋起”。“发愤”的“愤”是第四声，表现得比较沉；“奋发”的“发”是第一声，表现得“飞扬”。

把下面四句各说一遍：

“发愤图强！”

“奋发向上！”

“发愤！”

“奋发！”

是不是不一样？

取个响亮的名字

好！现在说不定你已经对“平声”与“仄声”的“亮度”有了一点概念。那么，我请问你，如果你要制作个节目，或办个活动，有两个名字供你选——

天天开心

日日得意

你选哪一个？

还有，如果你做一场演讲，有两个题目供你选——

人生的哀愁与美丽

人生的美丽与哀愁

你选哪一个？

请记住，在说不出的地方下功夫，才能给人说不出的好感觉。赢，常常赢在那么一点点。

由声音看出身

控制音量的道理

是不是因为上一代从你小时候起，
就用大声的训斥取代理性的教诲，
你又承袭了这种习惯，
拉着嗓子对孩子说话？

我以前在成功岭服兵役的时候，因为夜里跟邻床的朋友说悄悄话，好几次被班长吼出去罚站。

这全怪我那朋友，因为非常小声地对他说“痱子粉借我一下”，他只要把痱子粉递过来就成了，他却要答：“好！”

他这一“好”，就不好了。因为他声音太大，立刻被下面巡房的班长听到。

还有两次，他没听清楚我说什么，回问：“你说什么？”就更麻烦了。只怕他那句话，全连的人都听到，我们能不被叫下去罚站吗？

天生大声公

我后来常想，那朋友是天生嗓门大，还是因为听力差，又或是因为习惯大声讲话？为什么他从来不会说“悄悄话”？

想来想去，答案是：都有可能。

先谈谈天生的大嗓门吧！

如果你常跟各色人种相处，会发现一般来说黑人的声音比较大，也比较浑厚。正因为如此，黑人歌星的声音多半比白人响亮。

这是因为他们的口腔较大，好比乐器的共鸣箱愈大，声音愈大，也愈厚。

黑人的确口腔大，不信你从侧面比较黑人和白人，黑人从后脑勺到前面牙齿的距离八成比白人大。说得好笑一点，黑人咬一口西瓜，恐怕有白人一口半的量。

你再想想，那些声乐家，就算是白人、黄种人，是不是也往往脖子比一般人粗?

帕瓦罗蒂、多明戈和卡雷拉斯三大男高音，哪个脖子不粗？他们甚至粗到头和脖子好像一条线下来。

所以想要声音洪亮，就算你天生薄弱，也可以像歌唱家一样，靠后天的练习改善。

由关车门、拧龙头说起

再谈谈后天的“音量”。

请先听我说个故事:

三十年前，我刚到美国，常在关车门的时候把老美吓一跳，用惊讶的眼神盯着我看，猜我有什么不高兴。

我发现了这点，慢慢改，终于把手劲改小了。后来，反而刚由中国来美国的朋友关车门会吓我一跳。

后来我搞懂了——

因为三十年前台湾地区的经济还不发达，许多车子很破烂，发生过车门没关好，把乘客摔出去轧死的惨剧，所以上车之后，大家都狠狠地把门关紧，我也不例外地养成那种习惯。

同样的道理，早期的人关水龙头也特别用力。因为那时的水龙头做得差，里面的橡皮又不耐用，不用力会拧不紧、漏水。

由音量看出身

你知道我为什么说这个故事吗?

因为人们的习惯常是环境造成的。同样一个人到中餐馆和西餐馆，讲话的音量就可能相差甚多。

道理很简单！你在嘈杂的喜宴上小声说话，人家能听得到吗?

相对地，如果你到“烛光轻音乐”的西餐厅高谈阔论，能不引人侧目吗?

这时候就出现问题了——

如同可以由关车门和拧水龙头的轻重猜想他是来自怎样的环境，大家是不是也能由一个人讲话的音量，来猜想他出身的环境?

了解了这一点，你要常常检讨自己说话的音量是不是太大，甚至往更深一层想：是不是因为上一代从你小时候，就用大声的训斥取代理性的教诲，你又承袭了这种习惯，拉着嗓子对孩子说话?

还有，你可能在几十户人家合居的大杂院里长大。但是今天，经济情况好了，大杂院改建成高级大厦，地方大了，门户严了，四邻不再那么吵闹，连路上的车子都很少按喇叭，你说话的声音是不是也可以放小一点了?

你说话的音量可能在第一时间已经显示了你出身的环境，你能不小心吗?

小声说句“我爱你”

学习优雅的谈吐

许多人不但在致辞或做报告时喜欢拉着嗓门说话，
即使日常交谈，
他们的音量也特别大，
甚至大到炸耳朵，
使你怀疑他是不是在对别人说，
或故意让别人听到。

如果你看四十年前的电影或电视剧，八成会不习惯。

因为那些演员太造作，无论动作、声音都夸张，怎么看都觉得是在“做戏”。

这多半由于他们是舞台剧出身。早期的话剧没有无线麦克风，场子的设备又不够好，为了让整场观众听得清、看得清，演员不得不放大声音、夸张动作。

当那些演员改演电影或电视剧，不自觉地就会把演话剧的习惯带到镜头面前。

难改的腔调

同样的道理，你如果年岁够大，回想一下三十年前的演讲比赛，是不是也觉得当时很夸张？演讲的学生顿足捶胸，拉大了嗓门喊，尤其到结尾，更非握拳高举喊几句口号不可，好像不这样就没有力量，就不算结束，就不能得奖。

别说参加比赛的学生了，那些领导者、政治家和政客，不也一样吗？

更糟糕的是，今天，学生演讲已经自然多了，一些领导人却没改进。

因为他们也像话剧演员改演电影，一时改不掉老习惯。

过去“上山下乡”，哪有麦克风、扩音器啊？下面聚了一大群人，这些领导者，能不拉着嗓子喊吗？

即使到了今天，也不能保证每次领导人下乡都有好的音响伺候。如果突然聚集一群人，要他讲话，他当然还是得喊。

于是旧习惯就愈难改了，即使到了最好的大会堂、音乐厅，甚至只有几十人的小场子，明明有最好的音响设备，连讲台上掉一根针都听得清清楚楚，那些领导人仍然可能拉着嗓门说话，而且常常把尾音提得特别高。

看看别人，想想自己

所以，你想说话有魅力，显示优雅的谈吐，先得自我检讨，说话的音量是不是恰到好处。

如果你讲话的声音太大，是不是因为总对重听的人讲话，习惯大声了，或有焦躁的毛病，甚至不把音量放大就说不顺？

你也可以用别人来想自己，譬如在地铁里观察人们说话的音量，或到不同国家，看看国情不同，说话的音量有没有差异。

你还可以观察你的邻居、朋友，看看人家的谈吐和音量。

然后想想自己。如果觉得过去讲话无论什么场合都太大声了，或一紧张、疲惫，就显出焦躁，愈说愈快愈大声，就立刻改。先改变速度，再试着对近处的人小声说、对远处的人大声说，让自己的音量有变化。这另有一番道理，请看下一节！

蒙古草原唱首歌

控制说话的速度与音量

为什么许多演说家，
他们以前不擅长讲话，甚至有口吃，
但是在发愤图强，
对着大海不断练习之后，
居然成为演说家？

假使你们公司开会，为了掌握进度，每个人说话的时间都是算好的。老板要你上台报告二十分钟，不准长也不能短。

你很慎重地先拟好稿子，在家演练又演练，还请人帮你计时，每次都正好讲二十分钟。

请问，如果你不是“老手”，当你真正上台，那原来准备好二十分钟的稿子，会正好让你说二十分钟，还是可能才讲十八分钟就讲完了？

紧张会造成说话快

据我训练学生演讲的经验，除非猛吃螺蛳或忘稿子，十之七八上台之后，说话速度会变快，原来五分钟的稿子，可能四分四十五秒就讲完了，还有些人能四分半钟就结束，而且下台之后，不信自己“说得奇快”。

人一紧张焦躁，说话就会快，最好的改进方法是不断告诉自己说慢一点。

如果你平常说话嫌快，你可以一边说，一边在心里告诉自己“放慢一点”。渐渐能控制之后，则告诉自己“我这边快一点，那边慢一点”，使你说话有节奏。

如果你演讲或做报告时总是嫌快，除了可以不断在心里提醒自己，或在演讲稿上面写个大大的“慢”字，还要告诉自己，在每个段落之间多停顿一下。而且你必须知道，在紧张的时候，你以为停顿一秒钟，实际上可能只有半秒。这时候有个控制的好方法，就是当你停顿的时候，用眼睛横扫一下场子，或笑笑（可不是在葬礼上）。这样做，非但能使那停顿的时间够长，而且会给人“空白的充实感”。就是虽然你停下来了，但停得有道理、有情绪，好像你特别停一下，要大家想一想你刚才说的。（那些师父讲经，不都这样吗？）

小心音响出问题

现在再谈谈音量。

我虽然在前两节再三强调，不可以用过大的声音说话，但也提到“不可过小”。因为如果声音太小，让人听不清，不可能有好的效果。

音量的大小得看场合。在人声嘈杂的地方，即使面对面，甚至贴着耳朵，都得大声喊；在万籁俱寂的环境，即使“咬耳朵”，都可能嫌大声。

当你演讲或做报告的时候，一定要先衡量场子里的情况和设备。

如果音响器材不够敏锐，会使你不得不大声喊。你甚至得衡量自己的体力，把原来计划好的演讲缩短，免得到后来喊哑了嗓子。

即使是音响效果好的地方，为了慎重，你也最好先试试音，而且要求负责控制音响的人一定在场。

否则很可能出现尴尬的情况——

你明明在最好的场地演讲，却因为事先音响音量调得太低，控制人员又跑掉了，没办法调整，造成整场演讲或会议，大家都得拉着嗓子喊。

人数不同，语气不同

还有一点，是讲大场子和小场子，你不但得用不同的音量，而且得用不同的口气。

举个例子，今天你到了有两千个座位的大会堂，但是只来了二百人，你除了请这二百人尽量往前面坐，是不是也得改变语气？

两千人是大演讲，二百人是小演讲，二十人就成了谈话会。

你怎能用对两千人演讲的语气来对眼前的二十人说呢？

只怕当你那么做的时候，仅有的二十人也要走了。因为你表现得太夸张，失去了亲和力，令人受不了。

腾格尔不会出在苏州

“声音”绝对跟环境相关。

为什么蒙古族歌手、山区少数民族和陕北同胞的歌声硬是不一样？

你只要设想自己在“风吹草低见牛羊”的大草原高歌，走在树林间对着山谷对面的姑娘唱情歌，再想想，你在见不到几棵树的黄土大地，望着远处的黄河引吭就行了。

蒙古草原的歌声当然雄浑，西南少数民族的歌声当然高亢，陕北黄土高原的歌声当然粗犷。

这些人的声音，当然与城市人的不一样。

为什么有人对着大海练演讲？

现在你就知道，为什么许多演说家，他们以前不擅长讲话，甚至有口吃，但是在发愤图强，对着大海不断练习之后，居然成为演说家？

因为大海会吃掉声音，当他对着那空旷的地方演讲时，甚至听不到自己的声音，久而久之自然能把气练足，把声音练大。

虽然现在的音响效果好了，你还是可以用环境来训练演讲的“音量”和“气势”。

举个非常有意思的例子：

我教学生演讲时，坐在他前面不远的地方，如果觉得学生的音量不足，叫他加强，一次两次，还是不够。

你猜，我用什么方法改正他？

我会走到屋子的角落，离学生远远的。如果是在礼堂里训练，我甚至会坐到观众席的最后一排。

人很妙，每次我一坐远，大概怕我听不见，学生的音量自然就会加大，而且不只声音变大，那“气”也自然加强。

了解了这一点，如果你训练孩子演讲，可以坐到远远的角落里听。如果你训练自己，则可以请父母或“另一半”到远处听。

但记住，听的人不能离开视线，如果他出了房间，你看不见他，效果就差了。

说到“坐”到

你缩小了吗?

怎样坐得有气派?

无论站着或坐着说话，

有的人看起来比他本人弱小，

有些人又显得比他本人大……

非常重要的原因，是他的姿势和动作。

最近台湾有一位“在野党主席”为了回应前一天“执政党”的谈话，上电视做了一个小时的演讲并召开记者会。

会后许多人评论他讲得太软了。

对于这一点，我不表示意见，但要说，如果那天他的椅子和桌子能低一点，就算讲话的内容完全不变，感觉也会好得多。

你要先变大

无论演讲、谈判、会议、上节目，甚至只是普通聊天，在研究说话技巧之前，先得注意坐的姿势、坐的位置和使用的桌椅。

如果你观察过昆虫，会发现螳螂平常是瘦瘦的、绿绿的，像片树叶，有隐藏的作用。但是当它遇上敌人，却会把翅膀张开，露出里面鲜艳的红色。

还有，小小的昆虫，可能翅膀上有两个大大的黑点，看起来活像野兽的眼睛。还有一些小动物，遇到敌人的时候，会一下子鼓气，把身体胀大。

这都是为什么？

为了吓唬敌人，让敌人以为它不是小东西，而是大东西。

同样的道理，如果你希望自己看起来有派头、说话有气势，你先得变大。

扮成“乖乖牌”

无论站着或坐着说话，有的人看起来比他本人弱小，有些人又显得比他本人大。除了前面几节曾经谈过的“气”，非常重要的原因，是他的姿势和动作。

我常看电视上的新闻座谈节目，发现有一位大学教授，每次坐在那儿，看起来都不像是教授，像是学生，而且是个乖乖的学生。

为什么？

面积和造型会影响气势。

左边的人双肩下垂、双手下坠，加上缩脖子，显得怯懦。这种姿态适合小职员用来听训。

右边的人脖子挺直，双肘向外，成为三角形构图，感觉稳定而有力，适合有力的陈述。

因为他很少比手势，一双手也很少放在桌子上，而是垂下去，可能放在膝头，也可能双手交握，放在两腿之间。

你试着做做看，双手交握，放在腿间，因为手臂的重量，肩膀是不是会往下沉？而且从正面看，人缩小了，活像幼稚园里乖乖坐着等糖果的小朋友。

相反，如果你把双肘放在桌上，或提起来比个手势，你的肩膀是不是上升，而且整个人占的空间较大，看起来也比较有气势？

所以，如果你是小职员，开会时要表现顺服，一副“乖乖牌”的样子，你可以把双手垂下，用那位教授的坐姿；如果你是主管或老板，可千万别那么坐，免得减损自己的威风。

别躺在“黑色棺材”里

现在再想想桌椅。

如果你的桌子特别高，使你就算把双肘放在桌上，也好像在银行柜台办事的样子，是不是很不自在，也很不舒服？

而且，由于你大半个身体都躲在桌子后面，使你看起来变小了，好像在厨房扒着桌边跟妈妈讨东西吃的小孩。

至于椅子，也一样。

许多大老板，要气派，而且要“靠山”，特别摆一张高背的大椅子，椅背能比本人高半个头，加上椅子有弹性，人往里一坐，更缩下去一点。

请问，那有气派吗？就算你可以半躺在椅子上吸雪茄、颐指气使地下令，那也只是“耍派头”，而毫无“气势”可言。所以当你开会时，如果要表现强势，千万别坐在那样的椅子里。

就算非坐不可，你也得身体坐挺直，或在背后加个垫枕，将腰挺起来，使上身变长、胸口挺起，而不能“窝”在椅子里。更千万不可以穿黑色的西装，缩在黑色的大椅子里，活像棺材里的人。

你想突出吗？

人要想看起来神气，必须轮廓分明。演员和演说家在出场之前，甚至得先了解舞台后方布幔的颜色。

如果布幔是深蓝色的，就避免穿深蓝色西装去演讲，甚至黑西装都避免，而改穿浅色的衣服。

你想想，在深蓝布幔前，穿白上装和蓝上装，哪个显眼、突出？

你再想想，如果你是领导人，要对群众发表谈话，你坐在一个深色高背的大椅子上，双肘又放在很高的桌子上，那气势能出得来吗？

坐的学问大了，请继续看下一节。

想要感觉挺拔，必须选择恰当的桌椅。

椅背太高，会造成头部不能突出；桌子太高会造成肩膀上升、脖子变短，给人“缩脖端肩”的感觉；加上身子被桌子遮挡，更显得“人缩下去”了。

椅背低一点，能“崭露头角”；桌子低一点，使上身能“冒出来”；而且因为双肘有足够的活动空间，肩膀不致高耸，感觉也比较自然从容。

给人好感的坐姿

怎样坐得有诚意?

旁边的人讲话时，

你千万不能身子不动，只转过头去。

如果这时候你再双手抱胸，

就算你无心，也会给人有敌意的感觉。

前一节说“人要想看起来神气，必须轮廓分明”。

轮廓分明先要从领子谈起——

请先想想，脖子特短的人，是不是给人“缩脖端肩”的感觉？脖子一缩，就显得畏怯。所以当你坐下的时候，先要小心后面的衣领被椅背往上推。因为当衣领变高，脖子看起来就缩进去了。

愈是摩擦性强的椅背和软的椅垫，愈容易把领子推起来，因为当你坐下的瞬间，背部已经接触椅背，身体才往下沉，后面衣领就被推高。

而且因为那发生在后面，你多半不自觉。

知道了这一点，如果你穿西装（或套装）坐下去，一定得伸手到腰后面，把衣服往下拉，使衣领和垫肩能够“服帖”。你还得注意前面的衣扣，如果必要，可以解开最下面一个，或完全不扣，以免坐下的时候，前襟向上挤，显得臃肿。

小心身上的肥肉

其次，你要“认识自己”。

如果你胖、下巴有肥肉、双下巴或脖子特别粗，当你坐在软椅子、大沙发上的时候，千万别“沉陷”进椅子。如果椅子太深，你可以找个垫枕在腰后撑着，或只坐进一半。当你坐挺了，不但显得有精神，而且不会因为“缩下巴”而显得肥胖。

如果你参加节目录像、有人为你照相，甚至只是一般聊天，你希望看起来漂亮，上身最好稍微向前倾。尤其中年的胖子，当你下巴向前，脖子上的肉不被挤压，脸的轮廓就会比较分明。

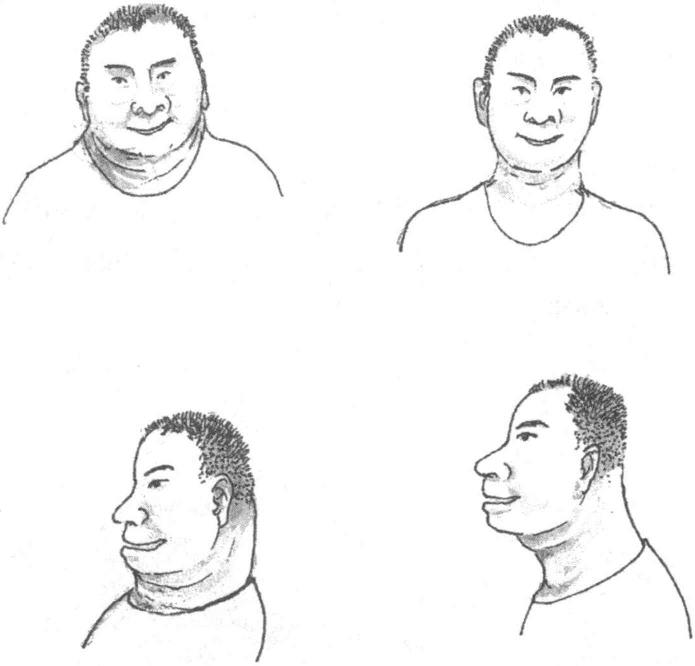

如果你比较“发福”，最好尽量让脖子挺直，避免下巴往里缩。但是脸不能仰得太高，以免显得骄傲。

博得好感的坐姿

还有一点，是当你对别人说话或聆听的时候，上身向前倾，会显得更有诚意，也更容易拉近你与对方的距离，赢得对方的好感。

尤其开会的时候，就算椅子是硬的，你靠在椅背，甚至身体滑下去一点，也绝对不如你坐挺直，上身稍向前倾来得好。当你改变坐姿，很可能自自然然地就博得老板的好感，觉得你很认真而且积极。

不安的行为语言

连老板在台上讲话，你坐在台下时都要注意坐姿。就算你是老大，也最好别滑进椅子、半躺半靠，尤其不可把双臂交叉地抱在胸前。（开会时更甭说了，那是禁忌。）

因为双手抱胸的“行为语言”是有敌意，或求自我保护。你如果不持反对的意见，或心里不安，甚至有短、有亏，何必那么警戒?

头随身动的道理

还有非常重要的一点，是当与你坐同一排的人，譬如你旁边的人讲话时，你千万不能身子不动，只转过头去。如果这时候你再双手抱胸，就算你无心，也会给人有敌意的感觉。

老板：“今天上课，我从头到尾看一个小子不顺眼，等下就叫他滚蛋！”

你想要听清楚他说话，可以！请把身子转过来，最好身子和头是正的，也就是完全不转头，使身和头一致，对着那说话的人。

你甚至可以把椅子移动一下，连椅子都对着那个人，而且就算你调整椅子只是做样子，椅子根本没动，当你这样做，也会给人很有诚意的好感。

请比较上图“只转头不转身，而且双手抱胸”，与下图“身子随头转，甚至把椅子也转过去”，这两者在感觉上有多大的不同。

别做半吊子

至于下半身，也有不少讲究。

除了女生要显示优雅、避免穿帮（这在以后其他书中会有专门的一章讨论），怎么交足（跷二郎腿），甚至怎么穿鞋袜，都有讲究。

先谈穿鞋。

心理学家曾经做过调查，女人看男人常从鞋看起。这可能因为女人含蓄，不好意思一开始就看脸，所以低着头，先看鞋。也有女生说得很明白，她们认为一个男人如果穿鞋子、选袜子都讲究，才显示这男人有品位。相反，只注意衣裤，而不搭配衣服穿鞋袜的人则是假品位、半吊子。

新鞋的印象

我不打算在选鞋袜上费太多墨水。只想告诉你，如果你是新人，去谋职面试，女生可以穿全新的鞋子，男生最好不要穿鞋底还没几道擦痕的新鞋。因为据心理学家调查，考官猜穿全新皮鞋的男人，是太嫩、太小心、太慎重、太想得到这个工作。（很奇怪，对女生则恰恰相反，女人的鞋子旧，反而会给人沧桑感。）但男人鞋子也不能太旧，面试最好穿八成新、不带泥的鞋子。

小心露了底

穿袜子也有学问。有些人会想：我穿长裤，袜子反正藏在裤管里。于是穿的时候，随便拉一下。下面袜子虽然穿好了，袜口却没拉好。

结果，当他坐下去，尤其是坐在软沙发里，裤管自然被往上提，他再跷二郎腿，小腿露出一大截，就见了真章。

第一，袜子一高一低，不好看。

第二，袜口没卷好，歪斜，难看！

第三，如果裤子、鞋子、袜子都是深色，因为袜子没拉上去，中间露出一截白白的小腿，不雅！

知道了这一点，除了袜子要拉好，两条腿要一致，而且坐进软椅子的时候，要像拉领子一样，记得拉拉裤管。

二郎不跷二郎腿

最后，谈谈交足，也就是二郎腿。

看这“二郎腿”三个字，就知道那有点“二郎”，不正式，甚至吊儿郎当。

跟尊长正式谈话时，不能跷二郎腿，是大家都知道的。但即使在可以交足的情况下，也要注意几件事——

第一，交足时不可露鞋底，也就是脚不可以跷太高，造成鞋底都让人看见了。

第二，在交足的时候，脚心如果对着别人，有些民族会认为是大不敬。

第三，交足时要使双膝接近，而不是把脚踝放在大腿上。后者很不雅，也是对人不敬。

谈了这许多“坐”，还有一项，就是坐的位置，那学问也不小，请看下一节。

陷进软沙发，会造成衣领向上移动；下巴向内收，则显得没精神；臀部陷下去，又使膝盖变得高。此时，如果再不注意交足姿势，不但看起来懒散，而且流气。

如果沙发软而且深，可以在后面加个垫枕，把上身挺起来，或根本不往后靠，看起来会有精神而且感觉诚恳得多。交足时要使两膝接近，不能像上面图里那样，把脚踝搭在膝盖上。

谈恋爱的位子

怎样坐得有效果？

哪个角度更能让你表现妩媚？
当你们点餐，跟侍者说话的时候，
哪个角度更能让你微微地扬起脸，
表现气质与风采？

让我给你做个选择题——

中午，在一个很明亮、客人坐了七八成的餐馆里，来了几对男女用餐。

甲男女面对面坐下，一边用餐一边交谈，用完餐，男士付钱结账。

乙男女面对面坐下，男士掏出显然是新买的杂志翻阅，由女士点菜，吃完饭，男士付钱。

丙男女相邻而坐，也就是当“面对面”是指在小方桌一个坐北、一个坐南的时候，他们是一个坐北、一个坐西，一边用餐一边交谈，餐后男士付钱。

丁男女面对面坐，男士掏出显然是新买的杂志翻阅，由女士点菜，吃完饭，女士付钱。

请问如果有以下四种可能，你要怎么选？

①热恋情人。

②在一起一段时间的同居恋人。

③一般男女朋友。

④结婚三年，已经有小孩的夫妻。

“行为语言”是不出声的语言

我曾经拿这个题目给十个朋友，出来的答案居然一模一样——

甲③

乙②

丙①

丁④

可能凭感觉，也可能由“行为语言”，人们很容易从简单的动作看出人际关系。餐馆的侍者几乎没几分钟就能由一群进餐的人中，感觉出来当天会由哪一人付账。专门研究行为语言的人，甚至能由在机场电话亭打电话的姿态，猜出那人是在给另一半、情人还是同事打电话。

所以，当你想与人有好的沟通时，除了要注意说话的内容、穿着和姿态，还得小心“坐的位置”。

不同位子，不同情趣

那位置又得看场合，而不是绝对的。

就拿前面那对热恋的情人讲好了。请问，如果是你跟你的情人，相邻而坐用午餐，但是晚上你们到了个点着柔和烛光、十分优雅安静的西餐馆，你们仍然相邻而坐吗？还是，你们会改成面对面？

如果你事先订了位，那餐馆会把两套餐具摆在相邻的位置，还是相对的位置?

相邻，多好啊！因为近，你的膝头可以碰到她的膝头，你的手可以摸着她的手，你更可以耳语。

相对地，面对面就不同了，你们两人正面相对，距离比较远，讲话不是得大声一点吗?

但是，你再想想:

这不是中午那个客人很多、比较吵也比较没情调可言的餐馆。因为安静，你们小声讲话也能听得清；如果要说悄悄话，你们的上身可以向前倾。你现在想象一下这个画面——你们因为相对，彼此看得更清楚，两双含情脉脉的眼睛在柔和的烛光下相视而笑，优雅地向前倾，倾听对方的言语。是不是更棒?

话再说回来，如果你是女生，打扮得美美的，你希望他看你侧面，还是正面？哪个角度更能让你表现妩媚？当你们点餐，跟侍者说话的时候，哪个角度更能让你微微地扬起脸，表现气质与风采?

除非你只有半边脸漂亮，我相信你一定会喜欢面对面。

聚餐时老板怎么坐

或许你要说你没有情人，这与你无关。好！我们换个情况:

你是老板，在西餐厅宴请十几位部属，坐的当然是长桌。

如果你想一边吃饭一边跟全体在座的人沟通，你要坐哪儿?

你当然坐在长桌的一边，像西方宴客，男女主人相对而坐的位置。

因为这样你才能头不动，就看到全桌的人。

退而求其次，你会坐在中间，距离所有的人都比较近，缺点是你得把头转来转去，与左右两边的人说话。当你转向左边，右边的人就被冷落。

请问，除了这两个位置，你能选别的地方吗？当你选了别的位置，距离你很远又不在你视线之内的人，感觉会好吗？他们有没有可能因此另外成立谈话小组，反而把你这个老板冷落了?

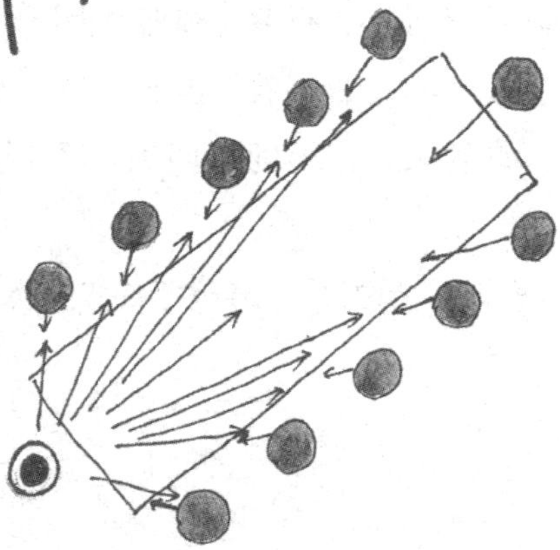

当你坐在长桌的一头，视线可以与同桌的每个人相对时，好处是如果你是主人，能够不冷落任何客人，缺点是“动见观瞻”，大家都会注意你的一举一动。

当你只想跟少数几人谈

除非你不想跟其中一些人交谈。

对！在某些情况下，你为了避免打扰，回避一些人，反而得特别挑选“冷门”的位置。

譬如大家聚餐，但你只想与其中一两个人讨论事情，你可以一到场就挑长桌最靠边的位子坐下，接着，招呼你想交谈的那一两个人坐你侧面和旁边。

因为你坐在边上，那两个人一前一侧，就把其他人隔开了。又因为你没有坐在长桌的一头，没有正对着一桌人，你就离开了大部分人的视线，使其他人没有压迫感，而使他们能各谈各的、自吃自的。如此一来，你与那一两个人就更有了“私下言谈的空间”。

许多公司餐会，主管与次级主管都选择这样做。因为他们要利用这时候讨论事情，又不希望被别的员工听到，传出去做小道消息。

主动创造谈话的环境

了解了这一点，如果别家老板请你吃西餐，为了场面，他的一堆员工也来作陪，而你却希望抓住机会，跟那老板谈事情，你到场则可以采取主动，要求坐在边角上。当那老板挨着你坐下，你谈话的“场地”就设好了。

相反，如果你坐在中间，四周一堆耳朵和口舌，你好谈吗？又能谈好吗？

所以，要把“话说好”，甚至把“恋爱谈好”，先得注意坐的位置。

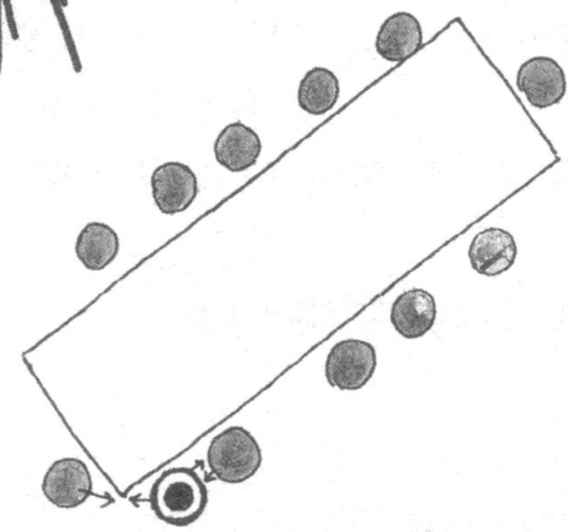

如果你想私下找一两个人聊聊，可以坐在长桌一端靠边的位子，如果椅子略往后移，就离开了别人的视线。如果你是老板，其他员工能因此感觉比较轻松而各自发挥，于是你这一小组人就有了更私密的空间。

乖乖听我说

怎样减少对方的敌意？

当一个人不自觉地抖腿的时候，
我们会说他心不安。

那是因为抖动可以使血液更畅通、反应更快速，

所以拳击手一上台就不断地跳动。

我以前养过一只亚马孙大鹦鹉。

它很喜欢抓痒，每次我靠近笼子，它就会跳到最上面的横杠上，把头靠近笼边，再将头上的羽毛竖立起来，意思是："快！我准备好了，快为我的头抓抓痒。"

但是好几次，我的手伸过去，它突然翻脸不认人，转过头就狠狠啄我一口。

当我跟宠物店的人抱怨时，店里的专家一笑，问我是怎么伸手过去的。

我比画给他看，他又笑了起来，说："你怎能那样伸手呢？无论什么小动物，当你手心对着它的头，把手伸过去的时候，它都会紧张。你一定得用手背接近它，甚至连为它抓痒的时候，都只用小指和无名指抓，避免手心向下，它才会高兴。"

我回去试，果然那鹦鹉不再翻脸了。

抖腿的毛躁相

什么叫"行为语言"？

行为语言是用动作传达信息。

譬如一个人在跟你说话时，一直用手摸后颈，表示他不耐烦，想结束谈话了。这是因为当一个人内心有了焦虑与不耐烦，他的肌肉紧张，脖子容易僵硬，所以会用手揉脖子。

又譬如前一节提到，当一个人与你谈话时一直双手抱胸，显示他不同意你的看法，或不心安，力图自我保护。这是因为重要的器官都在身体前面，当他警戒时，自然会想办法保护前胸。

同样的道理，人们常说"挺胸而且双手背在后面"的样子是自信和自负。那是因为当他敢把自己脆弱的胸口露在前面时，显示他"艺高人胆大"和"不怕别人来犯"。

再举个例子，当一个人不自觉地抖腿的时候，我们会说他心不安。那是因为抖动可以使血液更畅通、反应更快速，所以拳击手一上台就不断地跳动。那个人如果没有不安，好像随时要应付紧急情况，又何必抖腿呢？

读出你的心

由许多例子可以知道，行为语言是很科学、很自然的产物，是生物在进化过程中为了生存而自然有的表现。即使人类社会进步了、环境改善了，人们不再需要那么时时警戒，仍然会不自觉地把老祖宗传下来的习性显露出来。

而且，人们不必懂得行为语言，也不必存心去分析你的动作有什么意思，自自然然由你的“行为”就能读出你的“语言”。

训人与逗狗

我说这么多，是要告诉你，想要说话动人，必须先注意“行动”。当你的行动正确，还没说话，已经加了十分。相反，当你的行动不对，如同我为鹦鹉抓痒，很可能还没抓，已经造成鹦鹉的反感。

现在出几个题目，请你想一想——

如果你躺在床上，你父亲或母亲来叮嘱你一些事，以下两种情况，哪种效果可能比较好？

一、他站在床前，低头盯着你说。

二、他坐在床边，半转过身，对你说。

论强度，第一项比较强。因为你躺着、他站着，你无处可逃，他又高高在上，主动权和优势在他那边，当然他强势。

所以，如果他来警告你、训斥你，他站着特别有力。

但是，如果他要用柔性攻势，就不一样了。他坐在你床边，已经把他自己降低，把你们的距离拉近了，如果再伸手拍拍你，或拉着你的手说话，当然容易使你“放下武装”，减少你的抗拒。

何止对人，即使对狗都一样。

你叫一只陌生的狗过来，当你站着叫时，它不动；当你弯腰，伸出一只手到地面时，它逃跑或对你吠；当你蹲下来时，它则可能摇着尾巴走过来。

当你走进病房

了解了这一点，我再问你：

如果你去探望住院的朋友，进了病房，他躺在床上，你应该怎么做？

一、你站在床前安慰他。

二、你拉把椅子靠着床边坐下。

这个题目没有标准答案，因为得看那朋友是生产还是重病。

如果她刚刚喜获麟儿，你可以一进门就张开双臂贺喜，绕着床跟她聊。

就算你站着，会感觉比较高、比较大、比较对她有压迫感，但那些力量都能化为喜气。话说回来，如果你拉把椅子到床边，柔声细气地对她说话，反而感觉有点怪。

除非你是她的老公，说些贴心话，或你是她的父母，小声问：“疼不疼？”

相对地，如果你去探视病人，除非那是保证马上没事的小病，你可以绕着床站着开玩笑，说“大难不死，必有后福”，否则你最好坐在他床边的椅子上，倾过身去问候。（有人忌讳外人坐在他床上，所以除非那是你很熟的朋友或亲人，否则我不建议你坐在床边。）如果没椅子，则可以弯着腰，甚至半蹲在床边慰问他。

且不论你说什么动听的话，单单你这个动作，就能博得病人和他家属的好感。

计划好了再说

最后，再请你想想下面几个场景。

你有事要跟孩子商量，做法是——

一、你坐在客厅沙发上，叫孩子过来，他站着，对他说。

二、你坐在客厅沙发上，叫孩子过来，他坐下，对他说。

三、你敲孩子房门，进去，他坐在书桌前，你站着对他说。

四、你敲孩子房门，进去拉一把椅子坐在他旁边，倾过身，与他面对面地说。

五、你敲孩子房门，进去，坐在孩子的床边，叫他也过去，坐在你身旁，对他说。

请比较一下这五个不同的做法，是不是一个比一个来得“深入”？

当孩子走过去，你把他叫住，开始说，给他的感觉是随兴的。

但是当你叫他坐下来，就比较正式了。至于你特别敲他房门，进去，又特别拉把椅子，跟他面对面，更正式。

最后一个则是另一种说话的方法。因为你特别敲门进去，又特别坐在他的床边，再特别叫他过去，使他不敢轻忽。而你选择坐在床边，不面对面，又有软化和亲切的效果。

由此可知，行为语言的表现、说话场所的选择和讲话的姿势，都会对说话的效果有很大的影响。

了解了这一点，当你冲动地想立刻把孩子叫过来训一顿，或想在餐桌上抓住机会说教的时候，请暗暗地告诉自己：

“忍一下！找个更好的机会，效果可能好得多。”

用屁股说话

认识座位的“风水”

如果你做推销员、房地产经纪人，

或与主人只是普通朋友，

你应该尽可能坐靠外面的位子。

有一天我到朋友的公司去。

他是老板，办公室很大，除了一个大办公桌，还摆了一套沙发。

我进门时，正有个职员坐在沙发上跟他说话，看到我，朋友就叫那职员离开。

职员才出门，我这朋友便骂了："一个业务员，连坐什么位子都不懂，怎么出去谈生意?!"

我笑问为什么。

朋友指指靠近他大办公桌的沙发说："我当时叫他坐下来谈，他居然一屁股就坐在这里，这是他坐的地方吗？"

我又问："你认为他该坐哪里呢？"

朋友指指最靠近门口的沙发说："当然是最靠门边的，就算他原来站在我办公桌前面，我叫他坐，他也应该退到最靠外面的位子。"

比较没有压力的位子

提到最靠外面的位子，有位房地产经纪人也对我说过类似的话。她说当她拜访客户时，除非主人指定，否则她一定坐最靠近大门的位子。即使主人要她往里坐，她都坚持靠近大门。

她说因为那是比较"卑"的位子。她选择那个位置，显示她不会赖着不走，不会给主人压力。

还有一点，她说做推销员，尤其是年轻女推销员，坐在靠大门的位置比较安全，因为随时可以站起来，开门、离开。不像坐在靠里面的位置，容易被主人拦住。所以，坐在靠近门的位置，她自己也比较没压力。

正面谈判，侧面签约

又有位商界的朋友对我说，当他跟人谈生意的时候，一定要面对面坐。因为那样可以看见彼此的脸，便于察言观色；面对面也比较冷静，适合讨价还价。

但是，只要谈成了，签字的那天，就算在同一张桌子，他也一定改坐到侧面，因为这样比较亲近。一份份要签字的文件，不像面对面坐，是递过去，而是轻轻地挪给对方。

更耐人寻味的是，他说如果要签字了，他还面对面坐，很奇怪，对方可能临时又提出一些问题。比较起来，相邻而坐，问题少得多。大概因为面对面的感觉比较硬，侧坐感觉比较软，有些枝节问题，侧坐的时候，对方话到嘴边就吞回去了。

科学的“风水”

接下来要谈的是坐的“风水”。

首先你必须知道，如同行为语言，“风水”也是生活经验的累积。

举个最常见的例子——

中国人不喜欢门口直对着马路，说那是“路冲”“一箭穿心”的坏“风水”。

这是因为古时候没路灯，如果夜里车辆疾驰而至，没想到前面正对着一户人家，一时刹不住车，会直冲过去，造成墙毁人亡。

至于“路冲人家”挂镜子，虽说是照妖驱鬼，但真正的原因是镜子会反光，如果夜里的来车有灯，反射过去，能令驾车的人警戒而及时转弯，避开一场灾难。由此可知，“风水”是很科学的。

办公室的“风水”

办公室也有“风水”。

几乎每个人都知道，办公室最深处面朝外而且背后有墙的位子最好，主管们也都喜欢这样摆办公桌。

道理很简单，因为他可以监看全办公室的人，并看清从外面进来的每个人。

相反，最靠外面，又背对着门的，则是比较弱的位置，就迷信而言，因为背后随时有人惊扰，坐久了会“伤气”。

所以，办公室里的位子有上下之分，连沙发的座位也有尊卑之别，靠近里面、脸朝外的位置比较尊。（前面故事中的小职员就因为不懂这个，才挨骂。）

用屁股说话

同样的道理，家里的沙发也有尊卑之分。不信你想想，是不是主人往往坐在最靠里面、脸朝外的位置？

如果一个朋友到访，你要他“往里坐”，他拒绝，坚持坐在最靠门的位子，他给你的感觉是不是他不会久坐？

相对地，如果那人一进门就往里面的位子坐，他给你的潜在印象则是他可能坐很久。如果他是很熟的朋友，你则能感觉他不拘小节，把你家当作他家。

正因为如此，如果你做推销员、房地产经纪人，或与主人只是普通朋友，你应该尽可能坐靠外面的位子。如果是熟朋友，则可以用坐最靠门的位子来暗示你“当天不会停留太久”。

旅馆关于客人坐“最尊位”的规定

请不要怪我讲得太玄。

要知道，印象是累积的，在有意识中累积，也在潜意识中累积。你想赢在起跑点，给人“说不出”的好感，就得在“说不出”的地方下功夫。

让我再说个有意思的故事，来印证我的话。

去年，我去一家国际连锁的五星级旅馆。因为我算是贵宾，不必在楼下柜台办入住手续，而是由旅馆人员直接带到房间，并在房间里“办登记”。

那天我一进房间，就坐在靠门的沙发上，带我去的旅馆人员则蹲在茶几边为我填表。

我问她为什么不坐下来写，她客气地说那样很好，一点也不累。

后来我才知道，他们旅馆是这么训练的——当客人坐在里面“最尊位”的沙发时，旅馆人员可以坐在靠近门口的位子；如果客人已经坐在近门的位子，他们则要蹲下来，绝不能绕过茶几，坐在“最尊位”。

这旅馆非常成功，他们是由细节开始成功的。

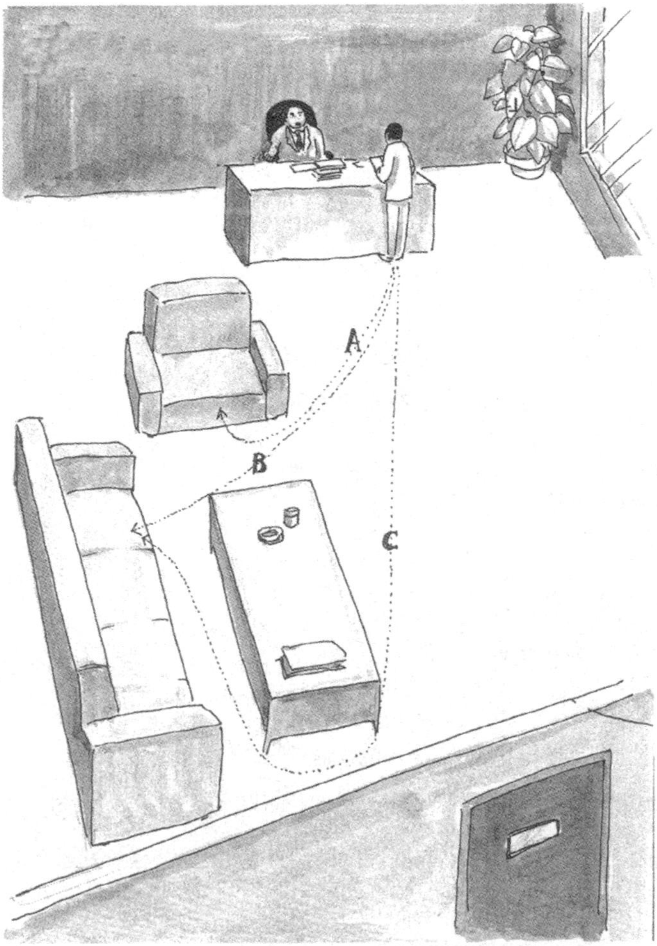

如果你是下属，老板叫你去沙发上坐，打算跟你坐下来慢慢谈，你会坐在哪个位子？

A. 转身直接走到最靠近自己的面朝门的单沙发坐下。

B. 坐到侧面较近门的长沙发。

C. 退到茶几旁，等老板出来坐在单沙发，再绕过茶几坐在长沙发靠近老板的位子。

光鲜亮丽

小心“见光死”

掌握最有利的光线

同样一句话，
你正襟危坐在光亮中说，
与在黑暗中说，
前者感觉更诚恳、更真实。

你一定看过电影里审问嫌疑人的画面吧！

审讯室黑黢黢的，只有一盏大灯，正面照着坐在屋子一头的嫌疑人。警探或检察官躲在大灯后面问话。嫌疑人向前看，只见一盏特亮的聚光灯，眼睛都花了，当然看不到后面问话的人。

为什么他们要这样审问嫌疑人？

因为嫌疑人在大灯的照射下无所遁形，他脸上的表情一清二楚，他却看不到那问话人的表情。

皇帝的怪帽子

你在古画或电影里一定看过皇帝戴的“冕旒（liú）”吧！那种帽子，上面有着长长的平顶，前后各垂一片由小玉珠穿起来的帘子，摇来摆去很累赘，为什么皇帝还戴呢？

因为皇帝要看清臣子的表情，却不希望臣子窥到“龙颜”，于是发明这种有垂帘的帽子。

他看得清臣子，臣子看不清他，使他先有了强势。

敌明我暗的优势

由以上两个例子可以知道，说话的力量会受到光线的影响。

俗话说得好，“明枪易躲，暗箭难防”，当“敌暗我明”的时候，敌人就处在优势位置。所以当你要找人谈判或训话的时候，除了选择前面所说的“最尊位”，还得挑比较不正对着光的位子。也就是说，你可以要对方坐在比你亮的地方。譬如白天你背窗而坐，因为窗外亮，你的脸背着光，比较暗，他跟你相对，则正对着光。这种情况正像审讯嫌疑人，你看得清他，他看不清你，你在心理上先占了优势。

懂了这个道理，如果你发现办公室或家里的“最尊位”远比别的位子来得亮，尤其是有像审讯嫌疑人那样正面的灯光时，你要好好想想，最起码把光线调整到与其他位子差不多，或是在你背后摆一盏灯，既有助于你坐在椅子上阅读，又因为光线由你背后射来，使你有前面所说的“审讯者”的优势。

你是阳光女孩（男孩）吗?

相对地，如果你不希望表现强势，甚至存心表现弱势，或是在跟长辈、老板说话的时候，你可以特别坐在比较亮的地方。

于是你的老板可以看见你的一言一笑，又因为你在亮光中，给人的感觉会比较没有遮掩。同样一句话，你正襟危坐在光亮中说，与在黑暗中说，前者感觉更诚恳、更真实。

还有，如果你是不怕“见光死”的年轻漂亮女生，也可以特别找那较亮的座位，让人看见你的亮丽。相反，如果你怕“见光死”，则可以选择较暗的位置。

小心“见光死”

但不是所有亮的位子都好哟！什么叫“见光死”？说“见光死”的多半是

中年女人，她们所说的光，主要是指大白天的阳光。

为什么?

因为大白天的阳光不但亮，而且从上面照下来，她们脸上的眼袋、皱纹特别明显。相对地，闪光灯虽然亮，但因为由正面射来，显不出凹凸，许多中老年女士反而特别喜欢。

所以，即使你在灯光下也要小心，别以为那位子亮，能把你照得亮丽。要知道，如果那光线从头顶上下来，就像中午的阳光，可以使你“见光死”。就算你是少女，没有坑坑洼洼、皱皱麻麻，也可能因为光线垂直照下来，在头发下面、眉毛下面、颧骨下面和鼻子下面，有了太明显的阴影，结果白处特白、黑处特黑，不但看起来硬，而且有点鬼气，给人阴沉的感觉。

注意头顶的灯光

知道了这一点，下次你去餐厅挑位子，先看看上面有没有那垂直射下的灯光，而且避免坐在正下方。就算没选择，非坐不可，你也可以稍稍向旁边或前后调整。

我可不是吓唬你——许多小姐以为自己在宴会中看起来很美，现场有人摄影，照片出来也挺漂亮，但是如果当场拿个镜子给她照照，她却可能吓得尖叫起来!

因为摄影时有闪光灯，没问题!但是没闪光灯时，她头顶却可能有盏石英聚光灯，把她照成了“黑白无常”。

正因为如此，有情调的餐厅多半不用顶灯，而用烛光。即使上面有灯，也调得很弱，或用许多烛火式的小灯造成散射。

谈到散射，这又有一番学问，请看下一节。

在不同的灯光下，你看起来可以相差十万八千里。

尤其麻烦的是，前面没镜子，你以为自己很美，却没想到顶上那盏灯，把你“雕塑”成了吸血鬼。

看了这个比较图就会了解，为什么讲究的餐厅里喜欢用壁灯的折射光、桌上的烛光，或水晶吊灯的散光，而不是用头顶直射的石英灯。即使有石英灯，也把光度调得很弱，而且以暖光取代冷光。

为什么她愈来愈美？

创造最柔和的氛围

那光线是散射的，

除了上面的天光，还有下面的反射；

那色温是和暖的，有一种乳白的柔和。

在这样的光晕里，你的肤色是不是特别健康？

你是不是看起来特别美？

你有没有发现在浴室里不但唱歌比较好听，照镜子也特别漂亮？

唱歌好听，是因为浴室里比较空，容易有回音，使你原本嫌“干”的声音，听起来比较“润”。

看起来漂亮，则是因为浴室里通常都用浅色的瓷砖或石材，就算只有头上几盏灯，那灯光也会在瓷砖间不断折射，造成散射的效果。

也就是说，光线不只从上面来，而且由四面八方来。当顶光会造成“见光死”的时候，散射的光线则能使你的脸上没有特别亮或特别暗的地方，感觉柔和得多。

摄影棚的灯光特别讲究

正因为如此，电视记者播报新闻的时候，除了有上面的许多大灯，还往往从桌子再“往上”打一点柔和的光。那些记者为了使自己看起来漂亮，会一次次调整灯光。

所以，许多记者刚出来播报的时候不怎么样，后来却愈来愈漂亮。

只是，她（或他）可能只在自己的播报台漂亮。当有一天，她应邀上别人的节目，就一下子又变丑了。一位台湾著名的新闻节目女主持人，有一年参选“立委”，为了避免对手说她利用媒体助选，特别向节目请假一段时间。但是有一天，代班的主持人访问她，她居然不坐在来宾的位子上，而要求仍然坐在她主持人的老位子。

为什么？

因为那是她习惯的位子，有特别为她配置的灯光，她在那里特别漂亮。

怎样改善台上的灯光

了解了这一点，如果你要演讲或在台上做报告，希望自己看起来不错，你一定要注意台上的光线，如果台上不亮，只有头顶上一盏灯，你一定得避开。

你可以把讲台往后移，使那灯光斜斜射在脸上，而不是直直地照下来。否则台下看上去，你脸上黑一块白一块，不但“见光死”，而且显得阴沉、没有精神。

即使你是男人，是大老板，也不能不注意，因为光明与黑暗、晴朗与阴沉，绝对会对人产生潜在的影响。

如果那讲台是固定的，不能让你有前面一点灯光，或你只是临时应邀说几句话，而那里又只有一盏头顶来的灯光，你也别发愁，让我教你一个好办法——

你可以拿两张白纸，放在台子上。表面看，那是你的资料，其实上面可能没有字，你也不必看。但是那张白纸正好把头顶射下来的光线反射回去，好像新闻主播台上“由下往上”的柔和灯光。

于是，原先由于上面灯光照不到而显得“黑白对比”的脸，因为下面的反射光，把暗面照亮，而变得柔和了。

怎样让你显得更年轻

你甚至可以利用这个原理，来改善家里的光线。

如果你觉得自己愈来愈显得老，脸上的线条愈来愈硬，你可以不开顶上的大灯，而开跟你坐着的时候差不多高的台灯。当你做不到的时候，换个亮色的茶几或在地上铺块浅色的地毯，甚至只是在桌上放些浅色的摆饰，都能让你看起来年轻些。

你有你专属的位子吗?

除了注意自己办公室和家里的灯光，你如果常找人聊天，也可以像那些电视主持人一样，找出自己看起来最美的位置。那可以是你家里的某一处，也可以是你熟悉的咖啡店的某几个位子。

想想！在晴朗的午后，当阳光斜斜穿过行道树，射在人行道上，再反射进大玻璃窗。

那光线是散射的，除了上面的天光，还有下面的反射；那色温是和暖的，有一种乳白的柔和。

在这样的光晕里，你的肤色是不是特别健康？你是不是看起来特别美？你的话语是不是特别容易触动对方，进入他的内心深处？

请问：

你有这么一个“有利的位子”，让你尽情发挥吗？

后记

大道理也能说成小故事

从大学二年级开始，我就在成功高中教“演辩社”，在师大教“朗诵诗”；师大毕业之后，又教好几所大学的“诗社”，并到各处以“说话的艺术”发表专题演讲。

我一直想把自己对这方面的心得写出来，只是一拖拖了二十多年。原因很简单——

我知道怎么用“语言”表达得生动，却不知如何以“文字”描写得精彩。

直到今天，出了六十多本书，写了《我不是教你诈》《你不可不知的人性》，我才渐渐有把握将自己在“口语传播”上的学理，生动地诉诸文字。

对的！是“学理”。

当你一路看来，觉得这些内容真生动、真有意思，而且有些《我不是教你诈》的味道时，实际上你已经听我说了许多学理。

只是那些学理都隐藏在生活之中，我通过许多平凡的小故事，把学理呈现在你的面前。

哪个学理不是由生活经验中产生的呢？

学理是经过分析之后得到的东西，它能提供我们说话的大原则，告诉我们应有的“战略”。但是“学理”不见得能成为“战术”。许多理论也就因此成了纸上谈兵。

所以，我用了二十多年去犹豫，至今才能写出来，我等的不是“学理”，而是五十多年“真真实实的生活体验”。

现在，让我们回头想想：在这本书里你是不是看到了如何不说，如何在别人多说的时候冷静观察，如何使用身体语言，表现“说大人，则藐之”的技巧，如何报道新闻、陈述事实、主持节目，以及调配说话的次序、创造说话的气氛？

还有，你是不是了解了什么是真正的“老交情”，怎样的请托较有效，什么是“自我催眠”，怎样不撒没有必要的谎，以及如何尊重你的听众，使你“词能达意”，“言能由衷”？

当然，你更学到了怎样对待别人的“放话”，以及如何“放话”给对方。你知道“副手”对“副手”的道理，以后看新闻，也能了解“那个看来笨到家，总说错话的副手，其实后面有个聪明的正手在指点”。

至于孔子的“成事不说，遂事不谏，既往不咎”，也不再只是课文，而成为你能灵活运用的“人生智慧”。

你甚至学到了“断句”、“顿挫”、“重音”、“同音异义字”、上声（三声）音的“变调”，乃至取名字的技巧。

到了最后，你看到了“以进为退”和“以退为进”的许多例子，以及“换个角度看世界”“换个角度说话”！知道会说话的人，总用言语肯定别人、关怀世界，使自己看得开、看得远，交更多的朋友，也活得更快乐。

如同很多年前，我制作电视节目时坚持的——

“不要因为观众喜欢观看，而做给他看。要做给他看，而且使他喜欢看。”

为了把说话的各种理论写出来，而且使大家愿意看，我构想了二十多年。

希望大家能看得出我的苦心，介绍给更多的有心人。

现在，我终于把这本书呈献在您面前，与您分享我的心得。希望您喜欢，也请您把这本深入浅出的书介绍给更多有心人。谢谢！